KB062982

루페

루페

강송화 장편소설

도화

루페

초판 1쇄인쇄 2022년 10월 21일
초판 1쇄발행 2022년 10월 28일

저　자　강송화
발행인　박지연
발행처　도서출판 도화
등　록　2013년 11월 19일 제2013－000124호
주　소　서울시 송파구 중대로34길 9－3
전　화　02) 3012－1030
팩　스　02) 3012－1031
전자우편　dohwa1030@daum.net
인　쇄　유진보라

ISBN ∣ 979－11－90526－95－1 *03810
정가　13,000원

잘못 만들어진 책은 교환해 드립니다.
저자와 출판사의 허락 없이 책의 전부 또는 일부 내용을 사용할 수 없습니다.

도화道化, fool는
고정적인 질서에 대한 익살맞은 비판자,
고정화된 사고의 틀을 해체한다는 뜻입니다.

차 례

책이 귀하던 시절이었다. 어머니는 밤마다 어린 우리 형제들을 앉혀놓고 이야기꽃을 피웠다. 장화홍련, 심청전, 임꺽정, 콩쥐팥쥐, 불교에 영양을 끼친 대사들의 무용담, 다양한 레퍼토리로 우리들의 호기심을 자극했다.

어머니를 둘러싼 우리 형제들의 경쟁도 치열했다. 서로 어머니의 다리를 마사지하며 자신들이 좋아하는 이야기를 해달라고 채근했다. 반복된 이야기를 듣고 또 들어도 지루하지 않았다.

동지섣달 기나긴 밤을 빠르게 감아내시던 어머니의 낭랑한 목소리가 세월이 지난 지금도 귓전에서 맴돈다. 입담도 걸쭉하시고 표정도 익살스러우셨던 어머니, 화수분처럼 이야기를 들려주셨던 어머님이 쓰러져 언어를 잃었다.

초점 잃은 눈동자가 멀겋다. 딸인 나를 기억도 못 하신다. 어떻게 하면 어머니의 힘 있는 목소리와 생생한 표정을 되돌릴 수 있을까?

건강하신 어머니가 그립다. 마주 앉아 얼굴을 보고 있어도 아리도록 보고 싶어 눈물이 난다. 이제는 딸이 쓴 소설을 어머니에게 들려주고 싶은데 아무것도 모르신다. 어머니가 들려준 이야기들이 자양분이 되어 소설을 쓰게 되었다.

오랫동안 집필한 이야기를
독자들과 함께 나누고 싶다.

루페

1

엄청난 굉음과 함께 캄캄한 암흑이 쏟아져 내렸다.

"누구 없어요? 사람 살려요! 도와주세요! 여기 사람이 있어요!"

허리에 찬 수통의 물은 이미 바싹 말라 있었다.

"살려 …… 주세요……제…….."

숨은 점점 더 막혀왔다. 눈을 뜨고 있어도 칠흑 같은 어둠뿐이었다. 갱도가 붕괴하면서 지상으로부터 주입되던 산소도 차단된지 며칠이 지났다. 어디선가 물방울 떨어지는 소리가 들렸다. 그곳으로 가려 해도 하반신은 육중한 뭔가에 눌려 옴짝달싹할 수 없었다. 흙더미에 깔린 채 극심한 산소 부족으로 남자의 의식은 점점 몽롱했다. 이따금 참을 수 없는 통증이 하체 어느 쯤에서 파고들었다.

"으으으……윽!"

차혁은 통증을 견디기 위해 어금니가 부서지도록 이를 악물었다. 허벅지를 찍어 누르는 고통. 이가 가릴 듯 통증이 극에 다다르더니, 술기운이 번지듯 온몸에 나른한 평화가 깃들기 시작했다. 더 고통도 없었다. 고통이 없다는 것은, 그의 모든 감각이 죽어가고 있다는 방증이었다. 의식이 점점 흐려지던 차혁의 눈에, 갑자기 어둠이 동그랗게 잘려 나간 빛이 들어왔다. 그 빛은 무척 따뜻했다. 그 빛 속에 낯익은 파도 소리와 함께 까칠한 여자의 손이 보였다.

우리 애기 코오 잘까……?
엄마가 자장가 해줄게…….
자랑자랑 자랑자랑 자랑자랑
윙이자랑 윙이자랑 자랑자랑 윙이자랑
우리 아긴 자는 소리, 놈의 아긴 우는 소리로고나

그 손이 아기구덕을 간당간당 흔들며 노래를 불렀다. 구덕이 흔들릴 때마다 차혁의 몸이 작은 아기구덕 속에 누운 듯 평화롭게 흔들렸다. 빛 속에서 한 여자가 맑고 따뜻한 눈으로 차혁을 내려다보았다. 눈을 맞추고 미소 지었다. 노래는, 갓 끓인 흰 미음처럼 따뜻하고 부드러웠다. 조막손을 쥔 차혁은 아기구덕에 담겨

깊은 잠 속으로 빠져들었다.

우리 애기 코오 잘까……?
엄마가 자장가 해줄게……

진공상태처럼 끝없이 들려오는 여인의 목소리, 그리고 나른한
자장가 소리. 이따금 파도 소리와 뱃고동 소리가 함께 들렸다. 그
자장가는 슬픈 해금 선율에 실려, 너울너울 파도치듯 남자의 귓
속으로 젖어 들었다. 노랫소리는 흑백이었다. 아기구덕을 흔들며
끊어질 듯 끊어질 듯 들려오는 그 소리.

윙이자랑 윙이자랑 윙이자랑 윙이 윙이 윙이자랑
벌써 다들 자네……
고양이도 자고 생쥐도 자고
별도 자고 나무도 자고……

무너진 갱도에 갇혀 천천히 죽어가는 남자. 또다시 환청이 들
렸다.

우리 애기 코오 잘까……?
엄마가 자장가 해줄게……

자랑자랑 자랑자랑 자랑자랑

주술 같은 자장가 소리에 남자는 영영 깨지 않을 듯 평화로운 잠에 빠져들었다.

1963년 독일 서부 노르트라인베스트팔렌주州에 있는 보훔 탄광 붕괴사고가 5일째로 접어들고 있었다. 'Glüc kauf! 살아서 지상에서 만나자!'라고 쓰인 현수막이 힘없이 늘어진 이곳. 보훔 탄광은 최근 들어 유독 붕괴사고가 잦았다. 몇 달 전에는 갱도가 붕괴하여 일곱 명이 즉사했던 탄광이었다. 이번에는 막장이 무너지는 참사가 또 벌어졌다. 누구는 울리히 현장소장이 새로 부임해 온 후 사고가 잦다고 했고, 누구는 그저 운이 나빴을 뿐이라고 했다. 낯선 나라 땅속에서 만나는 살인적인 지열은 숨이 막혔다. 비좁고 무더운 지하 1,400m 막장에 설치되었던 80kg의 스템펠 지지대 다섯 개가 한꺼번에 무너져 내렸다. 이 사고로 독일 광부와 한국 광부 십여 명의 사상자가 발생했다. 다행히 며칠에 걸쳐 구출되었고 오늘 마지막 부상자를 찾아냈다.

"빨리 들것 가져와!"

5일 만에 막장 안쪽에서 탄을 캐던 대한민국 광부 한 남자가 기적적으로 구출되었다. 지상으로 실려 나온 스물다섯 살 사내는 갈비뼈가 앙상했다. 허리에는 우그러진 수통을 차고, 다 낡아서 해진 삼각팬티 하나를 걸친 것이 전부였다. 그는 불에 탄 검은 시체처럼 탄가루에 뒤덮여 있었다. 온몸이 검붉은 피로 번들거렸고 겨우 남은 체온에서 김이 모락모락 피어났다. 상하고 찢긴 몸 위로 독일의 차가운 싸락눈이 깃털처럼 내려앉았다.

"의사! 의사!"

"의식 없어요?"

육중한 스탬펠 파편이 허벅지 위로 떨어져 사내의 다리는 처참히 꺾여 있었다.

"7019번! 7019번! 정신 차려! 정신 좀 차려봐!"

들것에 실려 가는 사내의 골절된 다리가 부러진 통나무처럼 흔들거렸다. 남자는 너무 늦게 발견되어 회생이 불가능해 보였다.

"지금 이송 중이야! 의사들 빨리 대기시키라 해! 어서!"

신음하는 사내 귓속으로 누군가 다급한 목소리가 들렸다. 귀청이 찢어질 듯한 금속성 굉음. 자갈밭을 뛰어다니는 안전화 소리가 뒤범벅되어 아득히 들려왔다.

"7019번! 죽으면 안 돼! 야 이 새끼야! 정신 차려! 살아서 고향 가야지!"

남자는 무의식 저쪽에서 들려오는 자장가 소리와 현실의 다급한 외침들 사이에서 깨어나지 못하고 있었다.

우리 애기 코오 잘까……?

엄마가 자장가 해줄게…….

자랑자랑 자랑자랑 자랑자랑

윙이자랑 윙이자랑 자랑자랑 윙이자랑

우리 아긴 자는 소리, 놈의 아긴 우는 소리로고나

의식 없는 사내에게 또다시 들려오는 환청. 어딘가로 다급히 이동되는 스트레쳐카의 흔들림. 비명 같은 앰뷸런스 소리. 소독약 냄새. 다급히 복도를 오가는 소리가 사망한 듯 맥없이 흔들리는 사내의 무의식을 관통했다.

"7019번! 야! 정신 차려! 아흐흑! 야 이 자식아! 죽으면 안 돼 인마! 아흐흐!"

동료의 손이 거칠게 남자의 뺨을 후려쳤다. 차혁은 신속하게 병원으로 이송되었다. 응급실 콜을 받고 달려온 의료진들이 남자를 향해 에워쌌다. 다급히 폴리 글러브를 낀 의사들이 저마다 남자 가슴에 청진기를 대보고, 라이트 펜으로 동공반사를 확인하며 긴급히 외쳤다.

"어레스트(arrest-심장정지)! 어레스트(arrest-심장정지)!"

몰려든 의료진들이 앞다투어 심폐소생술을 시도하기 시작했다. 가까스로 위기를 면한 차혁은 응급수술을 마치고 집중치료실로 격리되었다. 남자의 부러진 허벅지 뼈에 구멍이 뚫리고 무거운 추가 아래로 매달아졌다. 부러진 양쪽 뼈를 잡아 골절을 바로 잡기 위함이었다. 이틀째 의식이 없는 사내.

'말도 안 통하는 타국, 낯선 땅속에서 얼마나 무서웠을까……?'

정임은 사내가 무사히 깨어나게 해달라고 가슴에 성호를 그으며 신께 빌었다. 독일에 와서 지금까지 밤낮 시체를 닦던 여자. 그녀가 시체를 닦던 손으로 거즈를 적셔 차혁의 손과 얼굴을 부드럽게 닦아주었다. 남자가 중환자실에서 눈을 뜬 것은 이틀 뒤였다.

이를 본 정임은 너무 기뻐 외쳤다.

"오! 글뤽 아우프! 이렇게 살아서 지상에서 만났네요. 정신이 좀 들어요? 저 누군지 알아보겠어요?"

"……."

차혁이 눈을 떠보니 한국인 간호사가 자신을 내려다보았다. 차혁이 일하는 광산의 지정 병원. 그는 문정임 간호사와 구면이었다. 간신히 의식을 되찾은 차혁을 그녀가 정성껏 돌보고 있었다. 그 둘은 대한민국에서 파견한 광부와 간호사였다. 독일에 먼저 온 간호사 문정임은 차혁의 상태에 대해 독일어로 의사들과 수시로 의논했다. 남자의 트고 갈라진 입술에 탄가루가 검은 가루약처럼 얼룩져 있었다. 차혁이 몸을 일으키려 안간힘을 쓰며 말했다.

"어……, 어떻게 된 거죠……? 아악!"

차혁이 몸을 일으키다 골절된 허벅지에 매달아 놓은 금속 추의

압박에 극심한 비명을 질렀다.

"움직이지 말아요."

차혁이 고통스러운 표정으로 물었다.

"어떻게 된 거죠? 사고인가요?"

"네, 막장을 떠받쳤던 스탬펠이 붕괴됐어요."

"스탬펠? 그거 재공사한 지 얼마 안 됐는데? 그게 붕괴됐다고
요?"

"네, 광산관리자들 말에 의하면 스탬펠에 문제가 있었답니다.
당신은 매몰된 지 5일 만에 구출됐다가, 지금 이틀 만에 깨어났고
요. 기억 안 나세요?"

그녀가 사내를 조심스럽게 바로 눕혔다.

"무리하시면 안 됩니다. 말하려 애쓰지 말아요. 피를 너무 흘
렸어요. 절대 안정해야 해요."

차혁이 간신히 고개 들어, 금속 추가 매달린 자신의 허벅지를
절망적인 얼굴로 살폈다. 살았다는 안도감 때문일까? 차혁은 다
시 중환자실 베드에 기절하듯 쓰러졌다. 차혁이 중환자실에서 깊
이 잠든 시간, 보홈광산 소장 울리히가 차혁을 면회 왔다. 울리히
는 담당 간호사 정임에게 산재 처리 문제로 차혁을 만나고 싶다
고 했지만, 정임은 환자 안정을 위해 돌려보냈다. 보름 후 차혁이
일반병실로 옮겼을 때 울리히는 기다렸다는 듯 차혁을 찾아왔다.

"차혁, 찾았어?"

"보긴 했는데⋯⋯. 천공기를 놓고 막 손을 뻗으려는 순간, 정신을 잃었습니다."

"뭐야? 그럼 진짜 있었다는 거야? 거기에? 오, 믿을 수 없어."

울리히는 그간 광물용 중력 경자계로 몰래 찾아온 어떤 것의 존재가 궁금했다. 그는 오랫동안 준비했던 것을 한국 광부 차혁에게 은밀히 지시했었다. 그가 차혁을 선택한 것은 이유가 있었다. 첫째는 차혁의 과묵하고 성실했던 성격이 울리히 마음에 들었다. 둘째는 다른 이들보다 유독 독일어가 어눌한 차혁의 언변이었다. 울리히는 차혁의 그런 점 또한 자신의 은밀한 계획을 이루기에 적임자로 봤다. 울리히는 이따금 주변을 살피며 차혁의 말에 집중했다. 차혁은 꿈을 꾸듯 멍하니 허공을 응시하며 대답했다.

"저도 처음엔 제 눈을 의심했고 설마 했는데, 소장님이 말한 위치로 좀 더 파 들어가 보니 저 멀리 진짜 뭔가가 보였습니다."

"오! 마이 갓! 우하하하!"

금발에 마흔쯤으로 보이는 울리히는 두 손바닥을 펼치며 환호했다. 그는 병실을 우왕좌왕 오가며 얼굴에 희열이 가득했다. 그러기도 잠시, 울리히는 이내 얼굴이 울상이 되었다.

"차혁. 근데, 발견했으면 뭐 해? 다시 탄 더미에 묻혀 지하 1,400m 어딘가로 사라졌어! 오 주님, 말도 안 돼. 이건 악몽이야."

차혁은 그것이 마치 자신의 잘못인 양 고개를 떨어뜨렸다. 울리히는 차혁에게 단단히 입단속을 당부하고 뭔가 결심한 듯 돌아갔다.

정임은 하늘색 간호복을 입고, 작은 곰 문양이 수놓아진 프릴이 달린 흰 헤드 드레스를 쓰고 있었다. 넓고 펑퍼짐한 흰 앞치마를 걸치고 왼쪽에는 흰 완장을 차고 있었다. 이따금 다른 환자를 체크하던 그녀가, 목발을 짚고 병실 창밖을 멍하니 보고 있는 차혁에게 다가왔다. 차혁은 왜소한 체격에 우수에 찬 묘한 눈빛을 갖고 있었다. 처음 보면, 상대는 그의 마음을 가늠하기 힘들었다. 우호적이지도 그렇다고 반감을 주는 눈빛도 아닌, 무뚝뚝하고 애매한 눈빛이었다. 그러나 웃으면, 차혁의 차갑고 난해하던 눈은 청순한 반달이 되고 말았다. 그를 기억하는 사람들은 두 부류였다. 차혁이 냉정하고 무뚝뚝하다고 알고 있는 사람과, 무척 따뜻하고 반듯한 사람으로 기억하는 사람. 누구도 그가 웃는 모습을 한번 보면, 그의 눈빛이 감추고 있는 따뜻한 인간미를 알아차리곤 그와 가까워졌다.

"당신 옆모습은 언제 봐도 참 슬퍼 보여요. 또 고향 생각해요? 그…… 원동마을?"

차혁은 소리 없는 긴 한숨 끝에 입을 열었다.

"……원동마을은 없어요. 고향 집과 팽나무와 동백과 말 돼지들은 다 산 채로 불에 타 죽었고. 마을 사람들은 모두 죽창에 찔려죽거나 총살당했어요. 우리 아버지도, 갓 태어난 내 어린 동생도, 송두리째……. 살아남은 마을 사람들이 흔적만 남은 슬픈 원동마을이에요. 혹시 6·25 말고 제주도에서 또 다른 난리라도 났었던 거예요? 내가 모르는? 한국전쟁은 들어 알겠는데, 대체 무슨 일로 그 많은 마을 사람들이 그런 끔찍한 죽임을 당했죠? 저는 처음 들어요."

"육지에 사는 당신들은 몰라요. 바다로 둘러싸여 고립된 섬 나의 고향 제주도는 거대한 감옥이자 학살의 터였어요. 우리는 그런 극악한 학살사건을 동족과 정부에 의해 죽임을 당하고서도 입에 그 말조차 담지 못하고 공포에 떨며 살고 있습니다. 거기엔 당신 같은 육지에 사는 동족들의 무지와 무관심도 한 몫 단단히 한 것이죠."

정임은 육지에 살아서 제주의 비극을 전혀 몰랐다.

정임의 말대로, 육지에 살아서 차혁이 하는 이야기가 생소했다. 그들은 들을 수도 알 수도 없었다. 그들의 만행을 철저히 함구하거나 정치적으로 밀봉했고, 또 다른 변질된 정의로 그 일을 정당화했기에 같은 하늘 아래 제주도민들조차 입에 담을 수 없는 금기였다. 정임과 차혁은 그렇게, 동족이면서 서로 너무 먼 거리에서 각자의 삶을 살고 있었다. 잠시 정임을 돌아보던 차혁이 다시 쓸쓸히 창밖을 바라봤다. 정임은 차혁의 눈빛에서 종종 슬픔을 보았다.

차혁은 병원에 있던 몇 달 동안 정임과 부쩍 가까운 사이가 되었다. 동갑인 문정임 간호사는 청주에서 온 동포였다. 같은 나라 젊은이들이 먼 타국에서 만나 사랑하고 있었다. 둘은 재활치료를 목적으로 자주 독일 거리를 걸었다. 아주 천천히 걸으며 낯선 나라를 구경했다. 정임은, 동양인 특유의 외까풀이었지만 맑고 선한 눈을 갖고 있었다. 가름한 얼굴에 입술이 도톰했고 정숙한 외모였다. 스물네 살 나이에 비해 말수가 적고 생각이 깊었다. 그녀는 빙긋 웃을 때 입술 양 끝에 고인 미소가 무척 고풍스러웠다. 둘이 데이트를 할 때면 주로 차혁이 말을 했고, 정임은 뒤따라가며 엷게 미소를 띠고 듣는 편이었디.

그녀는 고향 청주에서 딱히 호강하고 자라지 못했지만 그렇다고 눈물겨운 고생을 하며 살지도 않은 평범한 여자였다.

1963년 1월 5일 독일 서부 뒤셀도르프 국제공항에 한국인 간호사 1,006명이 도착했다. 정임도 긴장 반 들뜬 반으로 그 무리 속에 끼어있었다. 그동안 가난한 대한민국에 돈을 빌려줬던 미국은 점점 액수를 줄여갔다. 박정희 정부는 일자리가 없고 식량난으로 어려움에 부닥쳤다. 그때 내전으로 피폐해진 서독은 일손이 많이 모자랐다. 서독은 대한민국에 돈을 빌려주는 대가로 광부들과 간호사 인력을 보내 줄 것을 요구했다. 박정희는 '훌륭한 민간 외교관'이라고 추켜세우며 청년 광부들과 간호사들을 여러 차례

모집해 서독으로 파견했다.

갓 여고를 졸업한 정임은 이 기회를 놓치고 싶지 않았다. 일찍 아버지를 여읜 정임은 홀엄마와 동생들을 청주에 두고 서울로 유학을 와서 간호를 배우고 그렇게 독일로 떠나왔다.

독일로 온 간호사 정임은 한국 돈으로 2만 8천 원씩을 매달 월급으로 받았다. 그 돈은 교사들 월급의 두 배였고 꽤 큰돈이었다. 정임은 낯선 독일 땅에서 청주 고향에 두고 온 식구들을 생각하며 병원 지하에서 열심히 시체를 닦았다. 그렇게 번 월급은 매달 생활비와 비상금만 빼고 꼬박꼬박 고향으로 보냈다. 정임이 고향으로 보낸 돈은, 동생들의 학비나 새로운 꿈을 키울 밑천으로 쓰였다. 정임은 처음에는 한국에서 가져간 간호복을 입고 일했다. 그러나 그 간호복은 허리가 잘록하고 타이트해서 여간 불편한 것이 아니었다. 며칠 못가 그녀는 독일병원에서 주는 헐렁하고 흰 앞치마 스타일의 간호복으로 갈아입고 병실을 활기차게 뛰어다녔다. 처음에는 말도 안 통해 정임은 많이 울고 힘들었다. 소통이 안 되어 저질러지는 실수는 환자의 생명과 직결되어 여러 번 고국으로 쫓겨날 뻔했지만, 일 년이 지나자 어느 정도 적응되었다.

한국 광부들은 경험 없는 낯선 광부 일로 부상이 잦았다. 정임은 병원 치료를 받으러 온 차혁을 보았다. 차혁은 독일에 온 지 얼마 안 돼 꿀 먹은 벙어리가 되었다. 정임은 가끔 차혁의 독일 생활에 통역을 도와주거나 치료를 도왔다.

재활치료 동안, 독일의 겨울과 봄여름이 그들을 통과했다. 그들이 머물고 있던 뒤셀도르프 옆 쾰른 지역에서는 해마다 2월에 쾰른 카니발이 열렸다. 축제는 기차역 앞 고색창연한 성당 건물이 우뚝 솟은 곳에서 열렸다. 축제 때가 되면 광장 부스마다 독일 소시지와 맥주들이 넘쳐났다. 간호사들과 광부들은 서로 엉켜 아리랑과 가수 현인의 '굳세어라 금순아'를 불렀다. 차혁은 간간히 정임과 재활치료 겸 데이트를 했다. 지극한 정임의 간호 덕분에 차혁은 다른 환자들보다 회복이 무척 빨랐다.

6개월 후, 독일의 새로운 초여름이 막 시작될 때 차혁은 회사로 복귀했다. 그동안 함께 했던 동료가 보이지 않았다. 차혁이 알아보니 몇 명의 동료는 정신이상으로 강제귀국당했다고 했다. 온종일 빛도 없는 그곳에서 일하니 어쩌면 당연한 일인지도 몰랐다. 차혁도 간혹 무너지는 정신이 견디기 힘들었다. 그때마다 사랑하는 정임이 곁에 있어 큰 버팀목이 되어주었다. 육체적으로 힘든 것은 참을 수 있었지만, 사고로 저세상으로 떠난 동료가 그립거나 향수병이 밀려들면 견디기 힘들었다. 차혁은 한쪽 다리를 조금 절기는 했지만, 막장 안쪽에서 천공기를 다루는 데 큰 불편함은 없었다. 보훔광산이 있는 독일마을에서 8월 말에 가을 둘트 맥주 축제가 열렸다. 이국땅에서 노동자의 삶을 견디는 그들은 그런 크고 작은 축제가 되면, 모두 축제 인파 속으로 들어가 마음의 외로움과 고됨을 달래곤 했다. 11월 마틴 축제에서 그들은 낯선 타국에서 쌓인 슬픔과 고단함을 털며 마음껏 즐기고 웃었다. '마틴의 날' 축제에 차혁과 정임도 거위고기를 먹으며 함께 즐겼다. 보훔광산 광부들도 그날만은 오프였고 임시 공휴일이었다. 보훔광산의 독일인 관리들도 모두 정통 복장을 하고 손에는 오색 등을 들고 마을 거리로 나와 춤추고 웃었다. 한국 광부와 간호사들도 고향 추억이 담긴 등을 밤새 만들며 그리운 향수에 흠뻑 빠졌다. 태어나 제주를 가본 적 없던 정임은 차혁이 손에 든 검은 사람 형태가 요상하게 보였다.

"하하하! 이게 뭐예요? 재미없게, 웬 검은 장승?"

"어허, 재미없다니? 내 고향 제주에서는 아주 유명한 할아버지야."

차혁이 들고나온 등은 특이하게도 제주 돌하르방이었다. 정임은 색동한복 모양의 종이 등을 들고 활짝 웃었다. 그것을 처음 본 독일인들은 멋지다며 환호했다. 독일 원주민들은 어른이나 아이 할 것 없이 체크 무늬 바이언 전통의상을 입고 어깨동무하고 춤추며 흥겨워했다. 여자들은 딘들이라는 원피스를 입었고, 독일 남자들은 레더호젠(Lederhosen)이라는 멜빵 가죽바지와 체크남방을 입고 한껏 흥이 올랐다. 그들은 의자 위로 올라가 경쾌하게 춤을 추었다. 차혁도 정임도 그들과 한데 어울려 흥겨운 춤을 추었다. 정임이 시끌벅적한 축제장 한쪽 테이블에 맥주를 시키고 마주 앉았다. 다친 다리가 불편한 차혁은 테이블에 앉아 행복하게 정임을 바라보았다. 둘은 그렇게 홍시보다 달콤하고 상큼한 사랑을 키워나갔다.

"정임아, 고마워. 다시 일할 수 있게 된 것은 우리 정임이 덕분이야."

차혁이 정임의 고운 턱선과 입술을 고요히 바라보았다. 그녀의 갸름하고 맑은 얼굴은 보는 이를 편안하게 해주는 매력이 있었다. 차혁은 작은 체격이었지만 과묵한 편이었디. 달콤한 사랑을 할 줄도 몰랐다.

"곱다…… 우리 정임이."

차혁에게는 가슴속에 돌덩이 같은 한이 있었다. 제주에 두고 온 엄마와 여동생. 오래전 빨갱이라는 누명을 쓰고 처참하게 땅에 묻힌 아버지. 차혁의 눈빛이 더욱 굳어진 데는 이런 지독한 아픔과 슬픔의 목록들도 한몫했다. 차혁은 사내 특유의 포부와 결단력도 있었고, 때로는 불뚝한 성질도 있었다. 그들이 데이트를 마치고 축제에서 집으로 돌아가는 이국 거리는 아직도 뜨거웠다. 어린아이들과 어른들이 천진난만하게 모여 집집을 돌며 사탕과 과자를 구걸하는 놀이로 신나게 웃고 북적였다.

차혁이 채탄 현장으로 복귀하자 울리히가 뻔질나게 그를 불러 댔다. 울리히는 차혁에게 흥미로운 제안을 다시 했다.

"차혁, 내 말 알았지? 내가 섭섭하지 않게 챙겨줄게. 오케이?"

주머니에 손을 찔러 넣고 현장소장 사무실을 나온 차혁 얼굴에 고민이 가득했다.

'하참. 아니, 저 땅속 어딘가로 다시 묻혀버린 그걸 내가 무슨 수로?'

차혁은 그러나 가슴 한편에서 욕망이 고개를 들었다. 지금 다달이 제주로 보내는 돈도 사실 엄마나 여동생에게 직접 붙일 수 없었다. 추적당하기 때문이었다. 차혁은 매달 자신이 번 돈을 돌아가신 아버지 친구인 춘식아재에게 보냈고, 춘식아재가 그 돈을 다시 차혁의 가족에게 은밀히 전달하는 형편이었다. 그러니 차혁은 가족이 그리워도 당당히 편지도 할 수 없었다. 매달 열심히 돈을 부치지만, 엄마와 여동생이 얼마나 모아놨을지 전혀 알 길이 없었다.

차혁에게, 욕망이라는 단어 그 끝에 제주가 매달려 있었다.

그의 뇌리에 또다시 악몽이 그려졌다. 제주 4·3사건 때 빨갱이 누명을 쓰고 세상을 뜬 아버지가 떠올랐다. 그는 돌담 뒤에 숨어, 피 흘리며 죽어가던 아버지를 보았다. 그 후 자식에게까지 낙인찍힌 연좌제로 독일 취업은커녕 동네 심부름 일자리조차 얻을 수 없었다. 차혁은 이대로 제주에서 살다간 자신의 앞날이 불 보듯 빤했다. 차혁은 엄마 가락지와 비녀와 텃밭과 전 재산을 모두 팔아 한밤중에 봄심기 아재를 찾아갔다. 그에게 뇌물을 주고 가짜 신분증을 만들어 간신히 독일로 올 수 있었다. 그런 면에서 차혁은 춘식아재가 고마운 은인이라는 생각이 들었다. 언제든 차혁은 제주로 돌아갈 계획이었지만, 그전에 제주의 빚 갚을 돈과 밭이나 작은 어선 한 척이라도 살 돈을 최대한 모아야 한다고 다짐또 다짐했다. 과거에 겪었던 차혁의 불행이 다시 주마등처럼 떠올랐다. 차혁은 정임에게 말하지 못했지만, 독일에서조차 언제 광부 일자리를 빼앗기고 하루아침에 고국으로 추방당할지 알 수 없었다. 그는 감시 대상이었기 때문이다. 일확천금을 만들기 전에는 절대 고향 땅을 밟을 염치가 없었다. 그랬기에 울리히의 제안은 퍽 유혹적이었다.

울리히의 제안을 곱씹으며 걷던 차혁은 정임이 일하는 병원 앞에 다다랐다. 마침 내일은 차혁도 정임도 공휴일이었다. 퇴근을 준비하던 정임이 차혁을 반겼다. 그녀는 서둘러 옷을 갈아입고 차혁과 함께 독일 밤거리를 걸었다.

그날 밤, 불안하고 답답했던 차혁은 정임과 마신 술에 발동이 걸려 모텔에 들었다. 둘은 밤새 많은 대화를 했다. 대화 끝에 자신이 떠나온 고향 제주도 애월면 소길리 원동마을을 이야기했다. 학살로 몰살되어, 지도에서 영영 사라진 슬픈 마을. 차혁은 1949년 원동마을이 있던 소길리 이야기를 정임에게 낱낱이 들려주었다.

차혁이 1938년 태어난 고향마을 원동. 그곳은 제주시 애월읍 소길리에 있었다. 차혁이 열한 살이던 해 1949년 초겨울 일이었다. 한밤중에 토벌대가 횃불을 들고 마을을 습격했다. 군경토벌대는 원동마을이 빨갱이 마을이라고 무참히 불 지르고 마을 사람들을 대부분 총살하거나 바다에 던져버렸다. 이 사건으로 원동마을 여섯 가구 육십여 명 중 절반이 희생당했다. 그 속에 몇몇 어린아이들만 겨우 목숨을 건져 뭍으로 떠나거나 곳곳으로 흩어졌다. 이후 원동마을은 폐허로 변해 마을 자체가 영영 사라져 버렸다. 그날 밤 차혁의 아버지도 빨갱이로 몰렸다. 차혁의 아버지 고정만은 누군가의 밀고로 군경토벌대에게 붙잡혔다. 죄명은 동네 사람들에게 정부에 협조하지 말라 시켰다는 근거 없는 중상모략이었다. 고정만을 팽나무에 묶어놓고, 경찰들은 총알도 아깝다며 죽창으로 무참히 찔러 죽였다. 그 광경을 본 차혁 엄마 현옥순은 군경에게 달려들며 절규했다. 남편을 잃은 차혁 엄마 현옥순은 거의 실신 상태가 되었다. 고정만은 불길한 예감을 알아차리고 집안 대가 끊길까 봐 미리 두 아이를 빈 항아리 속에 숨긴 밤이었다. 차혁과 밑에 여동생은 아버지 덕에 간신히 살아남았다. 그날 밤 갈대밭에 숨어, 마을회관 팽나무 아래에서 벌어진 그 무시무시한 광경을 모두 지켜봐야만 했다. 빨갱이로 몰린 아버지가 팽나무에 묶여 죽임을 당했어도, 억울함을 해명해 줄 이웃은 아무도 없었다. 모두가 고개를 돌렸고 등을 보였다. 저마다 살기 위해 어쩔 수 없는 외면이었다. 차혁은, 시신을 집 마당에 고이 묻었다.

술이 몹시 취한 차혁은 그날 밤, 정임의 품에 안겨 공포에 떨며 울었다. 어머니와 여동생과 오름으로 피신해 굴속에 움막을 짓고 숨어 살았던 사연들과 그렇게 차혁이 도망치듯 독일까지 떠나온 이야기를 들려주었다.

"우리 아버지는 빨갱이가 아니었어. 나도 빨갱이 자식이란 누명을 써서…… 어디서도 일을 할 수 없었고, 누구도 내게 일을 주지 않았어. 광부지원도 매번 불합격이었어. 가까스로 우리 어머니가 평생 모은 전 재산과 엄청난 빚을 동원해 아버지 친구 춘식 아재에게 부탁했지. 제발 아는 줄 좀 대서 독일로 가게 해달라고 빌었어. 그렇게 해서 목숨 걸고 위조여권으로 비행기에 오를 수 있었지. 지금도 제주에 남겨진 여동생과 엄마 걱정에 잠이 오지 않아. 내가 춘식아재 편으로 보내는 돈으로 엄마가 나 때문에 진 빚은 좀 갚고 있는 것인지……. 나는 아마 지금쯤 행방불명 처리 됐겠지. 딱히 연락할 길도 없어. 연락해서도 안 되겠지만…… 그래도 언젠간 돌아가야지. 내 고향인데. 죽어도 거기 가서, 먼저 떠난 아부지 곁에서 죽어야지……."

정임은 전혀 들도 보도 못했던 제주 4·3사건을 전해 들으며 잔인한 동족 살인 사건에 가슴을 쓸어내렸다. 어떡하든 자신만은 차혁을 지켜주고 싶었다.

울리히는 매번 지하로 내려갈 때마다 차혁을 불러 추궁했다.

차혁은 그럴수록 무리하게 막장을 파 들어가곤 했지만 허탕이었다. 울리히는 조건부로 따로 챙겨주던 돈을 점점 미루기 시작했다. 차혁은 그 돈이 필요해 어떻게든 그것을 찾으려 막장을 파고 들어 갔다. 그러나 성과가 없으니 차혁도 울리히 소장에게 할 말은 없었다. 가끔 낯선 아랍계 사내들이 울리히 사무실을 조용히 다녀갔다. 그럴수록 하루하루 울리히의 표정은 불안해 보였고 그만큼 차혁을 볶아댔다. 울리히는 그 낯선 사람들이 비밀리에 다녀갈 때마다 신경이 곤두섰다. 광부들은 그 내막을 알 리 없었지만, 소문을 덮을 수는 없었다. 그가 뭔가 일확천금을 노리고 있다는 비밀이 소리 없이 떠돌았다.

독일의 봄은 한국의 봄과 큰 차이가 없었다. 다만 평균 기온이 한국의 봄보다 조금 낮았다. 차혁은 그 봄에 사랑하는 정임을 아내로 맞았다. 둘은 보훔 탄광 마을 사택에 신혼집을 마련했다. 일반 사무직 월급의 열 배인 6만 원을 받았던 차혁은 수입이 좋았다. 물론 위험과 목숨값이었다. 차혁은 광부 일을 3년 더 연장했다. 차혁과 정임이 마련한 집은 조촐했지만, 깔끔했고 적당히 아늑했다. 정임은 얼마 안 가 이란성 쌍둥이 딸을 낳았다. 큰 아이는 차은혜고 작은 아이는 차은희였다. 두 아이를 낳고 정임은 살림만 했다. 차혁은 점차 커가는 두 딸과 아내를 보며 더없이 행복했다.

이란성 쌍둥이 딸이 네 살 되던 해였다.

차혁이 고국이 그리운지 아내에게 청국장찌개가 먹고 싶다고 했다. 마침 그날은 차혁이 광부 일을 쉬는 공휴일이자 두 딸의 네 번째 생일이었다. 정임은 남편이 먹고 싶다는 청국장을 한 냄비 끓이고, 두 딸의 생일을 맞아 한국식으로 수수팥떡을 손수 만들었다.

차혁과 정임은 사랑하는 딸 은혜와 은희를 한 상 가득 차린 교자상 앞에 앉혔다. 그러고는 옆집 동료에게 가족사진을 찍어달라 부탁했다. 두 딸아이의 생일날 차혁의 가족은 독일에서 처음으로 가족사진을 찍었다. 생일 축하를 마친 차혁이 벽에서 커다란 달력을 가져와 두 딸 앞에 작은 돗자리처럼 펼쳤다. 차혁과 정임은 두 딸에게 숫자를 손가락으로 꾹꾹 짚어가며 익혀주었다.

"은혜야, 은희야. 여기 봐봐. 이 숫자 읽어볼까? 2라는 숫자야. 이거 오리처럼 생겼지? 아빠 따라 해봐 2월 10일. 우리 은혜와 은희가 태어난 날이야. 이월, 십일. 숫자 2하고 숫자 10이야."

은혜와 은희는 서로 뒤질세라 신나게 숫자를 짚어가며 따라 했다. 그때 갑자기 문밖이 소란했다. 정임이 나가보니, 독일 경찰이 출동해 동네를 뒤지고 있었다. 맛있는 청국장찌개에 입맛이 돌아온 차혁이 맛나게 밥술을 떴다.

"아, 참 얼큰하고 맛 좋다! 크! 역시! 우리나라 청국장은 겨울에 먹어야 제맛이야."

꿀맛 같은 아침밥을 몇 술 뜨던 차혁은 밖에 나간 정임을 불렀다.

"여보! 찌개 다 식어. 어서 밥 먹어."

정임이 들어오지 않자 차혁이 한 손에 수저를 들고 밖으로 나갔다.

"이 사람이 왜 안 들어오는 거야? 찌개 다 식는데."

차혁이 슬리퍼를 끌고 부엌 문밖으로 나가보니, 난리도 아니었다. 온 동네 사람들이 코를 막고, 어느 집 하수구가 터진 거냐고 묻고 웅성거리고 있었다. 누군가는 신고까지 해서 독일 경찰까지 출동한 상황이었다. 경찰과 주민들 앞에 서 있는 정임이 얼굴이 빨개져 고개를 숙이고 웃고 있었다. 차혁은 무슨 상황인지 알 수 없었다. 그때 따라 나온 남편을 본 정임이 웃음을 참으며 말했다.

"여보, 하하하. 우리가 끓인 청국장 냄새 때문에 지금 동네가 발칵 뒤집혔어요. 여기가 독일인 것을 그만 깜빡했네요. 청국장 냄새에 놀라 경찰에게 신고가 들어가고, 어느 집 하수구가 터졌는지 모두 놀라 밖으로 나왔대요. 크크크. 아고 미안해서 정말……."

"엉? 그래서 지금 이렇게 사람들이 몰려나온 거야? 하하하."

그날 정임과 차혁은 모두에게 사과했다. 그렇게 청국장 사건은 해프닝으로 끝났고, 그날 독일 사람들은 대한민국 음식 중에 아주 고약한 것이 있다는 것을 온몸으로 실감했다. 차혁과 정임은 그 일로 종종 주민들과 웃음을 나누며 살았다.

그렇게 은혜와 은희의 생일을 치렀다.

어느 날이었다.

선글라스를 낀 아랍계 사내들이 신경질적인 표정으로 보훔 탄광 사무실을 다녀갔다. 정임은 차혁이 울리히 소장과 무언가 일을 벌이고 있는 것을 눈치로 감을 잡았다. 정임은 은연중에 수시로 다그쳤다.

"은희 아부지, 당신 정말 무슨 일 있으면 안 돼. 우리 은희 은혜를 봐서라도 항상 몸조심해요."

"갑자기 뭔 뜬금없는 소리야? 싱겁긴⋯⋯. 이걸로 애들 옷이나 좀 사 입혀."

차혁이 아내에게 돈 봉투를 건넸다.

"당신 무슨 돈이야? 이 돈 어디서 났어?"

"어디서 나긴, 용돈 안 쓰고 모은 거지. 당신은 쌍둥이 애들이나 잘 키우면 돼."

차혁은 대충 둘러대고 시치미를 뗐다. 그는 막장에 들어갈 때마다 뭔가를 찾아 헤맸다. 그러던 어느 날 밤, 차혁은 묘한 꿈을 꾸었다.

꿈에 엄청나게 거대한 용이 하늘에서 여의주를 물고 그의 품으로 날아들었다. 그런데 이상하게도 입에 문 것은 붉은 여의주가 아니라 푸른 여의주였다. 꿈속에 차혁은 그 눈부신 여의주를 두 손으로 받다가 갑자기 돌변한 용의 사납고 거대한 발톱에 손등을 긁혔다.

"아악-!"

차혁은 너무 아파 비명을 지르며 잠에서 깼다.

"깜짝이야! 당신 왜 그래?"

곁에서 아기를 안고 자던 정임이 놀라 한밤중에 일어나 남편을 보았다.

"아냐, 휴! 꿈을 꿨어……."

차혁은 셋째로 아들을 가질 태몽일 줄 알았다. 그러나 놀랍게도 그 꿈의 결실은 다른 데서 나타났다.

"몸조심하고 잘 다녀와요. 은혜야 은희야 아빠 잘 다녀오세요. 해야지. 호호호."

그날도 평소처럼 차혁이 도시락을 싸서 출근했다.

Gluck auf(무사하시기를)!

모두는 힘차게 아침 구호를 외쳤다. 많은 광부가 갱도로 내려가는 엘리베이터를 타고 죽음 같은 지하로 끝없이 내려갔다. 1.5km 지하 탄광은 뜨거운 열기에 일하기도 전에 숨이 턱 막혀왔다. 지하갱도에 고인 엄청난 지열을 빼내기 위해 지상에서 쉬지 않고 공기를 쏴 주었다. 그 바람은 비좁은 지하갱도를 검은 구름처럼 휘돌았다. 그 때문에 석탄가루가 온종일 갱도 속에 휘날렸다. 차혁은 수통을 찬 채 그렇게 석탄가루를 뒤집어쓰며 오전을 버텼다. 어둠 속에 눈만 떼꾼한 얼굴들이 탄가루 반, 밥 반인 도시락을 먹었다. 잠시 휴식을 취한 광부들이 오후 일을 시작했다.

그때였다.

차혁이 막장에서 한참을 천공할 때 갑자기 전기가 나갔다. 울리히는 하루치 채탄 목표량을 외치며 지상에서 신경질적으로 전기 수리공을 다그쳤다. 땅속 모두는 우왕좌왕하며 비상 발전기를 가동하게 시켰다. 백열등이 여러 번 깜빡이고 주변이 아수라장이 되었을 때였다. 차혁의 눈에 뭔가가 들어왔다. 그것은 아주 미세한 빛이었다. 전기가 나가지 않았다면 적당히 묻혀 지나칠 정도의 가녀린 빛이었다. 캄캄한 막장에 전기가 나가면서 암흑이 된 순간 차혁은 자신의 헬멧 등이 비친 앞을 보았다. 막장 안쪽 막, 오후에 부수기 시작한 탄 덩이 속에서 희미하게 빛을 내는 것이 보였다.

'엇? 저게 뭐지?'

하마터면 지나칠 뻔한 어떤 것이 탄 더미 속에서 미세한 빛을 발하고 있었다. 그것은 검은 잿더미 속에서 간신히 빛을 발하는 화롯불 같기도 했고 밤하늘에 흩뿌려진 별 가루 같기도 했다.

"있었구나! 이게 진짜로 있었어! 세상에!"

차혁은 몸이 굳는 느낌이 들었다. 그는 이 빛의 존재를 앞 전에도 잠시 본 적이 있었다. 그러나 오늘처럼 확연히 한눈에 들어온 것은 아니었다. 다만 멀리서 보고 막연히 짐작했을 뿐이었다.

몇 년 전 그날도 순간 그 미세한 빛을 향해 본능적으로 손을 뻗었다. 그러나 그때는 너무 안쪽이라 쉽게 손이 닿지 않았다. 차혁이 그곳을 향해 천공질을 몇 번 더 가하던 순간, 스탬펠이 붕괴하고 말았다. 그랬다가 닷새 만에 구조된 것이었다. 그때 눈앞에서 놓친 그것이 몇 년 만에 거짓말처럼 다시 나타난 것이었다. 천우신조가 분명했다. 차혁은 은밀히 주변을 돌아보았다. 다행히 아무도 그에게 관심 두지 않았다. 차혁은 흘러내리는 탄가루 더미 속에 손을 넣었다.

'쭈르륵…… 탁……!'

주변의 탄가루가 차혁의 발밑으로 사태 지듯 흘러내렸다. 그가 검은 물체를 향해 손을 뻗었다. 그의 손은 떨리고 있었다. 검은 탄 더미 속으로 좀 더 깊숙이 손을 넣었다. 검고 묵직한 돌덩이가 잡혔다. 푸른빛이 감도는 영물이었다. 차혁이 그것을 두 손으로 정성스럽게 집어 들었다. 그의 손이 더 심하게 떨렸다.

"이거였구나! 울리히가…… 말했던…… 그 슈타인!"

울리히가 광물용 중력 경자계 탐지기로 비밀리에 탐지했던 스톤. 바로 스톤의 실체가 드러난 것이었다. 모두가 단순히 석탄 캐는 탄광이라 생각했던 그곳에서 블라우 슈타인이 발견된 것이다. 원석이 깨져나간 부분 부분에서 푸른 별빛이 새어 나왔다. 차혁은 블라우 슈타인을 두 손에 들고도 자신의 눈을 믿을 수 없었다. 그 스톤은 보면 볼수록 무척 기이했다. 전체는 현무암처럼 검은

빛이었지만, 곳곳에 투명한 자수정 같은 알갱이들이 박혀 있었다. 겉은 그저 탄 덩어리처럼 보였지만 검은 스톤 내부가 푸른 자수정처럼 빛을 품고 있었다. 크기가 성인 남자 주먹 하나 정도 되는 블라우 슈타인이였다. 차혁은 그것을 누가 볼세라 급히 빈 도시락통에 조심조심 넣었다. 차혁의 신경은 온통 도시락 속에 붙들려 있었다.

'저것을 팔면 값을 얼마나 받을까……? 우리 어멍 빚 갚아줄 정도는 되려나? 아니지, 내가 지금 무슨 생각을 하는 거야? 이건 내 것이 아니야. 소장님 것이지. 나쁘게 마음먹지 말자. 내 것이 아닌 것은, 결국 내 것이 아니야. 바보야, 지금 저것을 발견한 건 나잖아? 임자가 따로 있어? 먼저 본 사람이 임자지. 그리고 아무도 아는 사람 없어. 그냥 내가 입 다물고 조용히 여길 뜨면 그뿐 아냐? 저들이 그토록 혈안이 되어 찾는 것 보면, 예사 슈타인은 아닌 게 분명해. 혹시 알아? 이번 기회에 나도 제주로 돌아가 빨갱이 누명 돈으로 씻고 보란 듯이 활보하며 살 수 있을지 누가 알아?'

차혁은 스톤을 발견한 이후, 작업시간 내내 머리가 복잡했다.

'그나저나 저 블라우 슈타인, 이름은 뭐지? 설마 다이아몬드는 아닐 테고. 그럼 수정인가? 아니면 말로만 듣던 블루 사파이어?'

차혁은 머리가 지끈거렸다. 일도 손에 잡히지 않았다. 빨리 지상으로 올라가고 싶은 마음만 굴뚝같았다. 그동안 울리히에게 뒤로 받은 돈도 만만치 않아 마음이 께름칙하긴 했다.

'아서라, 울리히에게 돌려주자. 어차피 내겐 이런 복 없지. 있을 리가 없어.'

그날, 유난히 긴 하루 일을 마치고 차혁이 막장에서 지상으로 올라왔다. 온몸에 묻은 탄가루를 털며 걸어가는 차혁에게 울리히가 눈치를 살피며 다가왔다.

"7019번! 7019번!"

"네! 소장님."

울리히는 누가 들을세라 암호 같은 질문을 던졌다.

"오늘은? 오늘도?"

차혁은 침착하려 했지만, 손과 입술이 먼저 경련을 일으켰다.

"모, 못 봤습니다. 어, 없나 봐요."

울리히가 가까이 다가와 작은 소리로 단호히 말했다.

"아냐! 그럴 리가 없어. 분명히 내가 봤다고! 며칠 전 광물용 중력 경자계에도 그게 떴다니까? 위치 탐색기대로라면 지금쯤 그것이 나와야 하는데…… 이상하네. 묻힌 위치로 봐선 이미 나와야 했는데……."

차혁은 들킬까 봐 불안했다. 그가 도시락을 들고 태연히 울리히 앞을 지나 샤워실로 향했다. 자신에게서 멀어지는 차혁의 동태를 살피던 울리히가 뭔가 석연치 않다는 표정이었다. 차혁은 복잡하게 얼룩진 마음마저 적셔보려는 듯 샤워 꼭지 아래서 한참 동안 물벼락을 맞고 서 있었다. 한참 후, 그가 고개를 들었다.

'그래……, 고차혁. 잘 생각했다.'

차혁이 고개 들어 김 서린 벽 거울 속 자신의 눈을 뚫어져라 쳐다보다가 한숨을 길게 내쉬었다. 다리를 절며 샤워실로 들어가는 차혁의 뒤통수를 노려보던 울리히가 뒷짐 진 채 운동장을 서성이다 사무실로 돌아섰다. 그때 희붐한 어둠 속에 샤워장 문이 열렸다. 차혁이 샤워를 마치고 젖은 머리로 작업복 가방과 도시락을 들고 다시 나타났다. 사택으로 퇴근할 모양이었다. 그러나 탄광촌 안개를 밀며 차혁이 향한 곳은 집 쪽이 아니었다. 그는 뭔가 결심한 듯, 울리히가 방금 사라진 사무실 입구로 향했다. 차혁이 사무실로 들어가 보니 여느 날처럼 책상에 앉아있어야 할 울리히는 보이지 않았다. 다른 직원들도 이미 퇴근하고 없었다. 차혁이 스톤이 든 도시락 가방을 울리히 책상 위에 올려놓으며 주변을 돌아봤다.

"소장님이 그새 퇴근하셨나? 불은 아직 켜져 있는데?"

차혁이 사무실 안쪽 회의실을 향해 울리히를 불렀다.

"소장님. 소장님."

고요했다. 차혁이 막 돌아서려는데 뒤쪽 쪽문에서 울리히가 들어섰다.

"차혁, 나를 만나러 온 거야?"

순간, 차혁은 자신도 모르게 조금 전 다짐한 생각과 전혀 다른 말이 입에서 나왔다.

"아, 아니요. 우, 우르술라. 우르술라 베버를 만나려고요. 지, 지난번 내 일당 정산이…… 좀 이상해서……요."

차혁은 말을 더듬으며 둘러댔다. 울리히는 실망한 표정이 역력했다.

"베버 양은 방금 퇴근했는데?"

"아, 네. 그, 그럼…… 내, 내일 말하죠. 뭐."

차혁이 뭔가에 쫓기듯 사무실을 나가려 입구로 돌아서 걸었다.

"차혁! 잠깐만!"

"……!"

순간, 차혁은 자신의 속내를 들킨 듯 등골이 오싹했다. 그는 그 자리에 장승처럼 몸이 굳어버렸다. 차혁은 뒤도 돌아보지 못한 채 그 자리에 멈췄다. 뒤에서 울리히가 다가오며 말했다.

"이건 뭐지?"

차혁이 식겁해 뒤를 돌아보았다. 스톤을 숨긴 도시락 가방이었다. 울리히가 자신의 책상 위에 놓인 도시락을 차혁에게 건넸다.

"이거, 자네 것이 아닌가?"

"아…… 제……, 제 것 맞아요. 하하하. 도, 도시락. 배, 배고플 때 먹는……."

차혁은 울리히가 건넨 도시락을 얼른 받아들고 사무실 문을 밀었다. 그때였다.

"7019번! 잠깐만."

울리히가 다시 차혁을 불러 세웠다. 차혁은 또 한 번 간담이 졸아붙었다. 방금 샤워한 등에 식은땀이 맺혔다. 차혁은 도저히 울리히 눈을 마주 볼 자신이 없어 그냥 등 돌린 채 걸음만 멈췄다. 울리히가 뒤에서 차분한 목소리로 또박또박 물었다.

"도시락이 묵직하던데……? 오늘 점심 안 먹은 건가?"

"아, 저, 점심……이요? 네, 감기 기운이 있어 입맛이 없더라고요. 그래서……."

"그렇군, 얼른 가서 좀 쉬게."

울리히가 얼른 가라 손짓하며 돌아섰다. 어둠 속에 작은 계단을 내려가던 차혁은 그만 발을 헛디뎠다.

'덜그렁……!'

순간 차혁은 심장이 쿵, 멎는 듯했다. 밥이 가득한 도시락에서는 결코 들릴 수 없는 뭔가 거칠고 무거운 소음이었다. 책상으로 가서 막 앉으려던 울리히가 벌떡 일어나 창문으로 차혁을 내다봤다. 차혁이 침착하게 도시락을 주워들고 사택으로 향했다. 차혁은 이미 식은땀으로 옷이 흠뻑 젖었다. 그날따라 사무실과 사택의 거리가 구만리 길처럼 아득했다. 집에까지 어떻게 왔는지 꿈만 같았다. 차혁은 당장이라도 누군가 자신의 뒷덜미를 콱 움켜잡을 것 같은 공포를 느꼈다.

그날 밤, 탄광 사무실은 밤늦도록 누군가 서성였다. 울리히의 전화를 받은 낯선 남자 둘이 검은 선글라스를 끼고 주변을 경계하며 사무실로 들어섰다. 검은 턱수염에 민첩해 보이는 걸음걸이가 사복만 입었을 뿐, 아랍권 군인들이 분명했다. 울리히는 무슨 일인지 낯선 그들과 이상한 기계를 챙겨 손전등을 들고 갱도로 내려갔다. 한밤중에 은밀히 갱도로 사라진 그들. 그들이 탐지한 광물용 중력 경자계에 더 이상 스톤의 파장은 잡히지 않는다. 울리히는 표정이 창백하게 변해갔다. 검은 선글라스를 낀 사내 둘의 표정도 벌레 씹은 얼굴로 돌변했다.

그날 밤 두 사내와 울리히는 사무실에서 작은 언성이 오가는 듯했다. 사택으로 퇴근해 저녁상을 물린 차혁이 슬머시 밖으로 사라졌다. 그는 발소리를 죽이며 소장 사무실 창 밑으로 몰래 다가갔다.

"울리히! 이 배신자 새끼! 그 블라우 슈타인! 대체 어디로 빼돌린 거야?"

"브, 블라우 슈타인? 이라고요? 그럼 이미 다 알고 있었소? 난 사실 파장만 봤지 그 광물의 정체는 뭔지 모르오."

"그래! 블라우 디아만트(블루 다이아몬드)! 너 그게 어디에 쓸 건지 알기나 해? 우리 무기 구매 자금으로 쓸 블라우 슈타인이란 말이야! 우리 수니파 전체 동지들의 생명과 명예와 직결된 물건이라고!"

울리히는 너무 놀랐다. 울리히는 광물탐지 경자계에 잡혔던 파장의 크기를 대략 짐작했다. 그렇다면 수백억 가치를 지녔다는 뜻이었다. 함께 광물 탐지기를 보았음에도 울리히는 전혀 몰랐던 사실까지 그들은 이미 상세히 알고 있었다.

"몰랐나? 그것은 디아몬드 원석이야! 영롱한 푸른빛 때문에, 바다의 신神! 포세이돈! 이라는 별명도 있지!"

그들은 이슬람 나치로 불리는 수니파 IS무장 테러 단체였다. 선글라스 낀 한 사내가 가죽 잠바 주머니에서 껌을 꺼내 질겅질겅 씹었다. 사내가 껌을 씹을 때마다, 손가락만 한 검은 송충이가 꾸물거리듯 검고 짙은 콧수염이 꿈틀거렸다. 그가 울리히의 관자놀이에 소음권총을 들이댔다. 잔뜩 겁먹은 울리히의 관자놀이에 도드라진 혈관이 거머리처럼 움찔했다. 잔뜩 겁을 먹은 울리히는 당장이라도 쓰러질 듯했다.

"이, 이봐. 제발 진정하시오! 나, 난 맹세코 손도 안 댔소. 아직, 저 막장 어딘가에 있을 거요."

"이 돼지 뼈다귀 같은 게! 지금 누굴 바보천치로 아는 거야? 너 우리랑 방금 내려가서 두 눈으로 봤잖아? 거기 없는데 뭔 헛소리야? 방금 중력 경자계 기관에 아무런 파장도 안 잡히던 것 못 봤어? 이 사기꾼 새끼! 네 놈이 그새 손을 써 빼돌렸지? 넌! 아주 큰 실수를 한 거야! 넌! 그 스톤 값의 수백 배의 값을 치르게 될 거야! 알겠어?"

같은 시각, 저녁상을 물리고 설거지를 하던 정임은 신발장 옆에 놓인 남편의 도시락을 씻으려 집어 들었다. 가방에서 도시락을 꺼내 설거지통에 담그려던 정임은 검은 돌덩이 하나가 퉁 떨어지자 깜짝 놀랐다. 설거지 구정물에 젖은 돌은 더 검게 빛났다. 정임은 그것을 하찮은 석탄 덩어리인 줄 알고 있었다.

"어이구! 매일 두더지처럼 탄 더미에 파묻혀 사는 것도 모자라, 이젠 도시락에까지 석탄을 퍼 나를 참이야 뭐야? 아니, 이이가 대체 이 쓸모없는 탄 덩이는 뭐 하려고 가져왔지?"

정임은 그것을 심드렁하게 부엌 바닥에 발로 밀쳐놓고 설거지를 마저 했다. 네 살 난 작은 딸 은희가 엄마 바짓가랑이를 잡고 업어 달라 칭얼대다 돌을 보더니 신기한 듯 아장아장 다가갔다.

"은희야, 안돼! 만지지 마. 고은희, 그거 지지야! 지지! 손 씻어, 어여."

"아잉ー, 시여ー. 시여ー. 은희 꼬야."

어린 은희는 고집을 부리며 그 돌을 빼앗기지 않겠다는 듯 품에 껴안았다.

"우리 공주님, 잠잘 시간 지났네. 어여 씻고 코 자자. 우리 큰딸부터 목욕하자."

그녀가 어린 은혜를 번쩍 안아 올렸다. 은혜는 이란성 쌍둥이였지만 동생 은희보다 몸집은 더 작았고 그 대신 더 야무지고 단단한 체구였다. 집안에 따뜻한 물안개가 평화롭게 떠다녔다. 정임 곁에서 막내 은희가 돌덩이를 굴리며 놀았다.

"예쁜 고은희, 잠깐만 놀고 있어. 언니 먼저 씻기고 너도 씻겨 줄게."

정임은 딸이 사랑스러워 빙그레 웃었다. 그녀가 물을 데운 목욕 대야에 이란성 쌍둥이 중 언니 은혜를 앉히고 먼저 씻기기 시작했다.

검은 선글라스를 낀 한 사내가 울리히의 멱살을 거칠게 휘어잡았다. 그 곁에 냉혈 인간처럼 생긴 또 한 사내가 울리히를 뱀 눈으로 협박했다.

"이봐! 너 어디다 빼돌렸어? 정말 끝까지 이럴 거야? 앙? 몇 년간 투자한 우리 동지들 돈 당장 내놔! 당장! 그 돈이 어디서 나온 건지 말 안 해도 알겠지? 울리히! 목숨이 열 개라도 되나? 이번 일 잘못되면 네놈은 물론이고 우리 둘도 당장 죽은 목숨이야! 알아? 지금 우리 두목이 그 물건 목 빼고 기다린단 말이야! 젠장! 이제 대체 어쩔 거야? 앙? 내일 이 시간에 다시 오겠어! 그때까지 반드시 찾아 놔! 만약 못 찾으면, 이깟 보홈 탄광은 한순간 허공의 재가 될 줄 알아! 알겠어? 물론, 그 불쏘시개는 네놈 몸뚱이가 될 거라는 것도 알겠지?"

담벼락 밑에서 엿듣던 차혁은 입이 다물어지지 않았다. 선글라스 사내가 말하는, 울리히에게 투자했다는 검은돈 중 일부는 차혁이 몇 년간 뒤로 받은 그 돈이 틀림없었다. 차혁이 넋 나간 사람처럼 현관문을 열고 들어섰다.

"이 늦은 시간에 어딜 다녀와요?"

정임이 묻는 말에 차혁은 대답이 없었다. 정임은 두 딸을 나란히 눕히고 이불을 덮어주었다. 그녀는 오래전부터 남편을 통해 배운 제주의 자장가를 두 딸 이마를 쓰다듬으며 부르기 시작했다. 두 딸은 태어나기 전 뱃속에서도 이 노래를 들었고 태어나서도 줄곧 네 살이 된 지금까지도 이 자장가를 들으며 자랐다. 눈 비비며 하품하다 두 눈을 곱게 감고 누운 은혜와 은희. 세상에서 가장 따스한 엄마 목소리로 정임이 두 아이의 귓전에 가까이 얼굴을 대고 속삭였다.

우리 애기 코오 잘까……?
엄마가 자장가 해줄게…….
자랑자랑 자랑자랑
웡이자랑 웡이자랑 자랑자랑 웡이자랑

정임은 비몽사몽 자장가를 부르며 꾸벅꾸벅 졸았다. 그렇게 자장가를 부르다 두 딸을 품에 안고 평화로이 잠들었다. 그 곁에서 마음이 복잡한 차혁이 어둠 속에 누워있었다. 그는 이런저런 불안들로 한참 뒤척이다 새벽 늦게야 간신히 잠이 들었다. 집안에는 평화로운 고요가 가득 찼다.

　새벽에 정임이 아침밥을 하러 일어나 방에 불을 켰다가 혼비백산했다. 현관문은 활짝 열려 있었고 집안이 온통 난장판이 되어있었다.

　"여보! 여보! 빨리 일어나 봐요!"

　차혁이 놀라 잠에서 깼다. 그는 쑥대밭이 된 집안을 돌아봤다. 본래대로라면 아직 한 시간은 더 자도 되는 이른 새벽이었다. 정임이 부엌으로 나갔다가 엉겁결에 방으로 뛰어 들어와 벌벌 떨었다.

　"저기! 저기!"

　창백해진 정임이 놀라 자신의 입을 막고 손가락으로 밖을 가리켰다. 아내의 얼굴을 보고 더 놀란 차혁이 맨발로 부엌으로 뛰어나갔다. 부엌과 창고 방도 난장판이었다. 간밤에 도둑이 다녀간 듯했다. 차혁은 불길했다.

　'울리히의 짓이다! 분명해! 그렇다면……?'

　순간, 천둥이 치듯 차혁의 뇌리를 스치는 것이 있었다.

　'슈, 슈타인!'

　맨발로 부엌에 섰던 차혁이 실성한 듯 여기저기 두리번대며 아내에게 외쳤다.

　"도, 도시락 가방! 내 도시락 가방 어딨어?"

정임이 도시락 가방 있는 곳을 가리키자 차혁이 다급히 도시락통을 뒤졌다.

"어, 어딨어?"

"에? 뭐, 뭐가요?"

"슈타인! 슈타인 말이야!"

"슈, 슈타인이요……? 검은 석탄 덩이?"

"그래! 그거 어딨어? 어딨냐고?"

"어제 은혜가 부엌 바닥에서 굴리며 놀았는데……?"

정임의 말이 끝나기도 전에 차혁이 바닥에 납작 엎드려 찬장 밑을 샅샅이 살폈다. 있었다. 거기 그곳에 있었다. 스톤은 놀랍게도 찬장 저 안쪽으로 굴러 들어가 깊숙이 박혀 있었다.

'아! 하늘이 도운 것인가?'

그는 속으로 안도했다. 스톤은 차혁이 손을 뻗어도 잘 닿지 않을 깊숙하고 구석진 곳에 굴러가 있었다. 차혁이 빗자루로 그것을 쓸어 당겼다. 스톤은 퀴퀴한 먼지와 함께 덜그럭거리며 조금씩 밖으로 밀려 나왔다.

"은, 은희 아부지! 대체 뭔 일이예요? 간밤에 이 지경이 된 우리 집은 뭐고? 그 돌덩이는 또 뭐고? 당신 나한테 숨기는 거 있죠? 그쵸? 빨리 말해 봐요! 대체 뭔 일이냐구요?"

가까스로 정임을 안정시킨 차혁이 자초지종을 설명했다. 순간 정임의 얼굴이 하얘졌다.

"다, 당신! 미쳤어요? 일확천금에 미쳐도 유분수지! 그것들이 눈멀었대요? 가난한 우리한테 오게? 그리고 제주도 어머니 빚 우리가 벌어서 갚고 있잖아요? 대체 그깟 돌이 뭐라고! 당신 두렵지도 않아요? 여긴 한국이 아니에요. 자칫하다가는 우리 같은 건 파리 목숨이라고요! 저 어린 것들 어쩌려고 그래요! 다, 당장 돌려줘요."

아내 말에 차혁이 충혈된 눈으로 흥분해서 외쳤다.

"안 돼! 난 못 줘. 그것은 내가 찾은 내 물건이야. 난 이것으로 제주로 돌아갈 거야. 가서! 한 맺히게, 죽창에 찔려죽고 총 맞아 죽고 불타 죽고 맞아 죽은 이웃들과 나눌 거야! 그들의 후손들이 지금도 빨갱이라는 누명을 쓰고 일자리도 잃고 숨어 살고 있어. 이것이 꼭 필요한 곳이 있다면, 바로 그들이야. 그래서 하늘이 내게 준 신성한 선물이야. 저놈들 손에 들어가면 또 무수한 죄 없는 생명을 빼앗는 짓거리만 할 게 뻔해. 난 그렇게 놔둘 수 없어!"

차혁은 평소와 전혀 다른 사람처럼 피맺히게 외쳐댔다.

"제발 정신 차려요! 그게 가능해요? 우리는 이 독일을 떠나기도 전에 총살감이란 것 몰라요? 그 사람들 테러집단이죠? 그죠? 테러집단이 움직였다면 그건 이미 보석이 아니고 살인 무기인 거 몰라요? 저들의 레이더망에 걸렸으면, 그것 우리가 어디다 팔 수도 없는 물건인 거 잘 알잖아요? 아이고! 이이가 완전히 미쳤어! 미쳤어! 그러다 우리 네 식구 순식간에 끝장나요. 당장 그 자리

갖다 놔요! 어서!"

순간, 두 어린 딸을 생각하자 자신이 없어졌다. 공포로 눈이 동그래진 차혁이 아내 말을 듣고 급히 집을 나섰다. 차혁은 그것을 울리히에게 돌려주기로 단단히 마음먹었다. 그가 스톤을 품에 숨기고 다리를 절뚝이며 탄광 공터로 막 들어설 때였다.

ㅡㅡ애애애앵ㅡㅡㅡㅡ!!!

그때, 귀청이 떨어질 듯 사이렌 소리가 빗발쳤다. 탄광 사이렌은 비상시 외에는 절대 울리는 법이 없었다. 보훔 탄광 경비실 밖에 SD 공격대가 소총으로 중무장한 채 이쪽으로 달려오는 것이 보였다. 차혁은 대체 어떻게 돌아가는 상황인지 정신이 아뜩했다.

'크, 큰일 났다! 저, 저들은 독일 보안경찰인데? 그렇다면, 이 돌덩이 하나 때문에 독일 정부까지 움직이고 있다는 건가?'

마음이 다급해진 차혁이 넋이 빠진 얼굴로 현장으로 달렸다. 현장에는 이미 사람들이 둥글게 모여 웅성거렸다. 차혁이 최대한 차분하게 동료들에게 물었다.

"무, 무슨 일이야? 왜 갑자기 사이렌이야?"

"못 들었어? 간밤에 울리히 소장이 괴한에게 살해됐어! 이게 대체 뭔 일인지 모르겠네!"

차혁은 순간 그 자리에 얼어붙고 말았다. 울리히 소장이 죽었다는 말은 차혁이 위험하다는 말이기도 했다. 차혁은 스톤을 제

자리에 갖다 놓을 때가 아님을 판단했다. 그럴 시간도, 기회도 이미 물 건너간 후였다. 그의 얼굴이 새까맣게 변하더니 서서히 뒷걸음치기 시작했다. 차혁은 무슨 일이 있어도 슈타인만큼은 포기할 수 없었다. 그것은 제주에서 빨갱이로 몰린 채 빚더미에 눌려 죽어가고 있을 자신의 가족과 무참히 학살당한 가족을 도울 마지막 구세주였다. 차혁은 어떡하든 살아서 제주도 원동마을로 가야만 했다.

'도, 도망쳐야 한다! 서두르자!'

혼이 나간 그는 슈타인을 품에 꼭 안고 한쪽 다리를 절며 숨이 넘어가도록 집으로 달렸다.

차혁은 집으로 뛰어 들어가면서 외쳤다.

"헉! 헉! 헉! 여보! 어, 어서 짐 싸! 당장!"

놀란 정임은 쌍둥이를 안고 업은 채 엉거주춤 서서 남편을 돌아보았다.

"당신! 아직 안 갔어요? 슈타인 있던 곳에 다시 갖다 두라니까? 뜬금없이 짐을 싸라니? 무슨 말을 하는 거예요?"

"여보! 긴말할 시간 없어. 우선 피해야 해! 당장 여길 떠나야 해! 독일 보안 경찰들이 몰려왔어. 울리히 소장은 간밤에 살해됐고!"

"뭐, 뭐라고요? 여보, 여긴 독일이에요. 우리가 여기서 갈 데가 어딨어요? 당신 한국으로 가면 여권 위조범으로 잡히고, 바로 철창행이야! 은혜 아부지, 제발! 정신 좀 차려요!"

"나, 나두 몰라! 우선 당장 빨리 여길 떠나야 해! 현금 있는 대로 최대한 챙겨! 어디로 갈지는 도망가면서 생각하자고! 잡히면 우리 식구 모두 개죽음이야!"

채 어둠도 가시지 않은 새벽이었다. 차혁이 급히 챙긴 가방을 어깨에 다급히 둘러멨다. 잠이 덜 깬 은혜가 칭얼대자 차혁의 간이 바짝 오그라들었다. 자칫 아기 울음소리로 주위 시선을 받았다간 끝장이었다. 차혁은 큰딸 은혜를 안고 새벽바람을 헤치며 보훔 탄광에서 멀어지기 위해 사력을 다해 걸음을 재촉했다. 다리를 절 때마다 등에 멘 가방과 품에 안은 어린 은혜가, 슬프게 기우뚱거렸다. 그 뒤를 정임이 다급히 싼 봇짐을 품에 안고, 둘째 은희를 둘러업고 차혁의 뒤를 따랐다. 은희는 엄마 등에서 새근새근 잠들었다. 네 식구는 그렇게 차가운 이국땅에서 하룻밤 사이에 도망자가 되어있었다. 차혁은 행인들의 눈을 피해, 외진 골목길을 걸으며 생각했다.

'어디로 가지……? 어디로 가나? 간밤에 우리 집을 누군가 뒤졌다면, 울리히 소장이 나와 연관된 것을 알았을 거야. 그렇다면 내가 슈타인을 갖고 있을 거라 판단하고 누군가 움직였다는 거야. 이대로라면……, 최대한 빨리 독일을 떠야 한다. 여기서는 어디든 안전하지 못해. 그렇다면 어디로 가지? 보안 경찰들까지 움직였다면 공항으로는 갈 수도 없다! 그럼 어떡하지? 단속망을 빠져나가려면 어떡해야 할까?'

차혁이 달리며 생각하다, 저만치 택시를 발견했다.

"택시! 택시!"

네 식구는 다급히 택시에 올랐다.

"브레멘 항구로 갑시다!"

브레멘 항구는 독일에서 두 번째로 큰 항구도시였다. 그곳은 조선업, 수산물 가공업이 성황을 이루었다. 차혁은 일단 그곳으로 가보기로 했다. 정임이 기사 눈치를 살피며 불안한 눈으로 남편에게 속삭였다.

"어쩌려고요……?"

"나도 몰라. 어쨌든 정상적인 방법으로는 이동할 수 없어. 검문이 심할 거야. 그것만은 피해야 안전해."

한국말이 낯선 택시기사가 룸미러로 부부를 힐끗 보았다. 브레멘 항에 내린 정임이 차혁에게 말했다.

"여보! 그것 저 바다에라도 확 던져 버려요! 제발! 이게 대체 뭔 난리예요?"

"답답한 소리 마! 이걸 버린다고 문제가 달라져? 현실을 똑바로 봐. 이게 있든 없든 우린 이미 표적이 되었고 쫓기고 있어. 그럼 이거라도 있어야 어딜 가든 우리 식구가 살아남을 거 아냐? 이게 있어야 우리가 살아. 알아? 어차피 쫓기는데 이것까지 버리라니? 당신 제정신이야? 난 이것을 가지고 어떡하든 제주로 갈 거야!"

서서히 먼동이 트기 시작했다. 차혁이 아내와 두 딸을 부둣가 외진 폐선 속으로 데려갔다. 태풍에 난파됐는지 폐선은 초가집처럼 뒤집혀 있었고 심하게 녹슬어 누구도 관심을 두지 않았다.

"우선, 여기 꼼짝 말고 있어. 알았지? 어떤 일이 있어도 밖으로 나와서는 안 돼! 지금쯤 보안경찰이 혈안이 되어 우리 가족을 찾고 있을 거야."

정임이 공포 가득한 시선으로 남편을 보았다.

"어쩌려고요? 여보 나 무서워요. 우리 은혜랑 은희 어떡해요······."

차혁이 정임과 두 딸을 꼭 안아주며 말했다.

"걱정하지 마. 아무 일 없을 거야. 우선 내가 나가서 통장에 있는 돈 최대한 찾고, 해외로 빠져나갈 다른 길 좀 알아보고 빨리 돌아올게. 아직 새벽이니 은행 창구에까지 놈들의 손이 미치지는 못했을 거야."

"네, 몸조심하고 얼른 와야 해요."

"으앙. 아빠······ 나두 갈래."

"안 돼 안돼. 위험해. 은혜야 안돼. 엄마랑 있어 착하지? 아빠가 까까 사서 금방 올게."

차혁이 큰딸을 잠시 안아주고 내려놓았다. 그가 긴장한 얼굴로 잠시 아내를 보더니 이내 밖으로 사라졌다. 차혁이 다시 폐선으로 돌아온 것은 세 시간 뒤였다. 그가 종이봉투에 빵과 마실 것을 챙겨 미행이 없는지 뒤를 살피며 폐선 안으로 들어왔다. 차혁의 얼굴이 초췌했다. 정임은 차혁이 구해온 양식을 두 딸과 나눠 먹었다. 차혁은 네 식구가 밀항할 화물선을 알아보고 돌아왔다. 그가 작은 소리로 아내에게 말했다.

"아무리 생각해도 정기선은 위험할 것 같아. 검문도 심할 거고. 그래서 부정기 화물선을 알아봤어. 다행히 우리 말고도 밀항자들이 몇 더 있는 눈치야. 그들과 함께 우리도 그 배를 타고 가기로 하고 선장한테 계약금을 줬어. 여기서 해가 지길 기다렸다가, 화물선을 타고 미국 매사추세츠 항구로 가다가, 바로 직전에 미국 변두리 작은 항구가 있대서, 그곳에 내려달라 했어. 당신과 애들이 고생스럽긴 하겠지만, 우리 조금만 참자, 알았지? 여보 정말 미안해. 괜히 나 때문에……. 나도 일이 이렇게 될 줄은 상상도 못 했어. 미국에 도착하면 어떻게든 살길이야 있겠지. 그곳에서 적당히 시간 끌다가 조용해지면, 제주로 돌아가자. 당신도 그렇겠지만, 나두 이젠 이놈의 외국 생활이 지겹다. 빌어먹어도 내 나라 고향 가서 빌어먹자. 살길이야 있겠지. 이 슈타인이면, 우리 원동마을 사람들을 평생 돕고도 남을 거야."

차혁이 아이들과 아내를 품에 안고 폐선 기관실에서 고단한 몸을 잠시 기댔다.

이윽고, 밤이 되었다. 차혁이 먼저 밖으로 나가 주변을 살피더니 신호를 보냈다. 정임이 두 아이와 함께 차혁을 따라 어둠 속에 화물선 있는 곳으로 조금씩 이동했다. 다행히 두 아이가 울지 않아 무사히 승선할 수 있었다. 차혁의 식구가 운명을 건 배는 소형 벌크 화물선이었다. 선장은 면화와 작은 컨테이너를 운반한다고 했다. 부정기선이라 검문도 거의 없는 편이라고 선장이 귀띔했다. 작은 선박이라 이름 없는 항구에도 쉽게 정박하고 이동성이 좋았다. 다만, 속력이 너무 느려 미국 매사추세츠 부근 항구까지 거의 한 달 남짓 걸린다고 했다. 정임은 한 달을 배 갑판 아래 망가진 냉동고에 갇혀 있을 것을 생각하니 벌써부터 아이들이 걱정이었다. 차혁이 아내를 위로했다. 그들은 브레멘 항구를 한창 벗어날 때까지 낮에도 갑판 위로 올라갈 수 없었다. 주로 한밤중에 잠시 갑판 위에 나가 저린 몸을 펴고 바람을 쐬며 견뎠다.

차혁은 스톤을 늘 품 안에 지니고 다녔다. 망망한 바다 위에서 매일 매일의 날짜가 나뭇잎처럼 떨어져 내렸다. 정임은 어린 두 딸과 지루하고 고통스러웠지만, 그럭저럭 적응되어 갔다. 가족은 제대로 씻지도 못해 몰골이 말이 아니었다. 멀리 있는 바다 한가운데로 들어서자 밀항자들 움직임에 조금 자유가 생겼다. 밀항자들은 각자 눈치껏 자신들의 숨은 장소에서 갑판을 드나들었다. 그들은 대부분 남자였다. 행색도 추레하고 험상궂은 인상이었다. 갑판에 나와서 밤공기를 쏘이고 있는 차혁에게 선장이 귀띔했다.

"보아하니, 어린애들까지 데리고 꽤 사연이 있어 보이는데. 저쪽 저 사람들 대부분 범죄자일 가능성이 높소. 항상 소지품 조심하고 가능한 저들과 부딪히지 마쇼."

그 배에서 여자라고는 정임과 두 딸이 전부였다. 가끔 어린 딸아이를 데리고 갑판에서 밤바람을 쏘이던 정임은 그들과 눈만 마주쳐도 온몸에 소름이 돋았다. 그녀는 하루빨리 육지에 닿기만을 간절히 바랐다.

시간은 흘러 거의 미국 매사추세츠 항구 도착 예정일이 다 와 가고 있었다.

"이제 곧 연안 쪽으로 점점 다가갈 것이오. 그때부터는 다들 알지? 짐칸에 들어가 꼼짝들 마오. 괜히 값비싼 대가 치르기 싫거든 말이오. 이제 오늘 밤이 지나면, 내일 낮 하루는 오줌똥도 짐칸 속에서 각자 해결해야 하오."

밀입국자들에게서 밀항비 잔금을 모두 챙긴 선장이 화장실 대용으로 쓰라고 플라스틱 통들을 나눠주며 한마디 더 했다.

"오늘 밤까지만 실컷 갑판 바람 쐬고 날이 밝기 전에 모두 짐칸 속으로 숨으시오. 내일 아침이면 작은 항구에 닿을 것이오. 그러나 내일 하루는 짐칸 밖으로 못 나올 것이오. 내가 밖에서 자물쇠를 잠그게 될 테니 말이오. 배에서 숨어 대기하다가, 내일 해가 지면 그때 문을 열어줄 테니 달이 뜨기 전에 각자 목적지로 가시오. 자 나는 그럼 이만, 들어가 눈 좀 붙일 테니 적당히들 마시고 새벽 오기 전에 몸들 숨기시오. 오늘 밤이 지나면, 저쪽은 연안이 무척 가까워 눈에 띌 수 있으니 각별히 주의하시오."

배는 미끄럽고 순조롭게 계속 육지를 향해 다가갔다. 모두는 한 달 남짓의 시간을 함께 보내면서 적당히 지쳐있었다. 휘영청 보름달이 갑판 위를 훤히 밝혔다. 긴장들이 풀렸는지 누군가 꺼 낸 독한 술로 그들은 점점 술에 취해갔다. 몇은 갑판에 뻗어 코를 골았고 몇은 술이 술을 마시며 토하고 욕하며 뒹굴었다. 차혁이, 칭얼대는 네 살배기 딸 은혜와 놀아주기 위해, 봇짐에서 흑백 가 족사진을 꺼내 보여주었다. 사진을 잡은 차혁의 양손 손톱 밑에 석탄가루가 박혀 까맣고 지저분했다. 망망대해 달빛이 제법 환했 다. 차혁이 사랑하는 칭얼대는 딸을 품에 안고 놀아주며 물었다.

"은혜야, 이게 누구야?"

"옴마."

"어이구 우리 딸 똑똑하네. 아부지 찾아봐."

"아부지? 요기."

"너의 동생 은희는?"

"동탱. 이거 동탱. 으히. 내 동탱 으히."

"그래그래. 우리 은혜 다 맞췄구나. 하하하."

차혁의 칭찬에 어린 은혜가 한껏 신나 사진을 품에 안고 뽀뽀 했다. 은혜를 안고 차혁이 잠시 갑판 위로 데려갔다. 차혁이 가족 사진을 은혜의 코트 주머니에 넣어주고 품에 번쩍 안아 올렸다. 주머니에 넣어둔 스톤이 눌러 불편했다. 차혁은 한 손으로는 은 혜를 안고 한 손으로 주머니 속에 손을 넣어 스톤을 매만졌다. 달빛 속에 배는 점점 더 연안을 향해 가까워지고 있었다. 차혁이 딸을 안고 파도를 보여주려 잠시 선미 쪽으로 넘어가던 그때였다. 한쪽 다리를 저는 차혁의 발이 그만 굵은 밧줄에 걸려 중심을 잃고 말았다. 차혁은 하필 얼굴에 흉터가 있는 술 취한 사내 어깨 위로 넘어지고 말았다. 차혁이 당황하며 얼른 일어나 사과했지만 이미 때는 늦고 말았다. 그 주정뱅이가 보드카 술병을 들고 일어나더니 다짜고짜 차혁의 이마를 가격하는 일이 벌어졌다. 술병이 산산조각이 나고, 차혁의 이마에서 피가 흘렀다. 품에 안겼던 어린 은혜가 놀라 빽빽 울었다. 차혁은 몹시 화가 치밀었지만 놀라 우는 은혜를 품에 안고 이마의 피를 닦으며 돌아섰다. 냉동 창고에 숨어있던 정임이 딸의 울음소리에 놀라 은희를 품에 안고 달려왔다. 그 모습을 본 주정뱅이가 실실 웃으며 정임을 향해 다가갔다. 차혁이 은혜를 안고 그 앞을 가로막았다. 그러자 뒤에서 술 마시던 또 다른 패거리들이 일어나 정임의 몸을 눈으로 훑어가며 추행을 부렸다. 당황한 정임이 얼른 냉동 창고로 돌아내려 가려던 그때였다. 패거리 중 한 놈이 은희를 품에 안은 정임의 허리를 낚아챘다. 배는 쉬지 않고 달빛을 밀어내며 연안으로 가까워지고 있었다.

"이봐! 낄낄낄. 어딜 가. 잠깐 같이 좀 즐기자니까."

이마에서 피가 흐르는 차혁이 화가 치밀어 외쳤다.

"야! 당장 그 손 안 치워?"

차혁의 말에 또 다른 패거리들이 하나둘 차혁을 향해 둘러쌌다.

"흘흘흘. 오, 무서워라. 이거 원 겁나서 살겠나. 킬킬킬. 이봐. 다들 좀 일어나 봐."

그 여파로 선미 쪽에 뒹굴던 다른 이들까지 모두 일어나 여자에 굶주린 좀비들처럼 몰려들었다. 잠이 든 쌍둥이 작은딸 은희를 품에 안은 정임이 공포에 떨며 뒷걸음쳤다. 차혁이 놀라 우는 은혜를 품에 안고, 불편한 다리를 절며 그들 앞을 막아섰다. 그러나 그 패거리들을 당할 재간이 없었다. 그들 중 하나가 차혁을 선미 쪽으로 거세게 밀쳐버렸다. 은혜를 품에 안고 불편한 다리로 중심을 잃은 차혁이, 밧줄 더미에 발이 걸려 바다로 추락하고 말았다.

"아아악—! 안돼! 은혜 아부지! 여보! 여보! 아아악! 어떡해! 여보!"

그것을 본 정임이 둘째 은희를 안고 선미 쪽으로 달려가며 비명을 질렀다.

"선장님! 살려주세요! 남편과 딸이 바다에 빠졌어요! 선장님! 선장님!"

선장은 깊이 잠들었는지 고요했다. 정임이 패거리들을 향해 울부짖었다.

"도와주세요! 제발 도와주세요! 시키는 대로 다 할 테니 우리 남편 좀 건져주세요! 제발요! 아흐흐흑! 어떡해, 여보---!"

어린 은혜를 안고 갑자기 차가운 밤바다로 떨어진 차혁은 호흡 곤란으로 헤엄을 칠 수 없었다.

"엄마아아-무서워-! 무서워-엄마아아-!"

바다에 떨어진 어린 딸 은혜가 차혁 품에서 엄마를 애타게 불렀다. 아내의 비명이 차혁의 귀에 들렸다.

"은혜 아부지! 멈추면 안 돼요! 아흐흑! 은혜야! 아가! 아-아-악! 어떻게! 여보! 아흐흑! 어떡해! 여보! 제발, 해 뜰 때까지만…… 해 뜰 때까지만…… 제발 힘내서 헤엄쳐요! 제발!"

그녀가 울며 도와 달라 악을 썼다. 정임의 품에 안긴 은희도 슬피 절규하는 엄마를 따라 목 놓아 울었다.

"제가 잘못 했어요! 이렇게 빌 테니, 제발 우리 애 아부지 좀 구해주세요! 흐흐흑! 제발요!"

이리저리 패거리들에게 미친 듯 매달려 남편을 살려 달라 눈물로 애원했다.

"이봐요! 사람 좀 살려줘요! 아흐! 흐흐흑! 제가…… 제가 시키는 건 뭐든 다 할게요! 제발 저 어린 딸 좀 살려주세요!"

매몰찬 그들은 들은 척도 하지 않았다.

"은혜야---! 여보---! 아흐흑, 아악-흐흐흑- 어떡하면 좋아…… 여보."

그들은, 차라리 성가신 물건 하나 잘 사라졌다는 표정이었다.

실성한 듯 정임이 달려가 배 밑을 내려다보며 통곡했지만, 배는 점점 부녀를 차디찬 밤바다에 던져두고 멀어져갔다.

"은혜 아부지 헤엄쳐요! 지치면 안 돼요! 은혜 아부지! 제발……. 아아악! 아흐흑! 은혜야!"

정임이 간절히 울며 차혁을 피맺히게 외쳐 불렀다. 차혁은 아내의 절규를 들으며, 품에 매달려서 우는 딸을 부여안고 한 손으로 헤엄치느라 허우적거렸다. 차혁이 있는 힘을 다해 유언 같은 비명을 허공에 외쳤다.

"정임아ㅡㅡ! 미안하다ㅡㅡㅡ!"

죽음의 문턱에서 절박한 공포와 두려움이 가득한 가장의 애절한 흐느낌이었다. 슬프고 간절한 차혁의 음성이 배 밑에서 허공으로 힘없이 울려 퍼졌다. 차혁의 목소리는 심하게 떨리고 있었다. 정임이 반쯤 넋이 나간 채 선미에 서서 짐승처럼 울부짖었다.

"아아악! 흐흐흑! 은혜야! 제발 도와주세요! 제발! 우리 남편 좀 건져주세요! 여보!"

바다에 빠진 남편과 딸애를 보고 더는 참지 못한 정임의 눈에 핏발이 곤두섰다. 그녀가 뭔가 다짐한 듯 은희를 품에 안고 선미로 달렸다. 둘째를 품에 안은 그녀가 몸을 날려 바다로 뛰어내리려던 순간, 한 놈이 정임의 옷자락을 잡아당겼다. 그녀의 옷 한쪽이 찢기며 은희를 안은 채 갑판 위로 고꾸라졌다. 바다에 빠진 채 은혜를 안고 한 손으로 있는 힘을 다해 헤엄치던 차혁은 점점 온

몸에서 힘이 빠져나갔다. 체온이 점점 내려가고 지쳐가는 차혁의 정신이 혼미했다. 그는 죽는 한이 있어도 은혜를 품에서 놓치지 않으려 정신을 바짝 차렸다. 그러나 그의 의지대로 되지 않았다. 큰딸 은혜를 안고 점점 물속으로 가라앉는 차혁의 귀에 피맺힌 아내의 비명이 끝없이 들려왔다. 갑판에 쓰러진 정임의 몸 위로 미친 짐승들이 번갈아 올라탔다. 그녀는 성性에 굶주린 맹수들의 습격에 순식간에 온몸이 벗겨진 채 만신창이가 되고 말았다. 실성한 듯 누워있는 정임의 머리맡에서 어린 은희가 자지러지게 울어댔다. 정임은 그날 밤, 바닷속으로 큰딸 은혜와 남편을 잃었고 갑판 위에서 집단 강간을 당해 여인의 정절도 무참히 난도질당했다. 갑판에 쓰러진 채 옆으로 고개 돌린 정임의 눈에 서서히 작은 점이 되어가는 남편과 딸아이의 모습이 보였다. 옷이 다 벗겨진 정임은 이를 악물었다. 그녀 가랑이 사이로 더럽고 끈적이는 슬픔이 밤새 흘러내렸다. 엄마 품에 안겨 울음이 그친 어린 은희가, 눈물 콧물이 얼룩진 작은 얼굴로 떠듬떠듬 물었다.

"엄마…… 아부지는? 엄마…… 으해 온니는?"

정임은, 조금 전까지 곁에 있었던 아버지와 언니를 찾는 어린 은희의 질문에 답할 말이 없었다. 그녀가 딸 은희의 고사리 같은 손을 꼬옥 잡으며, 앞으로의 험한 날들을 짐작하듯 천천히 눈을 감았다. 만신창이가 된 채 쓰러진 그녀 얼굴에 뜨거운 눈물이 끝없이 흘렀다. 우윳빛 달이 유난히 밝은 밤이었다. 풍요로운 달빛을 한껏 받은 바다가 유리알처럼 반들거렸다. 바다는 아무 일 없었다는 듯, 차혁의 흔적을 지우고 있었다. 더는 차혁과 딸의 목소리도 정임의 귓전에 들리지 않았다.

햇볕이 따뜻해 눈을 떴다. 낯선 모래 해변이었다. 차혁의 몸은 반쯤 물에 잠겨 있었다. 밤새 파도에 떠밀려 왔는지 몸에 해초들이 뒤엉켜 있었다. 바닷가에서 잠들다 깬 부랑자인 줄로 착각한 몇몇 미국인이 차혁을 힐끔거리며 경계의 눈초리로 멀어졌다. 슈타인은 가슴 안쪽 셔츠 속 주머니에 있었다. 뭍이 아주 가까웠을 때 바다로 던져진 듯했다. 정신을 차린 차혁이 벌떡 일어나 사방을 두리번대며 딸 은혜를 찾았지만, 아이의 흔적은 어디에도 없었다. 차혁이 미친 듯 해변을 헤매며 딸을 찾아다녔다. 잔인하리만큼 푸르고 평화로운 망망대해가 차혁을 비웃듯 철썩였다. 도저히 상상도 못 할 일들이 지금 차혁에게 일어나고 있었다.

'대체 어쩌다 이렇게 된 것일까……. 이럴 수는 없다.'

"은혜야-! 은희야-! 여보-! 정임아-! 아흐흑! 으아아악-!"

차혁이 바닷가에 두 무릎을 꺾고 모래를 움켜쥐며 절규했다.

"내 아가 미안하다…… 은혜야, 은희야, 아부지가 미안해……
아흐흐……."

아무리 목 놓아 불러도, 돌아오는 메아리는 없었다. 미간을 구긴 이방인들의 시선만이 흘깃거리다 돌아섰다.

같은 시각, 미국 플로리다주 잭슨빌 바닷가로 한 어린아이가 떠내려 왔다. 아이는 네 살 때쯤 되어 보이는 여자아이였다. 외모는 동양 아이였지만 독일풍의 옷을 걸치고 있었다. 창백한 몰골로 금방이라도 숨이 넘어갈 듯 위태로워 보였다. 해변으로 떠내려온 아이를 발견한 미국인의 신고 전화를 받고 911구급대원들이 신속히 아이를 싣고 병원으로 달렸다. 중환자실에서 치료를 받고 위기를 넘긴 아이는, 건강이 회복되어 플로리다주 주립 보육원으로 넘겨졌다. 보육원으로 옮겨진 겁먹은 아이는 늘 종일토록 울기만 했다. 아이가 보육원에 들어가자 그곳의 아이들이 우르르 몰려들었다. 신기한 동물을 구경하듯 아이를 바라보았다. 어떤 상급생은 아이를 손으로 자꾸 만져보려 접근했다. 아이는 놀라 비명을 지르듯 울었다. 눈물과 콧물이 범벅되어도 누구도 그것을 사랑스럽게 닦아주지 않았다. 아이의 소지품은 입은 옷가지와 품속에서 나온 젖은 가족사진 하나가 전부였다. 사진은 비닐에 쌓여 있었지만, 바닷물에 젖어 상태가 좋지 않았다. 아이는 자나 깨나 그 사진만 들여다보며 울었다. 까만 머리에 까만 눈동자, 납작한 코와 튀어나온 광대뼈. 그 또래 아이들은 그 아이에게 원숭이라고 부르거나 얼굴이 호박처럼 납작하다고 해서 납작 궁둥이라고 매번 놀렸다.

"헤이! 납작 궁둥이! 너 앞 못 보는 장님이지?"

"아냐! 장님 아냐! 흑흑!"

"그레이스! 이 울보야! 또 우냐? 너 눈이 그렇게 까매서 앞이 보이기나 하냐? 우리처럼 푸른색도 아니고 초록색도 아니고, 어떻게 그렇게 눈알이 캄캄하지? 넌 분명 앞 못 보는 장님이 틀림없어!"

"아니야! 나는 잘 보인단 말이야! 난 장님이 아니야! 으앙—!"

아이는, 그곳에서 친구들이나 상급생에게 비난당하고 모욕당하는 기분을 먼저 배웠다. 아이는 그들과 분명히 외모가 달랐다. 아이는 자신이 그들과 다름이 낯설고 무서웠다. 어디에서도 친구를 사귀지 못했고 영어도 형편없었다. 독일 사람도 한국 사람도 미국 사람도 아닌 채로 보육원 아이로 하루하루 성장해갔다. 비가 오는 날이면 우산도 없었다. 좀 더 큰 아이들이 재빨리 우산을 다 차지했다. 아이는 처마 밑에서 비를 맞았다. 몸은 비로 다 젖었고 그럴 때마다 엄마를 부르며 더 힘껏 울었다. 보모는 창문을 열고 아이에게 신경질적으로 외쳤다.

"그레이스! 왜 학교 안 가고 거기 서 있어!"

"비가 오는데 우산이 없어요."

"한심하기는! 너는 솜사탕으로 만들어진 몸이 아니야! 그러니 비 정도는 맞아도 네 몸은 녹지 않아! 비 맞아도 돼! 어서 뛰어가지 못해? 학교 늦겠다! 그레이스! 당장 뛰어가란 말이야!"

아이는 울며 자기 등보다 더 큰 가방을 메고 학교에 갔다. 오는 비를 다 맞고 나면 아이는 늘 감기에 시달렸다. 몸이 약했던 아이는 언제나 보모들을 힘겹게 했다. 보모와 원장은 고개를 절레절레 흔들었다. 아이는 어느 날 눈앞에서 사라진 아버지와 동생과 엄마가 그리워 자주 마음의 병을 앓곤 했다. 아이는 몇 명의 아이들과 함께 보육원을 몇 번 더 옮겨 다녀야 했다. 보육원을 옮겨 다니는 차 안에서 아이는 매번 혼자 숨죽여 울었다. 그때마다 아이는 버려진다는 것에 대해 점점 깊이 깨달아갔다.

'내 엄마와 아버지도, 저 아이들처럼 나를 버린 걸까? 아닐 거야. 그런데 왜 나를 찾으러 이곳에 오지 않지? 무슨 사정이 있겠지. 분명히 나를 찾으러 올 거야. 분명히.'

아이는 조금씩 성장할수록 더 불안했다. 상급생들은 수시로 아이를 보육원 건물 뒤로 데려가 때리고 배정받은 간식을 빼앗고 괴롭혔다. 그때마다 몸집이 작은 아이는 당할 수밖에 없었다. 아무리 기다려도 가족들이 자신을 찾으러 나타나지 않자 아이는 점점 가족이라는 단어도 잊기 시작했다. 상급생들에게 괴롭힘을 당하는 날이 늘어갈수록 아이는 독해지기 시작했다. 아이는 무척 어렸지만, 세상에 혼자라는 것을 깨달았다. 아이는 혼자서 자신을 지켜야 한다는 것을 알았다. 누구도 자신의 편이 되어주지 않는 세상을 보고 겪었다. 그 상황이 어떤 현실인지 정확히는 알지 못했지만 아이는 점점 이기적으로 자신을 스스로 보호하고 챙기지 않으면 살아남지 못한다는 사실을 깨달아갔다. 아이는 지금 자신이 지구 어디쯤 버려진 것인지 도무지 감이 잡히지 않았다. 엄마도 아버지도 동생도 모두 어디에 살고 있는지 알려주는 사람이 없었다. 가끔 친구들의 친척들이 다녀가면 아이는 며칠 동안 끙끙 앓아누웠다. 그러고 싶지 않았지만, 매번 알 수 없는 몸살이 찾아왔고, 며칠씩 신열을 앓아 학교에도 가지 못했다. 슬픔과 외로움이 아이의 키보다 먼저 높아지는 날이 흘러갔다. 그런 속에서 여러 해가 또 지나갔다. 철저히 버려졌다는 슬픈 감정들은 이제 조금씩 빛바래서 그 자리에, 혼자라도 괜찮다는 마음이 더 범위를 넓혀갔다. 그렇게 되기까지 상급생들에게 수없이 맞았고, 원장에게 성폭행을 당할 위기도 겪어야만 했다. 매일 강해지려 몸부림치던 아이에게 가끔은 잊고 있던 두려움이 엄습했다. 새로 옮겨가는 보육원마다 압도적인 공포 분위기는 아이를 더 작아지게 만들었다. 어느 날 갑자기 혼자가 되어 보육원에 버려진다는 것은 비통한 것이었다. 부모의 울타리와 가족의 사랑을 알기 전, 아이는 홀로 살아남는 법을 익혀야만 했다. 자유의 여신상과 흰 별과 푸른 독수리 날개를 활짝 펼치고 비상하는 나라. 미국에 갑자기 던져진 작은 아이. 동양인의 얼굴을 한 어린아이는 위태롭게 하루하루 뿌리를 내려가고 있었다. 아이는 자신의 고향도 부모 이름도 알지 못했다. 가끔은 그런 슬픔이, 등나무 아래나 미끄럼틀 밑에서 혼자 있게 만들었다. 아이는 자신이 누구인지 알지 못했지만, 아주 가끔은 웃었다. 새를 보거나 꽃을 보거나 나비가 날아다니는 것을 볼 때였다. 아이는 매일 밤 보육원 친구들과 한방에 핫도그처럼 나란히 누웠지만, 밤이면 혼자 일어나 귀퉁이에 숨어 울면서 밤을 새웠다. 아침이면 밥 대신 우유와 차갑게 식은 빵을 먹었다. 엄마 무릎에서 받아먹든 따뜻하고 구수한 누룽지는 그곳에 없었다. 엄마가 잠결에 불러주던 자장가도 더는 들리지 않았다. 아이는 뭔가를 먹을 때는 목숨을 건 전투를 해야 한다는 것을 배웠고, 최대한 빨리 내 입속에 그것을 넣어야만 안심할 수 있다는 현실을 익혀나갔다. 아이는, 너무 밝게 웃으면 행여 엄마와 아버지와 동생이 찾아오지 않을 것만 같았다. 그래서 아이는 언제나 환하게 웃을 수 없었고 늘 그들이 보육원 입구로 들어서 주길 기다리고 또 기다리며 살았다. 그러나 세월이 흘러도 보육원 입구에서 아이를 찾아주는 이는 단 한 사람도 없었다. 아이는 자신의 부모가 가난해서 자신을 버린 것은 아닐까 생각했다. 그 후 몇 달이 지나자 부모와 동생은 죽은 것이 틀림없다고 여기기 시작했다. 그레이스라는 새로운 이름을 얻고도 아이는 단 한 번도 그 이름을 쓰지 않았다. 그러나 시간이 갈수록 은혜라는 이름은, 아이의 바람과 달리 기억 속에서 사라져갔다. 그렇게 3년이 지나자, 아이는 그레이스라는 이름에 자신도 모르게 '네'라고 대답하고 있었다. 어린아이에게 기억의 시간이란 그렇게 무서운 것이었다. 아이는 보육원에서 다시 몇 곳의 가정으로 입양을 거쳐 갔다. 입양되어 가는 집마다 아이는 내쫓기곤 했다. 양부모들은 아이와 오래 살지 못하고 보육원으로 되돌려 보내곤 했다. 아이는 철저히 버려졌음에 실감하는 날들이 이어졌다. 초등학교에 다니고, 중학교에 다니며 성장하는 동안 가족의 기다림이라는 단어를 내려놓기 시작했다. 어느 날 보육원에서 영화를 보았다. 첩보원은 정말 씩씩했고 못 이기는 사람이 없었다. 모두는 첩보원을 무서워했다. 첩보원이 총을 겨누면 백발백중 상대는 그 총을 맞고 쓰러졌다. 그것을 보고 놀란 아이는 난생처음 꿈 하나가 생겼다. 그러다 세상에 혼자라는 현실이 아무렇지 않을 때쯤 아이의 몸에는 많은 상처와 흉터가 자리 잡았다. 그것조차 아무렇지 않게 보이자 그때서야 아이는 열일곱 살 작은 소녀가 되어있었다. 아이는 더이상 보육원에 머물 수 없었다. 자립이라는 낱말을 배운 시기였다. 자립을 해서 아이는 세상 밖으로 홀로서기를 해야 했다. 아이는 그때부터 시간을 만들어 운동을 시작했다. 일을 시작해서 모은 돈으로 무술을 닥치는 대로 배워나갔다. 무술을 위해 태어난 아이처럼 인조인간처럼 점점 강해지는 날들의 연속이었다. 눈빛은 더 차가워졌고, 감정은 더 무더지고 있었다. 사람들은 그녀를 살인 기계라고 부르기 시작했고, 그때쯤 그녀는 안전한 직장이라는 곳에 취직할 수 있었다. 그곳에서 아이는 새로운 이름을 얻었다. 그렇게 세월은 그녀를 통나무처럼 단단하게 만들면서 흘러갔다.

어디로 갈지 방향을 찾지 못한 한 중년 사내가 미국 거리를 떠돌았다. 산발한 머리와 긴 수염으로 추레한 몰골을 한 동양인 사내. 나이보다 한참 더 늙어버린 차혁이 거기 있었다. 그날 이후, 차혁은 아내와 아이들의 소식을 백방으로 수소문했다. 긴 세월을 거쳐 엘에이 산타모니카 콜로라도까지 흘러와 거리를 떠돌았다. 행인들이 던져준 돈으로 술에 취한 차혁. 그의 품에는 아직도 독일 보훔광산의 블루 스톤이 들어있었다. 사랑했던 아내 정임도, 예쁘고 사랑스러웠던 두 딸의 모습도 이젠 꿈처럼 희미했다. 사랑하는 가족을 떠올리려 해도 점점 희미해져 가는 기억들이 그를 괴롭혔다. 비틀비틀 술병을 들고 거리를 걷던 그가 실성한 듯 하늘을 향해 웃었다. 모두가 따뜻한 집으로 돌아가는 겨울밤이었다. 하나둘 불이 꺼지는 낯선 거리. 그가 젖은 눈으로 다시 밤하늘을 올려다보았다.

"여보…… 내 딸 은혜야…… 은희야……."

손님 하나 없는 오래된 카페에서 잡음과 함께 쓸쓸한 음악이 흘러나왔다. 차혁은 후미진 공원 벤치에 천천히 앉아 독한 술을 마시며 그 노래를 들었다. 오래전 어느 날 새벽, 제주 애월항을 떠나 지금까지 부평초처럼 흘러 다닌 일들이 슬픈 영화처럼 그의 눈앞을 스쳐 갔다. 차혁은 자신의 처지가 처량하고 서글퍼서 홀로 눈물을 삼켰다.

Donde Voy

티시 이노호사

Madrugada me ve corriendo
희미한 새벽 달려가는 그림자
Bajo cielo que empieza color
붉은 노을 저 하늘 아래
No me salgas sol a nombrar me
태양이여, 내 모습이 드러나지 않게 해주세요.
A la fuerza de "la migracion"
국경의 냉혹한 밤
Un dolor que siento en el pecho
내 마음에 느끼는 이 고통은
Es mi alma que llere de amor
쓰라린 사랑의 상처
Pienso en ti y tus brazos que esperan
난 당신과 당신의 품이 그리워
Tus besos y tu passion
당신의 입맞춤과 애정을 기다려
Donde voy, Donde voy
나는 어디로 가야만 하나
Esperanza es mi destinacion
희망을 찾아 헤매고 있어
Solo estoy, solo estoy
나 홀로, 외로이
Por el monte profugo me voy

사막을 헤치며 도망자처럼

Dias semanas y meces

하루 이틀 날이 가고 달이 가고

Pasa muy lejos de ti

점점 더 멀어져가는 당신

Muy pronto te llega un dinero

머지않아 당신은 꼭

Yo te quiero tener junto a mi

내 곁에 와 줬으면 해

El trabajo me llena las horas

많은 일 때문에 시간이 버겁지만

Tu risa no puedo olividar

그래도 난 당신의 웃는 모습을 잊을 수가 없어

Vivir sin tu amor no es vida

당신 사랑 없는 삶은 무의미한 삶

Vivir de profugo es igual

도망자처럼 사는 무의미한 삶

Donde voy, Donde voy

어디로, 어디로, 나는 어디로 가야만 하나

Esperanza es mi destinacion

희망을 찾아 헤매고 있어

Solo estoy, solo estoy

나 홀로, 외로이

Por el monte profugo me voy

사막을 헤치며 도망자처럼

힘없이 술병을 떨어트린 늙수그레한 차혁의 눈에서 눈물이 흘러내렸다. 30년 전 그날 밤바다에서 가까스로 혼자 살아남은 차혁. 그동안 어눌한 영어로 백방으로 딸과 아내 소식을 찾아봤었지만 아는 이가 없었다. 차혁은 뉴욕의 롱아일랜드까지 딸과 아내를 찾아 이동했다. 어디에서도 그들을 봤다는 이는 없었다. 날품팔이하며 떠돌다 보니 버지니아와 노스캐롤리이나를 거쳐 어느새 플로리다까지 흘러들었다. 세월이 갈수록 차혁은 점점 피폐해져 갔다. 그날 밤, 공원 벤치에서 구걸하고 있을 때였다.

'아이고, 동양인 같은데…… 어쩌다 이 먼 곳까지 흘러와 저렇게 살고 있을까?'

마침 그 앞을 지나던 소피아는 딸 미래의 선물을 양손에 사 들고 지나다 구걸하는 그를 흘깃 돌아봤다. 보석상을 운영하는 소피아는 잠시 걸음을 멈추더니 핸드백에서 지갑을 꺼냈다. 그녀가 차가운 맨바닥에 낮게 엎드려 구걸하는 동양인 노숙자의 깡통에 20불짜리 지폐를 넣어주고 멀어졌다. 그렇게 노숙자로 살아가던 차혁은 슈타인을 팔아, 딸과 아내를 찾는 광고를 대대적으로 내야겠다고 마음먹었다. 그러나 자신의 행색으로 어디 가서 그 막대한 스톤을 팔아야 할지 전혀 실마리가 보이지 않았다.

플로리다주州 키 라고(Key Largo)에 있는 작은 마을. 미국에 불경기가 몰아닥치면서 세상은 갈수록 더 삭막해져 갔다. 공원 벤치에서 컨디션이 좋지 않은 차혁은 다리 밑으로 자러 들어갔다. 그곳은 거대한 다리가 예전에 사용했던 구 다리었다. 지금은 그 옆으로 더 큰 새로운 다리가 생겼다.

최남단 마이애미 1번 하이웨이를 타고 플로리다 키(Key)에 들어서면 키의 군도를 잇는 1,700개의 섬의 총길이는 121(195km)마일이다. 키 웨스트(Key west)까지 연결된 긴 다리다.

예전에 사용하던 다리는 폐쇄되었다. 그러나 폐쇄된 입구를 강제로 뜯어내고 노숙자들이 하나둘씩 그 속에 자리를 잡아 밤이면 제법 술렁였다. 플로리다의 겨울은 한낮에는 그리 춥지 않았지만, 밤이면 제법 쌀쌀했다. 다리 속은 노숙자들이 풀썩이는 먼지로 늘 공기가 탁했다. 곳곳에 낡은 상자를 깔고 누운 흑인과 백인 노숙자들이 다리 입구에서 안쪽까지 줄지어 있었다. 동양인은 거의 없는 그곳. 늙은 차혁은 최대한 그들과 떨어져 입구 쪽에 자리를 잡았다. 추위를 가릴 것이라곤 찢어진 상자 하나, 신문지 두 장이 전부였다. 차혁은 땟국이 줄줄 흐르는 몰골로 서글프게 자리에 누웠다. 먼 이국땅까지 와서 도망자 신세가 된 차혁. 거의 늙고 영양실조에 걸린 얼굴은 오늘 밤거리에서 변사체로 발견되어도 이상하지 않을 만큼 망가져 있었다. 그가 주름이 자글거리는 눈으로 차가운 콘크리트 바닥에 누워 굴다리 천장을 멍하니 바라보았다. 아내와 아이들 모습이 콘크리트 천장에 파노라마 영상처럼 나타났다. 독일 보훔광산 사택에서, 소박하지만 아늑하고 행복했던 시절 두 딸아이의 웃음소리가 그의 귓전에 메아리쳐왔다.

'지금은 모두 어떻게 변했을까? 여보, 은희야. 세월이 너무 흘러 길에서 스쳐 지나가도 못 알아볼지도 모르겠구나.'

채 술기운이 가시지 않은 초췌한 그의 얼굴.

'은혜아…… 어딘가 살아있는 거지……? 아버지는 네가 어딘가 살아있을 거라 믿는다. 내 딸 은희야, 여보.'

어둠 속에 팔베개하고 누운 차혁의 눈에서 소리 없는 눈물이 자꾸만 흘러내렸다. 차혁은 오래전 전 갑판 위에서 놈들이 밀어 밤바다로 떨어진 악몽이 다시 떠올랐다. 차혁은 그날 밤 품에 안고 헤엄치다 지쳐 놓쳐버린, 어린 은혜가 평생 죄책감으로 마음에 밟혔다. 또다시 그의 눈에서 눈물이 흘러내렸다. 추위에 몸을 움츠린 차혁이 모로 돌아누우며 품에서 스톤을 꺼내 매만졌다.

'어떡하든 이걸 처분해서 아이들을 찾아야 할 텐데…….'

그러나 차혁은 미국에서 보석을 거래하는 경로도 유통하는 노하우도 전혀 몰랐다. 밤하늘 별보다 더 신비롭게 반짝이는 블라우 슈타인. 차혁은 슬픔으로 절망적일 때마다 그것을 보며, 가족을 찾을 수 있다는 희망을 품곤 했다. 그때 다리 안쪽에서 누군가 차혁을 주시하는 것을 몰랐다. 온몸에 울긋불긋 문신한 백인 건달이 껌을 씹으며 다가왔다.

"헤이! 영감. 와우! 멋진데? 그 반짝이는 게 뭐야?"

건달은 왜소한 체격에 어디가 아픈 듯 병자처럼 창백한 몰골이었다. 차혁이 놀라 스톤을 급히 품에 감추며 바닥에서 일어났다.

"아무것도 아니야! 저리 가!"

겁먹은 차혁이 스톤을 감춘 옷섶을 단단히 여몄다.

"헤헤헤. 안 그래도 저쪽 할배가 영감이 묘한 걸 품고 다니는 걸 봤다던데? 같이 좀 보자. 그거 팔아서 아내와 아이를 찾고 싶다며?"

건달이 가까이 다가와 차혁의 얼굴을 뚫어지게 바라봤다. 환각 상태인지 동공이 조금 풀려있었다. 차혁은 며칠 전 백인 노숙자에게 자신의 속내를 말한 것이 영 불길했던 차였다.

"영감 겁먹었어? 흘흘흘……. 겁먹지 마. 난 당신 해칠 생각 없어. 그 돌덩이에도 관심 없고. 그냥 우리와 한잔, 어때?"

그가 손짓한 곳에는 너덧 명이 모닥불에 둘러앉아 이미 술판이 벌어져 있었다. 험상궂게 생긴 그들이 차혁을 보더니 오라고 손짓했다.

"난 됐어. 너희들끼리 좋은 시간 보내. 고맙지만 난 생각 없어."

차혁은 술을 또 마시면 가족이 그리워 잠을 잘 자신이 없었다.

"헤이! 듣자니 한국에서 왔다며? 그러지 말고, 너희 나라 얘기도 좀 들려주고, 한잔하자. 긴 밤 벌써 자서 뭐 해?"

차혁이 극구 거절했지만, 그들은 끈질기게 반강제로 차혁의 팔을 끌며 매달렸다. 그 밤에 달리 그들을 피해 갈 만한 곳도 마땅치 않았다. 차혁은 여러 곳에서 쫓겨나 겨우 다리 밑에 누울 자리를 마련했기 때문이었다.

'간단히 한 잔만 마시는 척하고 돌아와 잠이나 자자. 괜히 저것들 성질 건드려 좋을 거 없다.'

차혁은 못 이기는 척 그들이 모인 곳으로 가서 앉았다. 유창한 영어는 아니었지만, 독일로 미국으로 부평초처럼 떠돈 세월이었다. 이런저런 욕설과 너스레에 뒤섞여 함께 앉았던 차혁은 두어 잔 보드카를 얻어 마셨다. 약에 취한 듯 환각 속에 빠져 욕으로 시작해 욕으로 끝나는 그들의 싸구려 영어 속에 앉았던 차혁은 몸이 나른하고 노곤했다. 금방이라도 단꿈에 젖어 든 듯한 기분이 몸 전체로 퍼져나갔다. 약간 취기가 오른 차혁은 너무 나른해 자리로 돌아와 눈을 붙였다.

독일을 떠나온 후 오랜만의 단잠이었다. 그러나 눈을 뜨니 머리가 깨질 듯 아팠다. 이유를 알 수 없는 두통이었다. 차혁이 눈을 떠보니 주변에는 아무도 없었다. 벌써 구걸하기 위해서 거리로 나간 모양이었다. 그가 눈을 찡그리며 다리 밖을 내다보았다. 네모진 햇살이 굴속을 사선으로 비추었다. 곳곳에 늘어진 술병들과 찢어진 상자 조각들이 나뒹굴었고, 간밤에 쏟아낸 누군가의 배설물들로 코가 지렸다. 차혁이 눈살을 찌푸리며 주변을 돌아보았다. 며칠 전 잠시 대화를 나눴던 노인이 누더기를 걸치고 차혁을 무표정하게 바라보았다. 차혁이 그 백인 노숙자의 표정을 살피며 말을 걸었다.

"영감, 안녕하십니까. 영감도 간밤에 여기서 잤소?"

"이봐 차혁. 뭐, 잃어버린 거 없어?"

"뭐? 잃어버린 거라니?"

노인이 걱정스럽다는 듯 말했다.

"간밤에 무슨 잠을 그리 시체처럼 잔 거야? 그들이 어둠 속에서 차혁 몸을 마구 뒤지는 것 같던데 그것도 모르고 잠만 자다니. 혹시 어제 저들과 같이 약 먹은 거야?"

"뭐? 영감님, 그게 대체 무슨 말이오? 약이라 했소?"

"저놈들은 늘 술에 환각제를 타서 마시지. 설마 그것도 모르고 같이 마신 거야? 모르긴 해도 어제 그 술에 십중팔구 약을 탔을 텐데? 나는 차혁이 알고 그들과 친구 하기로 한 줄 알았는데?"

차혁은 온몸이 굳어지고 말았다. 그는 급히 자신의 안쪽 주머니를 뒤져보았다. 스톤이 만져지지 않았다. 다른 소지품을 뒤져보았다. 슈타인은 어디에도 없었다. 몇 푼 남았던 지폐조차 깡그리 사라진 후였다. 차혁의 눈이 뒤집혔다.

"영감! 어젯밤 그놈들과 한패지? 맞지? 내게 스톤이 있다고 고자질해서 어제 놈들이 나를 노린 거지?"

차혁은 미치광이처럼 백인 노숙자에게 달려들어 멱살을 잡았다.

"이 못된 늙은이! 절대 그냥 두지 않을 거야!"

그가 놀라 차혁의 두 손을 붙잡고 사정했다.

"이봐, 왜 이래? 차혁 이러지 마. 진정해. 난 아니야."

노인의 누런 이빨이 차혁에게 간절히 하소연했다. 화가 치민 차혁의 손이 부들부들 떨렸다. 차혁이 침을 튀기며 노인 얼굴에 외쳤다.

"어딨어? 그놈들 어딨어! 그건 내 아내와 딸을 찾을 비용이란 말이야! 내 고향으로 갈 밑천이라고! 당장 말해! 그놈들 어디로 갔어?"

"이봐 차혁! 지, 진정해. 난 정말 몰라. 그러나 포기하는 게 좋아. 만약 작정하고 그들이 가져갔다면 찾지 못해. 그나마 목숨 부지한 것을 큰 행운으로 여기고. 어서 여길 뜨게! 어젯밤 놈들 중 한 놈은 마피아 행동조직이야. 모르긴 해도 놈들은 이미 새벽에 그 스톤을 마피아 조직에 헐값에 팔아넘겼을 거야. 여긴 한국과 달라. 그러게 왜 그들과 술을 마셔? 차라리 몇 대 맞고 다른 곳에 도망가서 잘 것이지."

차혁이 빼앗긴 블루 스톤은 백인 노숙자의 말대로 마피아로 흘러 들어간 후였다. 속이 터질 듯 분노한 차혁이, 어제 공원에서 마시고 반쯤 남겨둔 독주毒酒를 외투에서 꺼내 나발을 불었다. 백인 노숙자가 차혁을 흘깃거리며 이죽거렸다.

"그거, 오래전 독일 보훔광산에서 발견된 블라우 슈타인! 맞지?"

술기가 차오르던 차혁이 깜짝 놀랐다. 백인 노숙자가, 차혁이 갖고 있었던 스톤에 대해 너무도 정확히 알고 있었다. 그는 뒤엉킨 머리와 수염을 달고서 눈알만 떼꾼한 표정으로 말을 이었다.

"오래전, 30년쯤 전이었을걸. 그때만 해도 난 참 젊었지. 내가 저기 시계탑 광장 앞에서 구걸하다 전광판 뉴스특보를 보았던 기억이 나. 독일 게슈타포 비밀경찰들이 부두까지 쫓았지만, 눈앞에서 놈이 타고 떠난 밀항선을 놓쳤다는. 한국계 동양인이 훔쳤다는 그 블라우 슈타인! 그 후 떠도는 소문에는, 어디서도 찾지 못하고 미제사건이 되었다던데. 그것이 자네 품에 있었다니……! 너무 놀라워! 그럼 혹시 자네가 그 도망자?"

"아냐! 난 도망자도 아니고! 훔친 것 아니야! 그것은 내 몫이야! 놈들이 내 가족의 목숨을 가져갔으니까. 그것은 내가 고향에 가서 마을 사람들의 한을 풀어야 할 돈이라고! 너희들이 뭘 알아? 너희가 빨갱이가 뭔지 알아? 군경토벌대가 뭔지, 원수 같은 서북청년단이 뭔지, 죽창이 뭔지 알기나 해! 연좌제가 뭔지는 알아? 그게 따지고 보면 다 누구 때문인 줄 알아? 이 찢어 죽일 놈들아! 알기나 해? 야! 이, 개새끼들아! 야! 이 죽일 놈들아! 너희가 아는 게 대체 뭐야! 뭐냐고!"

열이 터진 차혁이 한국말로 허공을 향해 피맺힌 듯 절규했다. 그러나 누구도 그의 말을 알아듣지 못했다. 차혁이 다시 그의 멱살을 쥐고 다그쳐 물었다.

"나는 돌아가야 해! 스톤을 찾아야 해! 당장 찾아야 한다고! 그놈들 어디로 갔어! 그 양아치 놈들 간 곳을 대!"

겁먹은 노인이 급히 어딘가 손짓하며 일러주었다. 차혁은 그 손짓을 따라 무작정 굴다리 밖으로 달려 나갔다. 그러나 대체 어디로 가야 할지 방향을 찾을 수 없었다. 눈앞만 캄캄할 뿐이었다. 머릿속에서 수천수만 마리의 벌떼가 앵앵거리는 듯하더니 머리가 펑, 터질 듯한 충격이 느껴졌다. 순간, 차혁이 두 손으로 머리를 감싸 쥐고 그 자리에 고꾸라졌다. 쓰러진 채 의식이 없는 그를 둘러싸고 수많은 노숙자가 웅성거렸다. 한참이 지나고서야 누군가 신고했는지, 먼 데서 경찰차 사이렌 소리가 점점 가까이 들려왔다.

결국, 30년간 미제사건으로 묻혔던 화약고에 다시 불이 붙고 말았다. 중동 IS 테러집단에서 혈안이 되어 찾고 있던 그 스톤이 마피아로 넘어간 것을 알게 된 IS 테러조직도 군자금 조달을 위해 스톤을 수중에 넣기 위해 다시 손을 쓰기 시작했다.

차혁은 어디에서도 놈들을 찾을 길이 없었다.

독일에서 블라우 슈타인을 뒤쫓다가, 미국으로 밀항한 차혁과 함께 슈타인 행방이 묘연해지자 미해결사건으로 잠잠했던 그때. 게슈타포 비밀경찰 출신들은 세월이 흘러 독일이 통일되면서 CIA 요원이나 FBI 요원들로 분산되어 활동하고 있었다. 그들은 마피아로 스며 들어간 스톤의 정보를 도청해 입수했다. 그 스톤이 오래전 독일 보홈광산에서 발굴된 테러조직의 군자금 구입용이었다는 그것과 이것이 현재 마피아로 넘어갔다면 엄청난 뒷돈과 함께 다시 테러조직에 넘어갈 것은 시간문제라고 본 특수요원들이 일제히 마피아 행적을 좇기 시작했다. CIA와 FBI는 자칫 테러집단 손에 들어갈지도 모를 블루 스톤의 소재를 파악해 회수하라는 특수지령을 맡고 비밀리에 움직였다.

정임은 젖먹이를 품에 안고 갑판 위에서 강간당한 다음 날, 놈들에게 끌려가 항구 사창가로 팔려갔다. 둘째 은희를 품에 안고 팔려간 정임은 딸 은희를 목숨 걸고 가까스로 탈출해 플로리다 외곽 외딴 숲속에 조용히 살고 있었다. 그때 불법체류자 신세였던 정임과 그녀의 딸 은희를 가까이서 보살펴 준 여자가 에스더였다. 부촌에 살던 에스더는 어느 날 숲으로 산책로 트레킹을 나갔다가, 오솔길 안쪽에 작은 집에서 사는 모녀를 만나게 되어 인연이 되었다. 외곽에서 살아가는 두 모녀에게 에스더는 사회보장번호를 부여받게 돕고, 조금씩 국비 지원과 주택지원도 받도록 적극 힘을 썼다.

정임은 미국에서 살아가게 된 은희에게 소피아라는 이름을 지어주었다. 성은 자신의 성을 따서 붙여주었다. 그렇게 해서 소피아 문은 미국에서 공부하며 안전하게 성장했다. 그 후 정임은 엘에이로 이사를 했다. 그곳에서 작은 식당을 차리고 소피아를 대학에 보냈다. 정임은 둘째 딸 소피아에게 오래전 생일날 찍은 흑백 가족사진을 보여주었다. 그렇게 한국 광부였던 아버지와 큰딸 은혜의 이야기를 울며 들려주곤 했다. 어느 날 소피아가 장성해 물었다.

"엄마, 그런데 왜 우리가 갑자기 그때 이곳 미국까지 오게 된 거죠?"

"그게, 좀 사정이 있었단다."

"어떤 사정인지 알고 싶어요. 나도 이젠 어른이잖아요? 다 컸다고요."

"그냥, 그럴 사정이 있었어."

"글쎄! 그게 무슨 사정이냐고요? 대체 무슨 사정이기에, 평범한 광부로 사시던 아버지가, 넉넉지는 않았어도 행복했던 우리 가족이, 갑자기 쫓기는 도망자가 되어 어떻게 이산가족이 되고…… 결국 아버지와 언니는 행방불명이 되었냐고요?"

정임은 소피아의 질문에 답을 할 수 없었다. 스톤이라는 말 자체도 소피아가 알면 안 될 것만 같았다. 소피아나 뭣 모르고 친구나 누구에게 말을 흘렸다가는 또다시 불행이 이어질 것만 같았다. 정임은 상상만 해도 끔찍했다. 그녀는 끝내 입을 다물고 말을 돌렸다.

"지금쯤 네 아버지와 언니는, 저 하늘별이 되어 우리를 내려다

보고 있겠구나……."

소피아는 답답하고 화가 났지만 더는 물을 수 없었다. 엄마를 아프게 할 마음도 없었다. 더구나 오래전 이야기가 인제 와서 무슨 소용인가 싶기도 했다. 소피아는 성장하는 내내 엄마 품에서 늘 윙이자랑이라는 제주 자장가를 들었다. 딸 소피아는 부친과 죽은 언니에 대한 그리움을 품고 성장했다. 소피아는 보석 광물학을 전공했다. 정임은 늙어갈수록 남편의 고향인 제주를 그리워했다. 소피아가 광물학을 전공하고 산타모니카 해변에 작은 보석상을 차렸다. 대학을 졸업한 소피아는 그곳에서 만난 남편과 딸을 낳고 행복하게 보석상을 꾸려나갔다. 어느새 소피아 나이가 서른 후반을 바라보고 있었다. 정임은 더 늙기 전에 한국으로 돌아가고 싶어 했다. 정임의 나이 칠십을 바라보고 있었다.

"마미, 그렇게 힘겨워할 거면 먼저 한국으로 돌아가세요. 그런데 마미 혼자 한국에 들어가 낯선 제주에서 견딜 수 있겠어요? 할머니를 찾지 못하면 어쩌려고요? 우선 저와 함께 여행차 그곳에 가보고 친척들도 찾은 후에 가서야 자리를 잡기 쉽지 않겠어요?"

"소피아, 아니야. 그럴 거 없어. 내가 네 아버지 살아생전 워낙 들은 게 많아서 그 마을 가면 훤히 다 안단다. 나도 한국 사람이잖니? 청주에 살았단다. 한국은 인심이 좋단다. 누구의 어려움도 모두 제 일인 양 나서서 돕고는 하지. 소피아, 걱정 말거라. 내가 소길리 마을회관으로 찾아가면 될 것 같구나. 조용히 가서 하나씩 자리를 잡고 싶구나. 내가 여러 번 미국에서 드나들 힘도 없고, 그러고 싶지도 않아. 그저 내 인생에서 긴 여행처럼 그렇게 조용히 제주로 스며들고 싶다. 소피아 내가 그래도 될까? 소피아, 네겐 이제 남편과 자식도 있으니 외롭지 않겠지? 나는 제주로 가서, 네 할머니가 아직 살아 계신지 찾아야겠다. 네 고모도 찾아보고."

"그러세요. 이러다 마미 더 큰 병이 날까 걱정이에요. 마미가 먼저 제주로 가서 자리 잡으면 저도 아버지의 나라 한국, 아버지의 고향이라는 그 섬에 꼭 갈게요. 제주도 애월읍 소길리에 있는 원동마을이라고 했지요? 저도 그곳 애월항의 파도를 보고 싶어요. 내 아버지가 물장구치고 뛰어놀았을 그 해변을 저도 맨발로 디뎌보고 싶어요. 모래 속 어딘가, 내 아버지가 디뎠던 그 자리에 내 발이 꼭 맞는다면 모래는, 내 발에서 내 아버지의 체온을 기억할 거예요. 어릴 적 아버지가 꾸었던 꿈도요. 그리고 내가 아버지의 딸이라는 것도 바로 눈치채겠지요. 제주도…… 한 번도 가보지는 않았지만, 이곳 산타모니카 해변과는 다를 것 같아요. 눈이 부시도록 무척 아름다울 거예요. 오래전부터 내 속에 머물렀던 섬처럼 인상적일 거예요. 바람은 아버지 품속 같을 거고요. 아참, 그곳의 돌들은 마미와 나의 눈동자처럼 검고 반짝인다고 하셨지요? 그 검은 돌들도 꼭 보고 싶어요."

결국, 정임이 먼저 제주로 떠났다.

그런 어느 날이었다.

평생 종교처럼 자신을 지켜주었던 엄마 정임을 제주로 보낸 소피아는 한동안 마음이 텅 빈듯했다. 한 번도 가보지 못한 제주가 이토록 크게 그녀 안에 출렁이게 될 줄 상상하지 못했다.

'엄마는 잘 도착하셨을까……? 곧 연락이 오겠지.'

소피아는 생전 처음으로 엄마와 이별을 했다. 엄마를 한국으로 떠나보낸 후 소피아는 엄마가 그리울 때면 인터넷 검색으로 제주도에 관한 뉴스나 기사를 찾아보는 버릇이 생겼다. 소피아에게 제주는 곧 오래전 잃은 아버지이자 언니 은혜의 얼굴이면서 동시에 어머니였다. 그곳에는 자신의 피부색과 눈동자를 닮은 아버지의 가족들이 있을 것이다. 에메랄드빛 바다가 있고 화산암 모양이 판타지처럼 진기한 모습을 하고 있다는 엄마의 이야기가 떠올랐다. 정임도 제주도 방문은 이번에 생전 처음이었다. 차혁이 늘 속삭여주었던 그 바다와 그 섬이었다. 오랫동안 정임은 마치 자신이 그 섬에서 나고 자란 듯 차혁의 속삭임이 익숙했고 부드럽게 스몄다.

정임이 제주로 떠난 지 얼마 되지 않아 편지와 함께 몇 장의 사진이 도착했다. 제주에 도착 후 바로 쓴 편지 같았다.

To, 사랑하는 나의 딸 소피아에게
마미는 제주 애월읍 소길리에 와서 곧장 이장님을 찾았다. 마을회관에 계시더구나. 네 아버지의 이야기를 했더니 마을 사람 모두 몹시 놀라고 반가워했다. 원동마을이 사라진 것에 관한 이야기는 우리 모두를 한 번 더 울게 했다. 동족이 겪는 슬픔은 거리도 공간도 어쩌지 못하는지 내 안에서도 엄청난 슬픔이 함께 파도치는 아픔을 통감했단다. 소피아, 슬픈 소식이 있다. 마미가 너무 늦게 제주에 온 것을 알았다. 가슴 아프게도, 네 할머니는 이미 저 하늘로 가셨더구나. 우리 소피아와 은혜도 보지 못한 채 말이야. 참 슬픈 일이다. 할머니는 우리를 기다리며 물질을 하시다가 몇 년 전 사고로 돌아가셨단다. 마미는 그분의 산소를 찾아가 인사드렸다. 40여 년 만에 며느리의 술잔을 받은 네 할머니의 기분은 어떠셨을까? 오래전 아버지와 엄마가 제주로 늘 보내 준 돈으로 고모는 지금 제법 큰 감귤농장을 하시더구나. 참 다행이다. 네 할머니는 고모가 경작하시는 감귤밭 한쪽에 곤히 잠들어 계신단다……. 원동마을도 찾아가 보았다. 온통 폐허만 남은 곳을 서성이며 마미는 너무도 가슴이 메어왔다.

이곳에는 지금 새로운 바람이 불고 있더구나. 그동안 불명예를 뒤집어쓰고 살아온 그들. 네 아버지와 같은 제주 4·3사건의 유족들이 어둡고 한스러운 삶을 살았는데, 빨갱이 누명을 쓰고 살았던 우리 조상들에게 희소식이 있단다. 이번 참여정부가 들어선 이후, 대통령이 처음으로 제주에 내려와 정식으로 사과했다는 놀라운 소식을 우리 딸 소피아에게 기쁘게 전한다. 점점 4·3 피해자들에게 정당한 보상과 마을의 위로와 화해를 향한 분위기가 조성되고 있더구나. 슬픔과 억울함에 짓눌려 살던 유가족들이, 밝은 햇살 밖으로 걸어 나갈 수 있게 법이 만들어지고 있다는 이장님 설명에 몹시 기뻤다…….

사진 속에는 소길리 마을회관 주민들과 찍은 사진도 보였다. 원동마을 터에 있는 비석 앞에서 찍은 사진도 있었다. 그 사진에서 정임의 얼굴은 몹시 슬퍼 보였다. 사진 속 엄마 곁에 아버지가 없는 모습에 소피아도 덩달아 슬펐다. 제주 애월항 앞에서 찍은 정임과 고모의 사진도 있었다. 감귤농장의 전경과 그 한켠에 있는 봉분도 사진에 있었다. 소피아의 할머니 산소였다. 소피아는 엄마의 편지를 받고 어느 정도 안심할 수 있었다. 엄마의 행복한 모습이 사진 속에서 환하게 웃고 있었다. 그 뒤로 소피아의 눈처럼 검은 돌들이 온통 바닷가에 널려있고 그 위로 푸른 파도가 넘실대는 전경이 탄성을 자아내게 했다. 그리운 제주도, 소피아는 가급적 빨리 그 해변을 밟아보고 싶은 충동이 밀려왔다.

운전대를 잡고 일터로 향하는 소피아의 머릿속에서 무수한 상념들이 분수처럼 치솟았다가 흩어졌다. 어느덧 12월도 막바지로 치달았다. 거리에는 온통 흥겨운 크리스마스캐럴이 흘러나왔다. 불경기 탓인지 거리 행인들 표정도 예년 같지 않았다. '탑쥬얼리'에 도착한 소피아는 습관처럼 금고 번호를 돌렸다. '탑쥬얼리'는 산타모니카 비취 에비뉴 16번가 1층 한 코너에 있었다. 금고 번호를 돌리자 가늠쇠가 묵직한 쇳소리를 냈다. 보석가게를 처음 시작했을 때는 금고문을 열 수 있는 아침 시간이 기다려지며 설레었다. '금 나와라. 뚝딱!'하며 금고를 여는 순간 금이 쏟아질 거란 환상에 젖어 들곤 했다.

소피아가 운영하는 보석가게는 중산층들이 즐겨 찾는 쇼핑몰에 자리 잡고 있었다. 소피아에게 있어 이곳은 행복한 삶의 일터였고 사업장이었다. 1층에는 고만고만한 보석가게들과 잡화를 취급하는 가게들이 즐비했고, 2층부터 패션몰이 들어서 있었다. 가까이는 캘리포니아 해변과 인접해서 관광객들이 붐비는 도시였다. 도시에 거주하는 중산층과 관광객이 주 고객층이었다. 다이아몬드, 루비, 사파이어, 에메랄드 등 각종 보석류가 쇼윈도에서 반짝반짝 빛이 났다. 몇백 불에서 몇만 불까지 다양한 가격대의 보석들을 취급하고 있었다. 그러나 미국 전역에 불어 닥친 경계불황으로 관광객도 줄어들었고, 소비도 위축되었다.

소피아는 여느 때 보다 일찍 가게 문을 열었다. 크리스마스 시즌이라 특별한 손님이 오지 않을까 해서였다. 그녀가 금고에서 보석을 꺼내 진열장에 정리가 끝났을 무렵 '탑쥬얼리' 문밖이 갑자기 먹구름이 몰려오는 듯 캄캄했다. 금방이라도 소낙비가 쏟아질 것 같은 날씨다. 보석 진열을 끝낸 소피아가 고개를 들자 자신을 향해 뚜벅뚜벅 걸어오는 자가 보였다. 사내의 행색은 때에 찌든 후드를 걸친 언뜻 보면 죽음의 사자 같았다.

가게 앞으로 가까이 다가온 남자는 남루했다. 둥글고 볼품없는 외모에 치아는 모두 빠져 입은 노파처럼 함몰되었고 검은 이마에는 잔주름이 자글거렸는데 오래도록 씻지 않았는지 기름이 번들거렸다. 늙은 그가 물건 살 능력이 안 된다는 판단이 서자 소피아는 쇼윈도 밖으로 두었던 시선을 거두고 외면하듯 신문을 펼쳐 들었다. 장사하면서 많은 사람을 상대하다 보면 직감이라는 게 발달했다. 소피아는 신문 속에 시선을 묻고 애써 외면했지만, 신문이 눈에 들어올 리 없었다. 쇼 케이스 밖 흑인 남자가 자꾸 신경 쓰였다. 그녀가 고개를 다시 들었다. 진열장 앞까지 와서 서성거리는 그에게 시선이 마주쳤다.

'첫 손님이 구걸 온 거야?'

소피아는 짜증 난 얼굴이었지만 남자는 그녀의 뒤틀린 심보를 아는지 모르는지 진열장 앞을 어슬렁거렸다. 소피아는 내키지 않았지만, 진열대 하나를 사이에 두고 말을 건넸다.

"무엇을 도와 드릴까요?"

남자는 특유의 악취가 물씬 풍겼다. 소피아는 얼굴을 찡그렸다.

'대체 얼마 동안이나 씻지 않은 거야?'

숨을 쉬지 못하고 참을 수 있을 만큼 호흡을 멈추었다가 남자가 눈치채지 못하게 긴 날숨을 내뱉었다. 남자는 겨우 몇 개 남은 치아를 드러내고 히죽 웃으며 주머니에서 무엇인가를 천천히 끄집어냈다. 주머니에서 나온 것은 어른 주먹만 한 돌덩어리였다. 깨어진 자리에는 군데군데 희미한 빛을 발산하고 있었다. 그는 그녀 앞으로 그 돌덩어리를 쓱 내밀었다.

"어떤 스톤인지 감정 좀 해주세요."

무턱대고 보석감정을 의뢰하는 남자의 행동에 소피아는 어처구니가 없었다.

"이것이 당신 생각엔 진짜 보석으로 보이십니까? 이건 사용할 수 없는 돌덩이예요."

특이하긴 했지만, 돌덩어리일 거라 소피아는 확신했다. 그녀는 화가 난 사람처럼 퉁명스럽게 말했다. 남자도 예상했다는 듯이 어색한 미소를 흘렸다.

"물론, 그럴 거예요. 저 혹시 그래도…… 이 스톤을 사지 않겠어요? 제가 배가 너무 고파서요."

소피아는 노골적으로 눈살을 찌푸렸다.

"미안하지만, 저는 이 돌은 필요하지 않아요. 다른 데 가서 알아보세요."

소피아는 이 상황이 몹시 불쾌했지만, 참고 대답했다. 더구나 악취 나는 노숙자의 몰골은 그녀를 더 짜증 나게 했다.

"저 며칠 동안 아무것도 먹지 못했습니다. 제발 이 스톤을 20불에 사세요."

남자는 그녀의 눈치를 살피며 조심스럽게 말했다. 흑인 남자의 눈동자에 드리워진 슬픈 그림자가 절박해 보였다. 소피아는 그가 불쌍했지만, 냉정하려 애썼다.

"뭐라고요?"

당혹스러웠다. 마음이 약해지면 안 되는데, 그녀는 순간 갈등했다. 그가 다시 입을 열었다.

"저, 그럼 10불에 사세요. 이틀이나 굶었어요. 제발 도와주세요. 너무 배가 고파요. 얼마라도 상관없어요."

그는 금방이라도 쓰러질 듯 보였다. 소피아는 남자를 그냥 돌려보내면 안 될 것만 같았다.

"필요 없는 돌이니 이건 갖고 가세요."

소피아는 캐시 레지스터(cash register)에서 10불짜리 지폐 한 장을 꺼냈다. 그녀가 남자에게 10불을 건넸다.

"감사합니다. 이 스톤은 그냥 드리고 갈게요. 행운을 빌어요. 메리 크리스마스!"

남자는 그녀가 준 10불을 손에 쥐고 하얀 치아를 드러내며 환한 웃음을 머금었다. 남자는 돌아서서 오던 길로 사라졌다. 소피아는 진열장 위에 놓고 간 쓸모없는 스톤을 가져가라고 남자를 부르려다 그만두었다. 검푸른 돌을 집어 보석을 수리하는 테이블 한쪽 귀퉁이로 던져 버리고 신문으로 덮어버렸다.

아침마다 보석들을 진열장에 진열하는 데 한 시간이 걸렸다. 쇼 케이스에 진열을 다 마칠 무렵 같은 몰 2층에서 여성복을 운영하는 나타샤가 가게로 들어섰다. 나타샤는 소피아 또래의 백인 여자였다. 소피아가 2층으로 올라가거나, 나타샤가 1층으로 내려오거나, 두 사람은 하루 한 번은 꼭 만나서 함께 커피를 마셨지만 주로 나타샤가 내려오는 경우가 많았다. '탑쥬얼리'를 운영한 지 5년간이나 왕래하는 서로 말이 잘 통하는 유일한 친구였다. 나타샤는 5년 전 이혼 후 열한 살 된 딸과 함께 몬타나 에이비뉴에 있는 작은 아파트로 이사했다. 여성복매장도 이혼 후 시작한 것이다.

"오늘은 일찍 나왔네!"

"크리스마스이브니까 바쁠 것 같아서…….”

"언제까지 경기가 이럴까? 너무 힘드네.”

"그러게. 내년에는 괜찮을까 모르겠어. 가게를 보러 오는 사람도 없어.”

"소피아! 가게 넘기려고? 마미 따라 제주로 가게?”

"그럴까 해. 그런데 가게 보러오는 사람도 없어.”

두 여자는 커피를 마시며 갑작스러운 경기 침체를 한탄했다. 특히 소피아는 더했다. 대출로 집을 샀지만, 하루가 다르게 치솟는 이율로 한 달에 번 돈이 전부 은행으로 갈 판이였다. 집도 팔려고 내어놓아도 살 사람이 나타나지 않았다. 집을 살 때는 투자의 목적도 있었다. 그렇지 않고선 혼자 살면서 주택을 고집할 필요가 없었다. 그러나 불과 석 달 사이에 집값이 2만 불이나 뚝 떨어졌다. 이젠 투자에 대한 이익이 아니라 적자를 볼 판이였다. 커피 한잔에 떠들어대는 두 사람의 수다는 하루의 중요한 일과 중 하나로 자리했다. 나타샤가 2층으로 올라가자 소피아는 아침에 들고나온 'LA타임스'를 펼쳤다. 신문에 별다른 기사가 없자 신문을 내려놓고 식어버린 커피를 한 모금 마셨다.

창밖을 내다보던 소피아는 딸 미래가 떠올랐다. 지금은 헤어져 있는 어린 딸이 그리워진 소피아는 눈물을 흘리며 회상에 젖었다.

처음에 소피아 모녀는 에스더 이모의 도움으로 산타모니카에 둥지를 틀었다. 소피아의 한국 이름은 문은희였다. 홀어머니 밑에서 어엿하게 성장한 소피아는 엄마 정임의 권유로 본격적으로 보석감정 공부를 하게 되었다. 그녀는 LA에 있는 세퍼드 대학교 보석학과에 등록하고 2년 동안 꾸준히 일과 공부를 병행했다. 학위를 위한 공부가 아니라 향후 보석상을 하기 위한 공부였기에 보석감정과 연마 수업에 치중했다. 그때 세퍼드 대학교 보석학과 박사과정을 밟고 있던 테일러 닐슨은 소피아가 공부하는 학과에 조교를 겸하고 있었다.

테일러는 롱비치 태생이었다. 그의 텍사스출신 아버지는 오랫동안 해 왔던 사업을 정리하고 롱비치에서 리조트를 운영했다. 그런 아버지 덕에 테일러는 비교적 부유한 환경에서 자랐다. UCLA에서 무기화학無機化學을 전공한 테일러는 광학光學에 관심을 쏟더니 보석의 매력에 빠지게 되었다. 그래서 부모님 반대에도 불구하고 보석 관련 박사과정을 공부했다. 처음 그것을 시작했을 때는 장래를 생각한 것은 아니었다. 대학에서 강의할 수 없다면 보석상이라도 하면 된다는 단순한 생각이었다. 독자獨子인 테일러는 10년 전부터 리조트를 팔고 다시 부동산 중개를 시작한 아버지의 경제력을 염두에 둔 판단이었다. 테일러는 셰퍼드 대학교에서 박사과정을 공부하면서 보석학과 학과장실에서 소피아를 처음 본 순간 그녀에게 첫눈에 빠지고 말았다. 그가 조교 일을 겸한 것도 그녀를 자주 만나기 위한 수단이었다. 소피아가 공부하는 보석학과 조교를 자청한 테일러는 소피아가 2년 과정을 수료할 때 사랑하는 그녀에게 청혼했다.

"소피아! 나랑 결혼해줘요. 영원히 외롭지 않게 해주겠소."

테일러는 자신이 직접 세팅한 3캐럿짜리 다이아몬드 반지를 소피아에게 내밀며 간청했다. 그때는 여름 끝 무렵이었다. 테일러는 소피아보다 네 살이 많았다. 자상한 성격과 이해심 많은 테일러는 소피아의 환심을 사기 위하여 1년 이상을 조교를 자청하면서 공들였다. 그렇게 공부와 데이트를 병행하던 두 사람은 그해 늦가을에 결혼했다. 결혼 후 롱비치와 가까운 토런스에 신혼살림을 차렸지만, 생활비 전액은 시부모에게서 타 쓰는 형편이었다. 결혼 1년 후 딸 미래가 태어났을 때 테일러는 박사학위를 받고 샌디에이고 대학교 정교수로 임용되었다. 미래는 아빠를 많이 닮았다. 소피아는 딸을 보고 있으면 자신의 어린 시절의 아픔을 다 잊을 수 있어 무척 행복했다.

"여보! 미래가 당신 닮았나 봐요. 코도 오뚝하고……."

"눈은 당신을 닮았잖아. 갈색인데 뭐."

"미래가 복덩인가 봐. 당신 교수도 되고."

"당신이 복덩이지. 그나저나 우리 당분간 주말부부로 살아야 하는데 괜찮겠어?"

"주말부부면 어때요. 호호호. 전 괜찮아요."

테일러가 대학교수가 된 이후에도 롱비치에서 보내는 돈은 변함없었다. 부동산 중개로 떼돈을 번 시부모는 건물 임대료만 받아도 평생을 여유롭게 살 수 있을 정도로 부유했다. 소피아는 남편이 대학교수가 된 것보다도, 두 사람이 주말부부가 된 것보다도, 경제적으로 여유로워졌다는 사실 하나만으로도 행복한 나날이었다. 매주 주말 토런스로 달려오던 남편은 갈수록 무척 힘들어했다. 왕복 열 시간을 매주 운전한다는 자체가 처음부터 무리였다. 얼굴이 피곤함에 찌들어도 딸을 보러 달려오는 테일러. 소피아는 그런 테일러를 보며 만류했다.

"여보! 당신 이러다 쓰러지겠어요. 우리 토런스 집 팔고 샌디에이고로 이사 가요. 네?"

"이사가 그렇게 쉬워? 이 집을 내놓는다고 그리 쉽게 팔리겠어?"

"일단 부동산에 내놔 봐요. 그리고 2주에 한 번만 올라와요. 당신 건강 해칠까 걱정돼."

"염려 마. 나 없다고 식사 거르지 말고. 알았지?"

"미래와 저는 알아서 잘 챙겨 먹어요. 호호호."

그렇게 시작된 격주의 만남, 이것이 문제였다. 2주 만에 집으로 온다던 테일러는 6개월이 지나고부터 바쁘다는 핑계로 3주 만에 오기도 했고, 때로는 한 달 만에 오기도 했다. 소피아는 혼자 딸을 키우며 테일러가 오지 않는 주말은 롱비치의 시부모님댁에서 보내곤 했다. 테일러가 토런스로 오는 날이 불규칙적으로 늦어졌어도 월급날이면 언제나 돈을 보내왔고, 그래서 남편 신상에 이상기류를 전혀 감지하지 못하던 소피아였다. 가끔 만나도 변함없이 살갑게 대하는 남편에게 의심하기 시작한 것은 딸 미래가 두 번째 생일을 맞이한 때였다.

그날은 테일러가 못 보던 셔츠를 입고 집에 왔다. 결혼한 후 테일러가 입는 옷은 언제나 소피아가 사준 옷뿐이었다. 샌디에이고에 갈 때도, 그 후에도 테일러의 옷은 모두 소피아가 아는 옷이었지만 딸의 생일날에 입고 온 셔츠는 처음 보는 것이었다. 테일러가 평소에 입던 스타일이 아니고 무늬와 컬러가 화려했다.

"여보! 못 보던 옷이네요?"

"어? 이거? 지난주에 산 거야."

"당신은 이런 스타일 싫어하잖아? 어디서 구매한 거야?"

"어? 쇼핑몰에서 샀어. 이상해?"

"당신은 이런 옷 질색하더니 취향이 변한 거야? 필요하면 애기하지?"

테일러는 소피아가 하는 말에 당황한 듯 말을 더듬거렸다. 나중에 안 일이지만, 테일러는 그날 주말에도 사실 집에 올 생각이 없었다. 그냥 샌디에이고에서 그녀와 보내려던 참이었다. 그러나 딸의 생일을 깜빡한 것이 떠올라 급하게 출발하는 바람에 미처 셔츠 갈아입는 것을 잊어먹은 것이었다. 그날 그 일은 롱비치에서 시부모님까지 온 터라 별일 없이 넘어갔다. 다음 날 저녁 시부모님이 롱비치로 돌아간 후 테일러가 샤워실로 들어갔다. 그때 무료했던 소피아의 눈에 탁자 위 남편의 휴대전화가 보였다. 평소에는 전혀 무관심했던 남편의 핸드폰. 그것은 개인 물건이라서 특별한 상황이 아니면 서로 보지 않아야 하는 것이 둘의 불문율이었다. 그러나 어제 남편의 낯선 티셔츠가 미심쩍었던 소피아는 그 규칙을 깨고 말았다. 욕실에서 들려오는 샤워기 소리를 확인한 그녀는 뭔가 확인이라도 하려는 듯 남편 핸드폰을 조심스럽게 열었다. 먼저 통화기록부터 확인했다. 하루에도 몇 번씩 통화를 한 사람이 액정에 나타났다.

'아놀드?'

남자 이름이었다. 소피아는 호기심에 문자를 열었다. 그런데 남자 이름으로 저장된 아놀드에게서 온 문자를 보는 순간 놀란 소피아는 핸드폰을 방바닥에 떨어뜨렸다.

'내 사랑 테일러. 보고 싶어요. 나 당신의 아이를 가졌어요. 언

제 와요?'

간단한 문자 한 줄에 소피아는 그만 털썩 주저앉고 말았다.

'맙소사! 이게 말이 돼? 아놀드가 여자였어? 남자가 아니라 여자야? 집에 와서도 하루에 몇 번씩 통화하던 사람이, 남자가 아니고 여자였어.'

소피아는 가슴이 떨려왔다. 평생 소피아만 사랑하기로 약속했던 남편이었기에 배신감의 수위는 더 높았다. 그녀는 분노로 온몸이 사시나무 떨리듯 했다. 넋을 놓고 참담하게 앉아있는 소피아 곁으로 욕실에서 나온 테일러가 태연스럽게 다가왔다.

"여보, 당신 어디 아파? 안색이 왜 그래? 무슨 일이야?"

바닥에 내동댕이쳐진 핸드폰을 줍던 테일러는 액정이 깨진 것을 보고는 버럭 화를 냈다.

"당신! 설마, 내 핸드폰 뒤진 거야?"

"미래아빠. 아놀드! 아놀드가 누구죠? 여자죠? 나를 속이려고 교묘하게 남자 이름으로 바꾸어 저장했군요?"

"무슨 소리야? 아놀드라니?"

"그렇게 숨기면 내가 모를 줄 알았어요?"

"그래서? 그래서 당신 지금! 내 핸드폰을 뒤진 거냐고 묻잖아!"

테일러는 자신의 핸드폰을 뒤진 것에 대해서만 소피아를 몰아붙였다. 적반하장도 이쯤 되면 고단수였다. 상황 파악이 끝난 테일러는 순식간에 머리를 굴렸다. 자신의 위기모면을 위해 타인의 핸드폰을 허락 없이 뒤진 것은 현행법 위반임을 소피아에게 냉정히 상기시켰다.

"내가 당신한테 타인이에요? 내가 타인이냐고?"

"나 이외는 모두가 타인이지. 왜 허락도 없이 내 핸드폰을 뒤지는 거야?"

"당신 지금, 뭘 잘했다고 내게 큰소리야? 그 여자가 당신한테 보낸 문자도 방금 다 확인했으니까 그 입 다물어요! 임신했다잖아!"

소피아의 목소리가 커졌다. 그렇게 시작된 두 사람의 불화는 테일러가 아침에 샌디에이고로 출발할 때까지 이어졌다. 자신의 잘못보다 핸드폰을 열어본 것만 문제로 삼던 테일러는 이후 한 달간 토런스로 돌아오지 않았다. 소피아는 테일러가 발길을 끊은 한 달 동안 많은 생각을 했다. 사실 소피아에게는 테일러가 첫사랑이었다.

'내 남편의 아이를 임신을 했다는 여자는 도대체 어떤 여자일까?'

멀쩡한 아내를 두고 다른 여자를 사랑한 남편. 일순간의 바람이 아니라 진짜 사랑일 것이라는 확신이 들자 소피아는 이혼을 결심했다. 남편을 향한 분노는 그를 도저히 용서할 수 없게 했다. 소피아는 테일러에게 문자 한 통을 남겼다.

"우리 이혼해요. 당신이 이 문자에 답이 없으면 내가 샌디에이고로 날아갈 테니까 그 뒷일은 당신이 알아서 상상해요."

정임은 딸 소피아에게 남편의 실수를 이번 한 번만 용서해 주라고 다독였지만, 남편의 외도를 용서하라니. 소피아는 그럴 수 없었다. 여러 가지 사항을 고려한 합의로 토런스 주택과 딸 미래의 양육권은 소피아가 가지기로 했다. 한 달에 한 번 이상 미래를 데리고 롱비치를 찾는다는 조건으로 둘은 원만하게 합의했다.

엄마 정임과 함께 미래와 다시 혼자가 된, 소피아는 남편과 아이의 기억을 안고 있는 토런스 주택을 팔아버렸다. 짧은 결혼생활의 행복, 분노, 좌절이 고스란히 배어있던 집. 소피아가 그 주택을 팔고 정임과 다시 합치면서 이사한 곳이 산타모니카였다. 산타모니카는 평소 정임이 정을 붙이고 가깝게 지내던 이웃집 이모가 있던 곳으로 소피아에게는 고향과도 같은 곳이었다. 그녀의 이모 에스더는 친이모는 아니었다. 오래전 정임이 어린 은희를 데리고 사창가에서 도망쳐 나왔을 때, 갈 곳 없던 모녀에게 은인이 되어주었던 여자였다. 에스더가 사는 그곳에 대출을 끼고 집을 산 후 여분의 돈으로 보석가게를 차린 것이다. 그렇게 시작한 '탑쥬얼리'는 처음에는 호황이었다. 그러다 점점 관광객이 줄어들더니 이듬해 가을에 불어 닥친 불경기는 더욱 소피아를 힘들게 만들었다. 가을부터 치솟기 시작한 대출 이자는 한 달이 다르게 소피아를 옥죄어왔다.

가게와 집을 내놓은 소피아는 처분되는 대로 이 도시를 떠나고 싶었다. 엄마 품에 안긴 젖먹이로 불법체류자 신분으로 숨어들 듯 들어와 뿌리를 내린 미국이었다. 이 낯선 땅에서 아버지도 없이 처음으로 사랑한 남자가 자신을 배신한 이 땅이 싫어졌다. 더구나 3년 전 수양 이모 에스더는 남편을 따라 워싱턴으로 이사를 간 뒤였다. 그래서 더욱 정이란 정은 다 떨어진 산타모니카였다.

'따르릉! 따르릉!'

그때 소피아의 긴 회상을 깨고 국제전화가 걸려왔다. 받아 보니 제주로 떠난 엄마 정임의 전화였다.

"하이! 마미."

"하이 소피아! 잘 지내지?"

"네, 마미는 어때요? 얼마 전 보내 주신 편지 잘 받았어요. 건강은 괜찮아요?"

"어, 좋아. 이곳 제주는 정말 지상의 낙원이더구나. 오래전 벌어진 제주의 학살사건과 원동마을은 참 가슴 아프지만, 이곳에 오니 네 아버지를 다시 만난 것처럼 설레고 행복해. 소피아, 너도 이곳에 와서 같이 살지 않을래?"

"마미, 저도 그러고 싶어요. 고모는 잘 계셔요?"

"음, 잘 계신다. 네 아버지와 많이 닮았더구나. 너와도 제법 많이 닮았어."

"그래? 난, 보는 사람마다 엄마를 닮았다고 하잖아? 아닌가? 호호호."

"네 얼굴에 엄마도 있지만, 아버지 얼굴도 있지. 후후후. 보고 싶다 우리 딸."

"나도 마미 많이 보고 싶어요. 어느 정도 정리되면, 엄마 보러 여행 겸해서 제주로 갈게요."

"그래, 소피아, 기다릴게. 미래 데리고 한번 오렴."

"네, 엄마."

제주에서 걸려온 국제전화를 끊고 소피아는 다시 차 한 모금을 마셨다.

잠시, 묵은 과거를 회상하던 소피아가 정신을 환기했다.

'오늘은 또 어떻게 종일토록 지루한 시간을 보내야 할까?'

벌써부터 하루가 길게 느껴졌다. 갇힌 공간에서 늘 같은 일을 되풀이한다는 것이 소피아로서는 창살 없는 감옥이었다. 그러다 보니 갈수록 어깨의 근육들이 뭉쳐서 뻣뻣하게 힘이 들어갔다. 이혼 후유증인지 갈수록 컨디션이 좋지 않았다. 온몸이 심하게 경직되어 뚜렷한 병명도 없이 늘 피곤하고 몸이 아팠다. 남은 커피를 마시며 신문을 대충 훑어본 소피아는 보석을 수리하는 테이블에 앉았다. 이제는 보석상을 빨리 정리하고 싶은 마음뿐이었다. 부동산 리스트에 올려놓은 지가 1년이 되어가지만, 선뜻 사겠다는 오퍼가 없다. 몇 사람 가게를 둘러보고 가기는 했지만, 그때뿐, 돌아가면 연락이 없기는 모두가 마찬가지였다. 경기가 호

황이었을 때에는 내놓기 바쁘게 매매가 이루어지던 보석가게였
지만 지금은 사정이 전혀 달랐다.

이미 마음이 떠난 가게에서 힘겨운 싸움이었다. 하루하루 시
간이 지날수록, 지겨운 이곳을 빨리 떠나고 싶다는 생각만 간절
했다. 가뜩이나 마음이 떠났는데, 방금 엄마 전화까지 받으니 머
릿속은 더 싱숭생숭했다. 생각이 거기에 미치자 소피아는 부모님
나라인 한국으로 점점 더 돌아가고 싶어졌다. 남들은 아메리칸드
림을 꿈꾸며 미국에 올 기회를 기다렸지만, 그녀는 이민 생활에
서 오는 외로움에 우울증까지 겹쳐 이중 고통으로 힘겨웠다. 첫
사랑의 사내로부터 받은 사랑의 배신은 그녀의 모든 것을 앗아
가 버렸다. 이혼이 주는 무게보다 더 무서운 것이 지독한 외로움
이었다. 유일한 혈육인 엄마도 없는 미국에서 혈혈단신으로 산다
는 것은 극도의 고독이었다. 무엇을 갈망하는지 왜 살아야 하는
지 혼란스러웠다. 사업마저 시원치 않자 마음은 이미 엄마 곁으
로 돌아가 있는 것처럼 느껴졌다.

매사 긍정적이고 성격이 밝았던 소피아는 점차 웃음을 잃어갔
다. 경기침체는 하루 이틀 만에 회복될 문제가 아니었다. '돈'이
라는 절대적 존재가 휘청거리자, 불안과 걱정이 앞섰다. 이 메가
톤급 침체기를 어떻게 헤쳐 나갈 것인지 갈피를 잡지 못했다. 어
려운 상황의 연속이었지만, 그래도 소피아는 희망을 품어보려고
애썼다.

소피아는 잡생각을 떨쳐내려는 듯 테이블 위에 산만하게 흩어져 있는 보석들을 매만졌다. 같은 모양의 색깔과 크기별로 구분하고 각기 다른 상자에 담기 시작했다. 소피아는 아침에 흑인노인이 두고 간 스톤을 집어 들고 터무니없는 상상을 떠올렸다.

'이것이 진짜 보석이라면 얼마나 좋을까?'

생뚱맞은 생각이었다.

'아까는 몰랐는데, 자세히 보니 청색 빛이 참 예쁘네…….'

그녀는 무심코 그 블루 스톤을 집어 들고 만지작거렸다. 비록 쓸모없는 돌이지만 색깔은 고왔다. 빛이 굴절되어 반사되는 광채가 은근히 아름다웠다. 손안에 묵직한 것이 족히 1kg도 더 될 듯했다.

보석 중량 단위인 캐럿(carat)은 인도 지방에서 생산되는 열매 캐롭(Carob)에서 유래되었다. 열매의 크기가 작고 일정해 보석의 중량을 재는데 용이해 보석의 무게 단위로 사용했다. 이 열매한 개는 약 0.2g으로 1캐럿이라고 하면 0.2g(200mg)을 나타낸다는 것을 소피아는 보석학 시간에 배웠었다. 크기가 아닌 무게가 기준이 되기 때문에 연마 방법과 보석 종류에 따라 크기가 달라졌다. 이를테면 사파이어 1캐럿은 비중이 커서 다이아몬드 1캐럿과 비교했을 때 무게는 같아도 크기는 더 작았다. 다이아몬드는 일반적인 라운드 브릴리언트컷이 많다. 1캐럿의 브릴리언트컷이 빛이 굴절되어 가장 아름다운 빛을 발한다. 남자가 놓고 간 검은 원석은 군데군데 깎여져 그 부위마다 푸른 광채를 띠었다.

'아, 이게 다이아몬드라면 얼마나 좋을까……? 나의 대디 고향이라는 제주 원동마을에 가서 땅을 사 세계적인 규모의 호텔을 갖고 싶다.'

심심하던 소피아는, 자신의 이런 상상에 싱긋 웃더니 갑자기 장난기가 발동해 보석 수리함 상자에서 뭔가를 찾았다. 마침 옆에 있던 루페(확대경)로 푸른 돌 속을 들여다보았다. 순간, 그녀 얼굴에서 웃음기를 거둔다. 뭔가 잘못 본 것으로 생각했다. 소피아는 자신도 모르게 중얼거렸다.

'아냐! 그럴 리가 없는데……?'

그녀는 루페로 스톤을 들여다보다 뭔가 발견했다. 그녀가 믿을 수 없다는 듯 다시 한번 루페로 스톤을 들여다보았다. 하지만 그 속에서 예상하지 못한 것이 보였다. 신기하게도 그 스톤 안에는 광물마다 성장 과정에서 특유의 결정체가 보였다. 그녀는 자신의 눈을 의심했다.

'맙소사……! 아니! 이게 가능해? 이게 뭐지?'

소피아는 자신이 뭔가를 잘못 본 것일 수도 있다는 생각에 좀 더 세밀한 관찰을 했다. 그것을 또 한 번 루페 안을 세심하게 확인한 순간 소피아는 자신의 심장 박동이 격렬해지는 것을 느꼈다.

'오 마이 갓! 어떻게 이게 흑인 노숙자 손에 들어갔을까? 내가 지금 꿈을 꾸고 있는 건 아니겠지?'

그녀는 뭔가에 홀린 듯 기분이 몽롱했다. 쓸모없는 돌덩이가 진짜라니. 그것도 1킬로가 훨씬 넘는 크기였다. 연마를 통해 원석의 크기를 잘 살리면 전 세계 어디에 내놓아도 희소가치가 높은 사이즈였다. 소피아는 갑자기 머릿속이 하얗게 텅 빈 것만 같다. 순간, 그녀는 누가 보기라도 할까 봐 다급히 스톤을 부드러운 천으로 돌돌 말아 가방에 집어넣었다. 상황을 정리해보려 해도 흥분된 마음은 쉽사리 진정되지 않았다.

'소피아! 진정해. 아직 확실한 게 아니잖아? 좀 더 신중한 감정을 해 봐야 해. 아직은 뭐라 단정 짓지 말자.'

소피아는 정신 나간 사람처럼 중얼거렸다. 그녀는 놀라 뛰는 가슴을 진정시키려고 마른침을 삼켰다. 이것이 정말 다이아몬드라면 가격은 정할 수 없을 것이었다. 시중에 나도는 몇 캐럿 정도 크기와는 완연히 달랐기 때문이었다. 1,000캐럿짜리로는 얼마쯤 될까? 몇천 캐럿짜리는? 소피아는 그 크기를 가늠하기가 어려워 혼자 상상의 나래를 펼쳤다.

'세상에 단 하나뿐인 보석이라면, 가치를 쉽사리 값을 매길 수는 없을 거야.'

그녀의 흥분된 가슴은 쉬이 가라앉지 않았다.

밤이 되고, 가게 문을 어떻게 닫고 집에 왔는지 소피아는 기억나지 않았다. 운전하면서도 혹시 누군가가 자신을 미행할 것 같아 몹시 불안했다. 창밖으로 들리는 크리스마스캐럴 음악도 귀에 들어오지 않았다. 쫓기듯 집에 도착한 그녀는 재빨리 가방에서 벨벳 천을 끄집어냈다. 그녀의 손이 미세한 경련을 일으켰다. 원석을 손에 쥐자 묘한 전율이 그녀의 온몸을 휘감았다.

그 순간 흑인 노인이 다시 떠올랐다. 그는 이 스톤이 얼마나 귀한 것인지 전혀 모르고 있었던 것이 분명했다. 어떻게 해서 이 원석이 그 남자 손에 들어가게 되었는지 소피아는 갑자기 궁금해졌다.

'언제라도 불쑥 그가 가게로 찾아와 스톤을 돌려 달라 하면 어떡하지?'

소피아는 설렘과 두려움이 교차했다. 생각이 여기에 미치자 그녀는 불안했다. 매달 은행이자와 제주로 떠난 엄마 정임의 생활비로 부담이었던 소피아는 모든 시름을 한 번에 해결해줄 것이라는 상상을 하며 활짝 핀 해바라기처럼 웃었다. 소피아는, 오래전 하늘로 떠났다는 아버지와 언니가 그녀에게 준 행운이고 축복일 거라고 믿고 싶었다. 그 흑인 남자가 스톤을 놓고 가면서 남긴 '메리 크리스마스! 당신에게 주는 신의 선물입니다'라는 단어가 그녀 뇌리에서 폭죽처럼 메아리쳤다.

'생에 있어 세 번의 운이 찾아온다고 하지 않았던가. 그 운을 적절하게 잘 파악해서 큰 풍요를 누리는 사람이 있는가 하면 어떤 사람은 모르고 흘려보낸다. 이것이 테일러와 헤어진 이후 나

에게 찾아온 축복인가?'

소피아는 행운이라고 확신했다. 고민이 있다면 이것을 어떻게 처분해야 할까에 대한 생각뿐이었다. 그러기 위해서는 다이아몬드 세공에 숙련된 장인이 필요했다. 그녀가 루페로 본 결정체는 다이아몬드에서만 볼 수 있는 것이었다. 다이아몬드 원석 형태는 성장 과정에 따라 대부분 불완전하거나 결함이 많은 것이 특징이었다. 세공은 결정형 원석의 모양과 불순물로 인한 균열이 있는지 꼼꼼히 검사하고 세공 전에 등급과 중량까지 자세히 계산하는 것이 중요했다. 효과적인 무게와 최대의 투명도까지 얻어야 했다. 매우 높은 경도지만, 자칫 결의 결정면을 잘못 건드리면 깨지기 쉬운 취약점도 있었다. 그녀는 생각했다.

'연마 분할이 비효율적이기 때문에 특성을 잘 고려하여 벽개를 이룬다. 잘못하면 원석이 분쇄할 수 있어 신중한 주의가 필요하다. 고도의 전문적인 벽개 작업이 필요하다. 원석을 정밀한 손의 감각으로 연마를 거쳐 세계에서 단 하나의 보석을 탄생시켜야 한다. 이게 정말 특별한 다이아몬드가 맞는다면, 뉴욕 크리스티 경매에서나 처분할 수 있을 것이다.'

그녀는 밤새도록 가슴이 진정되지 않아 잠도 제대로 자지 못했다. 소피아는 아침이 되자 외출을 서둘렀다. 그녀는 자신의 가게로 향하던 운전대를 갑자기 LA다운타운 쪽으로 돌렸다. 그곳은 그녀가 자주 다니는 단골 보석도매상이 있는 곳이었다. '오로라쥬얼리' 김요한 사장은 그녀를 보며 반갑게 맞이했다.

"아니? 소피아! 갑자기 웬일? 오늘 금요일인데 가게 문 안 열어요?"

사장은 마시던 차를 티 테이블에 내려놓고 의아해하며 물었다.

"안녕하세요? 오늘 볼 일이 있어서 왔어요."

가게 안은 이른 시간이라 한산했다. 젊은 외국 여자와 한국 유학생으로 보이는 남자, 그리고 사장뿐이었다. 그는 소피아에게 보석을 골라 담은 검은 벨벳 상자를 건넸다. 소피아는 상자를 넌지시 밀어내며 말했다.

"김 사장님, 오늘은 물건 사러 온 게 아니고요. 사무실에서 잠시 의논드릴 일이 있어요."

김 사장은 소피아의 안절부절못하는 모습에 약간은 의아해하는 눈치였다. 김 사장은 그녀를 사무실로 안내했다. 보석도매상은 항상 외부인에 대한 경계를 철저히 하는 곳이다. 위험한 사고를 막기 위해 출입구 관리는 물 샐 틈 없이 경비가 철저했다. 들어오고 나갈 때도 주인이 안에서 전자 버튼으로 출입문을 열어주어야만 나갈 수 있었다. 사무실은 책상과 의자, 한쪽 벽으로 붙어 있는 대형 금고가 줄지어 있었다. 책상 위로는 자질구레한 서류 뭉치가 쌓여 있었다. 탁상용 액자 속에 몸집이 통통한 중년 여인과 두 딸이 화사하게 웃고 있었다. 그의 가족사진임을 짐작으로 알 수 있었다.

"가게 문도 안 열고 이른 아침부터 사람을 놀라게 합니까? 의논이라니, 대체 무슨 일이에요?"

그는 궁금증을 참지 못하고 서둘러 그녀 말을 듣고 싶어 했다. 그 순간 소피아는 번개처럼 생각이 스쳐 지나갔다. 그녀는 이곳에 어떤 계획도 없이 충동적으로 온 것이었다. 이런 진기한 보석을 도매상에서 감정하다가 괜한 소문만 퍼질 것 같았다. 그녀는 자신의 경솔했던 행동에 스스로 당혹스러웠다. 순간 생각을 바꾼 소피아는 스톤에 관해 이야기하지 않았다. 다만 무슨 말이든 해야 했다.

"제 가게에 있는 다이아몬드와 금을 사장님께서 처분을 좀 해주셨으면 해서 이렇게 왔어요."

그녀 자신도 미처 생각하지 못했던 말이 튀어나왔다. 그럴듯한 말이었다. 값나가는 스톤을 가지고 있는 한, 지금 가게에 나간다는 것도 위험하다는 생각이 들었다. 김 사장은 그녀의 이야기를 듣고 너무 싱겁다는 듯 피식 웃었다.

"에이, 난 또 무슨 큰일이라도 난 줄 알았어요. 그런 이야기라면 전화로도 가능한 것을 아침 댓바람부터 사람을 놀라게 합니까. 근데 급처분이라니 갑자기 무슨 일이에요?"

그가 느닷없이 찾아와 가게 물건들을 처분해달라는 소피아를 쳐다봤다.

"개인적인 일이지만, 금방을 부동산에 내놓은 것 아시죠?"

"알아요. 그럼 생각해 보고 전화 드리겠습니다."

"그러세요. 기다릴게요. 그럼 나중에 뵈어요."

도매상에서 도망치듯 빠져나온 그녀는 그제야 긴장을 풀었다.

'휴, 가슴이야. 하마터면 발설할 뻔했네. 자, 이제 무엇을 해야 하지……?'

그녀는 운전석에 앉아 가게로 가야 할지 고민했다. 그때 문득 셰퍼드 대학교 보석학과가 떠올랐다. 소피아는 차에 시동을 걸고 곧장 그리로 출발했다.

2

이틀 전 LA 공항.

공항주차장에서 웨스트 대로를 빠져나오는 캐딜락 한 대.

캐딜락을 운전하는 남자는 짙은 선글라스를 끼고 있었다. 쫓기는 듯 힐끗힐끗 백미러를 쳐다보며 차를 모는 남자는 시속 80마일의 속도로 내달렸다. 보기 드문 고속주행이었다. 차는 신호를 무시하고 직선도로만 질주했다. 캐딜락 뒤를 뒤따르는 두 대의 벤이 백미러에 들어오자 캐딜락의 속도는 더 빨라졌다. 얼마나 달렸을까? 캐딜락이 속도도 줄이지 않고 '글렌데일' 옆 주택가를 끼고 좌회전을 할 때였다.

'쾅!'

미리 기다리고 있던 벤 한 대가 캐딜락의 조수석을 들이받았다. 굉음과 함께 캐딜락이 한쪽으로 밀리더니 천천히 정지했다. 조수석 문짝이 움푹 들어갔다. 운전석에서 내린 검은 선글라스는 이마에 피를 흘리며 다급히 캐딜락 뒤로 가 몸을 낮췄다. 뒤따르던 벤에서 검은 정장을 한 사내들이 우르르 내렸다. 그들 중 한 남자가 허리춤에서 신속히 권총을 꺼내 들고 캐딜락을 향해 거리를 좁혀왔다. 그들에게 쫓기는 듯 보이는 선글라스 사내의 왼손에는 작은 가방이 들려 있었다. 사태를 파악했는지 캐딜락 뒤에 몸을 숨겼던 사내가 그 가방을 글렌데일 주변 주택 잔디밭 안으로 휙, 던졌다. 그가 가방을 던지는 것을 아무도 보지 못했다. 이윽고 총알이 캐딜락을 향해 저격했다. 검은 선글라스를 낀 잭슨도 최대한 맞서 총격을 가했지만 속수무책이었다. 쏜 총알은 삽시간에 캐딜락을 주저앉히고 차체를 벌집으로 만들었다. 그중 저격용 총을 든 한 남자가 선글라스 남자의 관자놀이를 조준했다.

'쏙!'

잭슨에게 정확히 명중하자 시끄러운 총소리가 멎었다. 그렇게 시가지에서 총소리가 요란해도 경찰차는 보이지 않았다. 남자들은 사내가 쓰러진 캐딜락 뒤로 가까이 다가와 다시 총구를 겨누고 말했다.

"잭슨! 물건 어디 있지?"

잭슨은 묻는 말에 답을 할 수 없었다. 그는 이미 숨을 거둔 뒤였다.

"젠장! 죽이면 어떡하겠다는 거야? 빨리 찾아!"

남자들은 먹잇감을 찾듯 벌집이 된 캐딜락 안을 샅샅이 뒤졌다. 죽은 남자가 있던 주변을 아무리 뒤져도 그들이 찾는 물건은 보이지 않았다.

"없습니다!"

"젠장! 골치 아프게 생겼군. 빨리 철수해!"

세대의 벤이 이스트 99번가 플레이스로 빠져나갈 때 경찰차의 사이렌이 울렸다. 총성이 울리자 인근 주택 주민들은 집 안에서 꼼짝도 하지 않고 숨어있었다. 미국 사회는 내 일이 아니면 쉽사리 나서지 않는다. 하지만, 신고를 신속히 하는 편이다. 특히 총격전이 벌어질 때면 문도 잠가버리는 시민들이었다.

그때 한 아이가 잔디밭 귀퉁이에서 총격전을 쳐다보고 있었다. 벤이 캐딜락 옆구리를 박을 때부터 벤이 떠나는 것까지 모두 지켜본 것이었다. 캐딜락 뒤에 숨었던 남자가 자기 집 잔디밭으로 뭔가를 던지는 것을 본 아이. 아이는 벤이 사라지자 잔디밭으로 총총 달려가 작은 손가방 하나를 주워들었다. 그 아이는 이제 다섯 살 먹은 케빈이였다. 케빈은 그 가방을 들고 신이 나서 집 안으로 들어갔다. 케빈의 엄마는 아들이 방 안에 있는 줄 알았다가 총성이 멎고 현관으로 들어서자 깜짝 놀랐다.

"오! 케빈! 너 밖에 언제 나갔어? 엄마가 위험하다고 했지? 그리고 손에 그건 뭐니?"

"이거? 스톤이야. 방금 잔디밭에서 주웠어."

"넌 총성이 무섭지도 않아? 총성이 들리면 곧바로 집으로 들어와야지? 얘가 너무 겁이 없네. 케빈! 그건 지지야. 더럽게 왜 손으로 만지고 그래? 밖에서 아무거나 주워오면 안 돼. 어서 버려."

케빈은 엄마의 말도 흘려듣고 손가방을 들고 자기 방으로 들어갔다. 침대에 앉아서 가방을 열어보자 어른 주먹만 한 돌덩이가 들어있었다. 그것은 아이에게 별 호감을 줄 수 있는 물건이 아니었다. 케빈은 돌덩이를 책상 밑으로 굴려버렸다. 돌덩이는 둔탁한 소리를 내면 데굴데굴 굴러가 책상 모서리에 멈췄다. 다음 날 가족들과 교회에 갈 때 케빈은 그것을 가방에 넣고 갔다. 유년부 예배를 마친 케빈은 돌 유리를 갖고 놀다 싫증 나 교회 의자에 버려두고 나왔다. 케빈 가족 누구도 거무튀튀한 그 돌덩이에 관심조차 없었다. 모두 돌아간 시간, 예배당 청소를 하던 청소부가 그 돌 유리를 쓰레기통에 던져버렸다. 쓰레기는 봉투에 담겨 다시 교회 담벼락으로 버려졌다.

"형제님 어서 와요. 주님의 사랑으로 환영합니다. 저기 가서 우선 식사부터 하세요."

흑인 남자는 일요일이면 교회에서 점심을 해결했다. 노숙자가 남루한 차림으로 교회를 찾아도 누구 하나 그를 박대하지 않았다. 비록 찌든 악취가 나는 몰골이었지만 늘 따뜻한 식사를 얻어먹을 수 있었다. 어떤 때는 옷이나 양말을 덤으로 얻어가기도 했다. 그날도 배불리 얻어먹고 나가던 흑인 노숙자는 교회 담벼락 밑 쓰레기통을 뒤지다가 누군가 내다 버린 검은 돌덩이를 발견했다. 깨진 모서리에서 반짝반짝 빛이 났다. 흑인 노인은 돌덩이를 이리저리 살피다 자신이 메고 있던 허름한 가방에 주워 담았다. 그리고 사흘 후 그 돌덩이는 그의 손에 들려 소피아 가게로 가서 10불과 바뀐 것이었다.

세 대의 검정 벤은 LA 시내로 들어오면서 뿔뿔이 흩어졌다. 캐딜락에서 원하던 것을 찾지 못한 남자는 벤에서 어디론가 전화를 걸었다.

"리처드입니다. 물건을 못 찾았습니다."

"뭐야? 잭슨은?"

"사살했습니다."

"이런 제길! 물건도 손에 넣기 전에 죽였다는 거야? 앞으로 어떻게 찾을 작정인가?"

"잭슨의 집을 뒤져보겠습니다."

"그의 가족들도 우리 정체를 알면 안 돼. 무슨 말인지 알지?"

"네. 조용히 처리하겠습니다."

리처드는 CIA 소속 요원이었다. 그는 '독일 보훔광산에서 실종된 블라우 슈타인'을 찾았다는 미국 마피아들의 첩보를 도청했다. 요원들이 특수임무를 받고 미국 마피아에 투입되어 무기밀매상을 덮치는 과정에서 그들의 금고에서 블라우 슈타인이 사라진 것을 알게 되었다. 작전에 투입된 여섯 명의 요원 중 두 사람을 의심한 CIA 샘 국장은 리처드를 시켜 두 사람을 추적하게 했고, 두 번째 잭슨마저 죽자 스톤의 행방은 더 묘연해지고 말았다. 블루 스톤이 테러리스트 손에 들어가거나 이슬람 무장단체의 손에 들어가면 실로 위험천만이었다. 스톤의 가치가 남태평양의 작은 섬나라도 너끈히 살 수 있을 만큼 큰 게 문제였다. CIA는 '블라우 슈타인'을 '드래곤볼'로 암호명 코드로 전환했다. CIA는 드래곤볼을 찾아서 연방은행에 보관하던가 아니면 작은 캐럿으로 분산해야 했다. 누구든 그 스톤을 손에 넣으면 그것으로 화근의 시작일 수 있었다. CIA 샘 국장은 정보망을 동원하여 조용히 스톤의 행방을 찾는가 하면, 잭슨의 가족이 알고 있을지도 모른다는 가정하에 가족들을 심문했다. 아내와 딸을 심문해도 스톤의 행방을 찾을 수 없자 국가안보라는 이름으로 잭슨의 아내와 딸을 사고사로 만들어버렸다. 소피아는 그 스톤 때문에 오래전 자신의 아버지와 언니도 불행을 겪은 것을 전혀 알 리 없었다.

소피아가 쫓기듯 도착한 곳은 그녀가 다녔던 셰퍼드 대학교였다. 보석대학과장은 할리우드 스타들을 상대하는 보석 전문가들과 많은 교류를 맺고 있었다. 학과장을 맡을 만큼 보석에 대한 풍부한 지식과 인품을 갖춘 그가 좀 더 세밀한 분석을 할 수 있는 적임자가 아닐까, 소피아는 생각했다. 학교에 들어서니 마침 데이비드 학과장은 사무실에 있었다. 전형적인 금발에 얼굴 가득 자상한 미소를 띠고 있었다. 눈가에 잔주름이 두드러진 학과장은 유리문을 열고 들어서는 그녀를 알아보고 반갑게 맞이했다.

"안녕하세요? 교수님!"

"반가운 소피아! 웬일이에요? 가게는 어떻게 하고 학교까지 행차하셨나요?"

"교수님 보고 싶어서 이렇게 달려왔어요. 겨울방학이면 늘 보충 강의하셨잖아요. 교수님 곧 방학이죠? 호호호."

피부가 뽀얀 그녀가 선해 보이는 반달눈으로 싱긋 웃으며 말했다.

"허허허. 귀신 다되었구먼. 요즈음 사업은 어때? 불경기라 보석상이 제일 타격이 클 텐데."

"맞아요. 교수님 너무 힘들어요."

제일 먼저 그 타격을 체감하는 것은 역시 다른 업종보다도 보석류였다. 꼭 필요한 것이 아니라 더했다. 소피아는 이런저런 이야기 끝에 학과장 책상 위에 검은 벨벳으로 싸인 것을 올려놓았다. 데이비드는 그것이 무엇인지 의아한 표정으로 소피아를 보았다.

"교수님. 이 푸른 돌에 대한 감정 좀 부탁드려요. 제가 감정해 본 결과로는 다이아몬드였어요. 하지만 다이아몬드라고 하기엔 처음 접하는 엄청난 크기라…… 교수님의 확인이 필요해서 왔어요."

데이비드는 소피아의 이야기를 들으면서 벨벳 보자기를 풀어 헤쳤다.

"교수님! 제가 감정한 결과 다이아몬드였어요. 믿기지 않아 가져왔어요."

"이게 뭔가? 설마 이것이 진짜는 아니지? 하지만 소피아가 감정했다면 제대로 했을 텐데……. 진짜라고 하기엔 너무 큰걸! 이렇게 큰 다이아몬드를 본 적이 없어요. 어떻게 소피아 손에 들어간 거죠?"

학과장은 믿기지 않는 표정이었다.

"제 손에 들어온 경로는 개인적인 일이라 답하기 곤란해요. 아직 이 스톤이 진짜인지 정확한 감정을 하지 않아서 좀 더 정밀한 검사가 필요해요. 그래서 교수님을 찾아왔어요."

"잘 왔어요. 자, 먼저 진짜인지 확인해 봅시다."

데이비드는 스톤을 들어서 이리저리 불빛에 비춰 보기도 하고 앞뒤 좌우로 살펴보았다. 아직 다이아몬드라 단정하기가 확실치 않아서 그런지 그의 표정에는 별다른 변화가 없다.

그때였다. 사무실을 노크하며 비서가 사무실로 들어섰다.

"교수님, 취재 준비 다 되었답니다."

소피아의 갑작스러운 방문으로 데이비드는 촬영 약속을 깜빡하고 있었다.

"아 참! 내 정신 좀 보게. 소피아 지금 CNN……."

데이비드 교수 말이 끝나기도 전에 취재진은 사무실 안으로 몰려 들어왔다. 한 남자는 카메라를 둘러메고, 또 다른 남자는 촬영에 필요한 도구를 담은 커다란 가방을 들고 있었다. 말끔하게 정장을 한 젊은 여기자도 보였다. 순간, 소피아는 당혹감을 감추지 못해 얼른 스톤을 천에 쌌다. 그 상황을 이미 촬영기자가 찍고 있었다. 데이비드는 그들에게 소피아를 이 학교 졸업생이라고 소개했다. CNN 기자들은 요즘 새롭게 주목받는 쥬얼리 아티스트를 꿈꾸는 학생들이 공부하는 대학을 취재하기 위해 온 것이었다. 학교 측에서는 신문이나 잡지에 학교를 홍보할 기회이기에 학과장은 적극적으로 취재에 임했다. 소피아는 일이 공교롭게 되어 당황스러웠지만, 기자들이 그녀도 함께 취재에 응해주기를 권했기 때문에 빠져나올 수가 없었다. 데이비드와 함께 소피아가 보석 감정하는 과정을 즉석에서 촬영하자는 쪽으로 모였다.

"와! 이렇게 큰 원석으로 감정하려고요?"

촬영팀과 함께 온 여기자의 질문이었다. 순간 소피아는 가슴이 철렁했다.

"아, 아니요! 이건……."

데이비드가 대답하기도 전에 소피아가 먼저 대답하고 말았다. 취재단의 시선이 모두 소피아에게 쏠렸다. 소피아는 갑자기 벌어진 이 상황에 당혹감을 감추지 못했다.

"보석 감정 과정을 촬영하는 것이기 때문에 보석이 클수록 더 좋지 않겠어요?"

여기자가 부추겼고 카메라는 계속 돌아갔다. 카메라는 이미 그녀가 가지고 온 스톤을 담고 있었다. 송년 특집을 위해 찾아온 CNN 취재팀의 고집을 피할 만한 변명의 여지가 없었다. 결국, 소피아가 가지고 온 원석으로 본격적인 감정에 들어갔다. 소피아는 현미경 앞에 조용히 앉았다. 데이비드는 옆에서 지도하는 교수처럼 포즈를 취했다. 그곳에 있는 모든 사람의 시선이 소피아에게 집중하자, 그녀는 더 긴장되었다. 기자들은 소피아에게 카메라를 의식하지 말고 자연스럽게 하라고 주문했다. 그녀는 원석을 고정하고 현미경을 들여다보며 프리즘을 맞췄다.

부분적으로 나타난 컷에 투명한 푸른빛이 선명했다. 경도는 최강이었고 10으로 나왔다. 지상에 존재하는 물질 중 경도가 가장 높은 것이 다이아몬드였다. 아직은 아무도 의심하지 않았다. 이렇게 큰 스톤이 진짜라고 생각하는 것이 오히려 이상한 일이었다. 상황은 그렇게 척척 진행되어 가고 있었다. 소피아는 학과장에게 무슨 말이라도 해야 할 상황이었다.

"교수님! 한 번 내부를 봐주세요. 제가 보기엔 결정구조로 되어있어요."

소피아는 데이비드에게 원석의 내부를 들여다보기를 권하면서 자리를 내어 주었다. 내포물을 들여다본 데이비드의 얼굴에 커다란 변화가 일어나고 있었다. 그는 놀라움을 넘어 경악의 표정이 가득했다. 그러곤 예사롭지 않은 눈빛으로 소피아를 바라봤다. 그녀 역시 바짝 긴장했다. 학과장에게 가만히 속삭였다.

"교수님 표정 관리하세요."

데이비드도 소피아의 말을 알아들었는지 기자들 질문에 답을 회피하고 있었다. 어떻게 해야 할지 갈등하는 것을 표정에서 읽을 수 있었다. 데이비드는 대답 대신 자세를 바로잡으며 감정을 추스르는 눈치였다. 그 모습이 너무 신중해 보여서인지 알 수 없는 긴장감이 감돌았다. 하얀 가운을 입은 데이비드의 모습은 마치 수술을 앞두고 중대한 결정을 내려야 하는 집도의의 모습 같았다.

소피아는 믿어지지 않았다. 세상에는 많은 보석이 나돌고 있지만, 이런 큰 원석은 흔하게 돌아다닐 보석이 아니었다. 기자들은 촬영에 몰두하느라 그것이 진짜인지 가짜인지에는 별 관심이 없어 보였다. 오직 방송에 필요한 촬영 분량에 몰두했다. 그들은 보석디자인, 보석 감정, 세공, 왁스, 주형 제작, 금속공예 클래스에 두루 들러서 촬영했다. 취재를 마친 그들에게 비서가 차를 대접했다.

"조금 전 감정한 스톤이 진짜라면 굉장하겠죠?"

미소를 지으며 여기자가 던진 말에 순간 소피아는 가슴이 철렁

내려앉았다. 다행히도 그들 모두 그 원석이 진짜라고 생각지 않았다. 소피아가 서둘러 일어서자 데이비드는 뭔가 하고 싶은 말이 남은 표정이었다. 그는 취재진 눈치 보느라 선뜻 소피아를 붙잡지 못하고 있었다. 소피아는 푸른 원석을 챙겨 들고 쫓기듯 그 자리를 벗어났다. 밖으로 나온 소피아는 가슴을 쓸어내리며 긴 날숨을 뱉었다.

'지금부터 뭘 어떻게 하지?'

그녀는 차에 앉아 시동을 걸기 전 스톤을 바라보았다. 그때 뒤를 바로 따라 나온 CNN 촬영팀이 그녀 쪽으로 다가왔다. 그녀는 재빨리 시동을 걸고 그들 시야에서 벗어났다. 어느 정도 벗어났을 때쯤 갓길에 차를 세우고 가방에서 다시 스톤을 꺼내 보았다. 그녀는 생각했다.

'얼마나 나갈까? 일억 불? 아니면 십억 불?'

소피아조차도 도저히 가치를 가늠할 수 없었다. 다음날 시어머니께 맡긴 딸 미래를 만나러 롱비치로 향했다. 가게는 아예 문을 닫은 상태였다. 이것만 제값 받고 처분할 수 있다면 가게를 싼 가격에 팔아도 상관없었다.

롱비치를 향하는 차 안에도 스톤은 분신처럼 함께 했다. 비교적 가까운 거리에 살았지만 자주 딸을 찾지 못한 소피아였다. 전 남편 테일러는 백인 여자와 샌디에이고에 살림을 차렸다. 어떤 땐 두 사람이 롱비치로 오는 날과 소피아가 미래를 만나는 날이 겹쳐 몹시 난감했다. 두 번 그런 일이 있고 나자 미래 할머니도 소피아가 자주 오는 것을 반기지 않았다. 롱비치 이스트 오션 대로로 접어든 벤츠 한대가 해변 저택 앞에 섰다. 바다가 한눈에 펼쳐지는 집에 사는 미래는 부모의 이혼을 이해하는 듯했다. 그나마 소피아가 자주 롱비치를 찾았기에 미래는 엄마의 빈자리를 모르고 자랐다. 방학이면 소피아가 사는 산타모니카로 오기도 했던 미래였다. 미래는 새엄마와 이복동생과도 잘 지냈다. 같이 살지는 않지만 한 번씩 만나면 둘은 어른들과 상관없이 친한 자매처럼 지냈다. 캐서린은 미래보다 세 살 어렸다. 캐서린 역시 미래를 잘 따랐다. 집 앞 잔디밭에서 흙장난하던 미래가 엄마의 벤츠 차를 발견하고 뛰어왔다.

"마미!"

"하이 미래!"

두 모녀는 껴안고 볼을 비볐다. 이주일 만의 상봉이었다. 소피아는 미래를 번쩍 들어 안았다. 그새 또 자라 있었다. 하루가 다르게 부쩍 커갔다.

"마미, 왜 지난주에는 안 왔어?"

"엄마 기다렸니?"

"당연하지! 내가 마미 얼마나 사랑하는지 몰라?"

"알지! 알고말고!"

현관문을 열고 들어서자 미래의 할머니가 그녀를 반겼다. 이혼한 지 7년이 되었건만 여전히 며느리로 대하는 이사벨라였다. 손에 묻은 물기를 닦으면서 나온 이사벨라는 소피아의 손에 들린 과일바구니를 받아 들었다.

"뭘 이렇게 무거운 걸 들고 다녀? 집에도 과일 많은데."

"어머님 뵈러 오는데 빈손으로 오긴 좀 그렇잖아요. 아버님 어디 가셨어요?"

"어제 낚시 가셨어. 내일 오신다는구나."

아들 하나에, 두 며느리를 둔 이사벨라는 시어머니처럼 구는 행동이 이상할 법도 하지만 소피아는 개의치 않았다. 자신의 딸을 맡겨둔 이상 이사벨라의 뜻대로 롱비치에 가는 날은 며느리가 시어머니를 대하듯 했다. 미래의 겨울방학이 시작된 지 일주일 되는 날이었다. 짧은 겨울방학은 고작 보름에 불과했다. 소피아는 미래와 남은 방학 동안 여행을 가고 싶었으나 원석이 수중에 들어오자 그 계획마저 포기했다. 소피아는 이틀을 롱비치에 머물다 월요일 아침 산타모니카로 향했다.

소피아가 원석을 안고 쫓기듯이 지내는 동안 대한민국은 새로운 대통령이 집권하면서 많은 화제가 되었다. 차혁이 그토록 가슴 아파하고 억울했던 제주 4·3사건은, 2003년에 와서야 제주 4·3사건 진상조사 보고서가 채택되었다. 소피아가 블루 원석을 안고 어쩔 줄 몰랐던 2005년 4월 3일, 참여정부 대통령은 제주도를 방문해 정부 차원에서 처음 공식 사과를 했다.

CNN은 2004년 송년 특집 프로그램을 준비했다. 월요일 저녁 뉴스에 새로운 직업으로 주목받고 있는 '쥬얼리 아티스트' 기획 보도하였다. 신년 유망 직업을 소개하면서, 세퍼드 대학교 보석 학과를 탐방하여 촬영한 화면들을 고스란히 방송으로 내보냈다. 그중 데이비드 학과장과 소피아가 스톤을 감정하는 모습도 나왔다. 카메라는 원석을 크게 클로즈업한 장면을 화면 가득 채웠다. 유독 한 남자가 그 뉴스를 유심히 바라보고 있었다. 남자는 핸드폰을 들었다.

"나야!"

"말씀하십시오."

"방금 CNN 저녁 뉴스에 우리가 찾던 물건과 유사한 것이 나왔다. 한번 확인해봐."

"알겠습니다."

남자는 CIA도 아니었고, FBI도 아니었다. 스톤의 행방을 쫓던 러시아 마피아였다. 스톤은 어느새 러시아 마피아와 CIA 양쪽의 타깃이 되어있었다. 마피아는 러시아가 아니라 뉴욕에 본거지를 두고 있지만, 세계 각국에 조직을 갖추고 있었다. 옛날 KGB에서 활동하던 비밀정보원들이 냉전 시대가 종식되면서 대거 마피아로 흡수되었다. 그들은 돈이 되는 일이면 어떤 일도 마다하지 않았다. 그들은 민간인 신분이지만 정보력은 CIA와 견줄 만큼 대단했다. 마피아는 막대한 돈이 목표였으나 CIA는 핵폭탄과 버금가는 스톤을 제3의 테러리스트의 수중에 들어가지 못하도록 하는 것이 목표였다. 전화를 받은 남자는 킬러였다. 원하는 것을 손에 넣기 위해서는 살인도 불사했다. 사람 죽이는 것을 벌레 죽이는 것만큼이나 쉽게 생각하는 부류가 그들이었다.

다음 날 오전, 월요일에 방송된 CNN 뉴스가 CD에 구워져 킬러의 손에 들어왔다. 킬러는 그것을 CD플레이어에 넣고 버튼을 눌렀다. 원하는 장면이 나오자 그 장면만 정지시키고 핸드폰으로 사진을 찍었다. 킬러는 메모지에 '셰퍼드 대학교 보석학과 데이비드 그린'이라고 적었다. 분명 스톤을 두 사람이 감정했는데 자막에는 남자 이름만 적혀있었다. 킬러는 노트북을 켰다. 노트북 화면에는 FBI 로고가 선명했다. 아이디와 패스워드를 치자 여러 개의 창이 나타났다. '데이비드 그린'이라고 입력하자 사진과 사회보장번호, 주소 등이 빈칸에 메워졌다. 킬러는 화면에 나타난 주소를 따로 메모했다. 오후 두 시가 되자 라스베이거스 벨라지오 호텔에 묵고 있던 킬러는 천천히 외출할 준비를 했다. 검은 가방에는 소음기가 부착된 '글락17' 권총 두 자루와 탄창 두 개를 넣고 짙은 선글라스를 꼈다. '글락17'은 오스트리아제로 미국 경찰이 주로 사용하는 흔한 총이지만 사정거리가 가까운 곳은 명중률이 아주 높은 편이었다. 킬러들은 주로 '글락17'을 선호했다. 객실을 나온 그는 지하주차장에 세워둔 BMW에 올라탔다. 조수석에는 검은 가방과 노트북이 놓여있다. 그가 시계를 보았다. 라스베이거스에서 로스 펠리즈까지는 286마일로 막히는 걸 고려하면 빨라도 네 시간 거리였다. 킬러가 탄 BMW는 엑스칼리버 호텔을 지나 15번 국도로 들어섰다. 15번 국도는 베트란스 메모리얼 하이웨이와 연결되어 있었다. 하이웨이에 진입한 차는 전속력으로 내달렸다.

네 시간 후 BMW는 로스 펠리즈에 들어섰다. 어두워진 프랭클린 에비뉴로 진입한 킬러는 천천히 도롯가에 차를 세웠다. 그러고는 검은 가방을 열고 '글락17' 한 자루를 꺼내 허리 뒤 춤에 꽂아 넣었다. 킬러의 다음 행동은 민첩했다. 단숨에 주택으로 뛰어든 그는 현관문 자물쇠를 순식간에 열고 바람처럼 집안으로 스며들었다. 거실에는 텔레비전이 켜져 있고, 식탁에서는 막 식사가 끝난 뒤였다. 인기척을 느낀 여자가 돌아서자 바로 앞에 서 있는 검은 남자를 보고 소스라치게 놀랐다.

"누, 누구세요!"

아내 목소리를 듣고 달려 나온 남자는 킬러의 주먹 한 방에 바닥으로 나뒹굴었다. 그가 쓰러지면서 화병이 박살 나 거실은 아수라장이 되었다. 집안에는 부부 외에 아무도 없었다. 여자는 남편이 일격에 쓰러지자 공포에 질려 소리도 지르지 못했다.

"왜, 왜 이러세요? 살려주세요!"

킬러는 여자의 손을 묶고 입에 테이프를 붙여버렸다. 그러고는 바닥에 쓰러진 남자를 끌어올려 의자에 앉혔다. 남자 입에서 검붉은 피가 흘렀다. 이빨이 으스러져 앞니가 흔들리고 있었다. 킬러는 피 흘리는 남자 눈앞에 사진 두 장을 펼쳐 보였다.

"이 물건, 어디 있나?"

"네? 그게 무엇인가요?"

"지난주 금요일! 당신이 감정한 블라우 슈타인 말이야!"

"그, 그건 제가 가지고 있는 것이 아닙니다."

"아니면? 이 여자가 가지고 있나?"

킬러는 다시 한 장의 사진을 펼쳤다. 사진 속에 소피아가 웃고 있었다.

"네…… 네. 이 여자가 가지고 온 겁니다."

"이 여자는 누구지? 당신과 어떤 관계야?"

"소피아라고…… 제 제자입니다."

"이 여자가 스톤을 어떻게 손에 넣었지?"

데이비드는 소피아가 가지고 온 원석이 예사로운 물건이 아님을 알고 있었다. 그렇게 큰 원석을 일반인 손에 있다는 자체만으로도 위험하기 짝이 없어 보였다. 결국, 그 위험이 자신을 겨눌 줄은 상상도 못 했다. 데이비드는 공포 가득한 눈으로 킬러를 바라보았다. 킬러는 짧은 머리의 백인이었다. 영국식 악센트를 사용하는 그는 표정이 냉혈 인간처럼 차가웠다.

"그 그건 모르겠습니다. 감정해달라고 해서…….."

"그래서?"

"CNN에서 촬영하느라 제대로 감정도 못 했습니다."

"그래? 그게 무슨 물건인지 모른다는 건가?"

"네, 정말입니다. 그리고 소피아가 스톤을 들고 바로 나가버려서 물어보지도 못했습니다."

"소피아…… 라스트 네임은 뭐야?"

"…… 닐슨. 소피아 닐슨입니다."

"국적은?"

"태생은 독일이고 국적은 미국으로 알고 있습니다."

"독일? 독일 태생이라고? 사는 곳은?"

"산타모니카에 삽니다. 정확한 주소는 알지 못합니다."

데이비드는 소피아가 쥬얼리 가게를 한다는 말을 할까 말까 망설이다 말하지 않았다. 자신의 집까지 찾아온 남자는 바로 소피아의 가게로 쳐들어갈 것만 같았다. 그러나 데이비드는 정작 자신에게 닥친 눈앞의 위험은 전혀 생각지 못했다. 킬러는 얻을만한 정보를 다 얻었다고 생각하자 손에 들고 있던 권총을 들어 올렸다. 그가 데이비드의 관자놀이를 향해 아무런 주저 없이 방아쇠를 당겼다.

'쓩!'

예비 동작도 없었다. 데이비드가 총에 맞아 쓰러지자 놀란 아내가 실신하듯 그 위로 쓰러졌다.

'슉!'

또다시 두 번째 방아쇠가 당겨졌다. 쓰러진 여자의 이마를 향해 일말의 망설임도 없이 총알이 날아가 박혔다. 킬러가 집안으로 잠입하고 불과 10분도 되지 않은 시간이었다. 킬러는 모든 문을 잠그고 가스 밸브를 칼로 잘랐다. 잘린 밸브에서 가스가 거실로 퍼져나갔다. 그마저도 아주 여유로운 행동이었다. 다급한 느낌이 전혀 없었다. 천천히 전자레인지를 열고 그 안에 1불짜리 가스라이터 하나를 넣고 타이머를 10분으로 맞췄다.

'위잉……'

레인지가 작동하자 킬러는 천천히 주택을 빠져나갔다. 그의 행동이 너무 자연스러워서 집 밖에서 마주친 이웃 주민 누구도 이상하게 생각하지 않았다. 킬러가 탄 BMW가 아무렇지 않게 주택가를 벗어났다. 얼마나 지났을까.

'펑!'

굉음과 함께 방금 빠져나간 주택에서 거대한 불길이 치솟았다. 911 소방차와 경찰차 구급차가 도착한 것은 그로부터 3분 후였다. 전날 CNN 저녁 뉴스를 본 사람은 마피아 말고도 또 한 남자가 있었다. 그 남자는 IS 테러집단 진압 작전 인솔책임자였던 작전참모 리처드였다. 그는 텔레비전 화면에서 본 스톤이 자신이 알고 있는 그 물건이 맞는지 확신이 서지 않자 저녁 내내 망설였다. 다음날 도저히 그냥 넘기기에 찜찜했던 리처드는 헛걸음친다는 각오로 CIA LA지부장 데니스에게 전화를 걸었다. 같은 시간 킬러는 이미 로스 펠리즈로 향하고 있었다.

"데니스? 나 리처드요."

"어쩐 일입니까?"

"전화로 말할 내용은 아니고…… 방금 이메일을 보냈으니 확인 좀 해주세요."

"급하십니까?"

"급한 건 아니지만 꼭 확인이 필요한 사안입니다."

급하지 않다는 말이 일을 그르쳤다. 바로 달려갔더라면 킬러와 맞닥트릴 수도 있는 타이밍이었다. 데니스는 데이비드의 자택이 폭파된 이후에 이메일을 확인했다. 월요일 CNN 뉴스에서 스톤을 감정한 사람을 찾아 스톤이 어떤 건지 확인하라는 지시였다. CIA가 행방을 쫓는 슈타인과 형태가 비슷하다는 말을 덧붙였다. 그다음 날 오후 데니스는 셰퍼드 대학교 보석학과를 찾아갔다. 강의를 듣던 학생들도 담당 교수를 기다렸다. 오전에 일찍 마치고 종강 파티를 할 참이었지만 데이비드 교수는 학교로 출근하지 않았다. 뭔가 불길했던 데니스는 학과장의 주소를 받아 들고 로스 펠리즈로 차를 몰았다.

볼보가 주택지에 들어섰을 때 불에 탄 지 얼마 되지 않은 주택 하나가 시커멓게 눈에 들어왔다. 데니스는 본능적 후각이 작동했다. 그 집은 분명 학과장의 집 같았다. 데니스는 집 주소를 확인하고 관할 경찰서로 전화를 걸었다.

"CIA LA지부장 데니스입니다. 로스 펠리즈 프랭클린 에비뉴 3번가 11호에 무슨 사고입니까?"

"가스폭발사고입니다. 그런데 두 사람은 폭발사고 이전에 총에 맞아 피살되었습니다. 현재 정밀검사와 시체 부검을 의뢰해 둔 상태입니다."

"그래요? 혹시 그중 한 남자가 데이비드 그린입니까?"

"그렇습니다만…… CIA에서 무슨 일입니까? 범죄 용의자입니까?"

"아, 아닙니다. 잘 알겠습니다."

데니스는 다급히 전화를 끊었다. 그리고는 IS 테러 진압 작전 참모였던 리처드에게 전화를 걸었다.

"데니스입니다."

"확인했습니까?"

"CNN 뉴스에 나온 셰퍼드 대학교 보석학과 데이비드 학과장은 어제 사망했습니다."

리처드가 놀라 물었다.

"뭐, 뭐라고요?"

데니스가 건조한 어투로 대꾸했다.

"어젯밤 자택에서 아내와 함께 피살되었고, 집은 가스폭발로 불타버렸습니다."

"이런, 젠장! 우리가 한발 늦었군. 본부에서 요원들을 급파할 테니까 우선 뉴스에 나온 동양인의 신원을 파악하고 그 여자를 찾으세요. 우리가 늦으면 그 여자도 죽은 목숨입니다."

그때 데니스가 물었다.

"근데, 무슨 일입니까?"

리처드가 사무적으로 답변했다.

"국가적으로 중차대한 문제입니다. 그 정도만 알고 계십시오."

"알겠습니다. LA지부 요원들도 다 동원하겠습니다."

리처드는 전화를 끊고 국장실로 들어갔다. CIA에서는 스톤을 '드래곤볼'이라는 불렀다. 드래곤볼의 행방에 대해서도 CIA 수뇌부 몇 명과 IS 테러진압 작전에 참여했던 몇 명만 알고 있었다. 드래곤볼에 대한 내막을 아는 그들을 제외하면 '드래곤볼'이 무엇인지 아무도 몰랐다. 그들은 스톤을 회수하기 위해서는 어떤 희생도 감수할 준비가 되어 있었다. 늘 그렇듯이 작전에 투입되는 요원들은 드래곤볼을 회수하는 일도 미국을 외부의 적으로부터 보호하고 미국의 안위를 위한 일로 알고 있었다. 작전 성공을 위해서는 무소불위했다.

"국장님! 드래곤볼 행방을 찾은 것 같습니다."

"말해보게."

"지난 월요일 CNN 저녁 뉴스에 셰퍼드 대학교 보석학과를 취재한 영상이 나왔습니다. 그런데 감정하는 장면에서 스톤이 드래곤볼과 유사하다는 생각에 LA지부로 확인해 보라고 지시했는데 감정을 맡았던 학과장이 어제 피살되었답니다."

"뭐야? 현장이 어디야?"

"자신의 집에서 아내와 함께 총에 맞았답니다. 집은 가스폭발로 거의 전소되었고요. 우리보다 한발 앞선 누군가가 있는 것 같습니다."

"그래? 누군데?"

"뉴스에 학과장과 함께 스톤을 감정했던 동양인 여자가 한 명더 있었습니다. 아마 저쪽에서도 그 동양 여자의 행방을 쫓고 있을 겁니다. 그 여자를 우선 보호해야 드래곤볼의 행방도 알 수 있을 것 같습니다."

"그래? 학과장을 죽였다는 것은 무슨 의미지?"

"일단 자신의 얼굴이 드러났다는 뜻이겠죠. 드래곤볼의 행방을 아는 건 동양 여자일 겁니다."

"리처드! 지금 당장 LA로 날아가. 요원들 필요한 만큼 데려가고."

"알겠습니다."

"상황 수시로 보고하게."

"네!"

버지니아 맥린에 있는 CIA 본부에 데니스가 꾸린 특별 작전팀이 공식 구성되었다. 작전명은 '드래곤볼'이었다. 첫째는 외부의

적으로부터 동양 여자를 보호하는 것이고, 둘째는 드래곤볼을 무사히 회수하는 것이 작전의 목표이자 임무였다. 리처드를 포함한 다섯 명이 LA로 가기 위해 워싱턴 덜레스공항으로 향했다. 모두 중무장한 채였다.

킬러는 자신의 노트북에 소피아를 검색해도 자료가 뜨지 않았다. 분명히 국적이 미국이라면 FBI 화면에 나타나야 함에도 소피아의 자료는 없었다. '소피아 닐슨'을 검색하기도 하고 '닐슨 소피아'라고 검색해 봐도 마찬가지였다. 킬러는 소피아의 신원을 조회하기 위해 세퍼드 대학교를 방문했다. 킬러는, 자신의 신분이 노출되지 않도록 지인을 찾고 있다며 상냥하게 질문했다. 그러나 돌아온 직원의 대답은 무미건조했고 무척 사무적이었다.

"방학 기간이라 자료를 열람할 수 없습니다. 행정실에 출근하는 날짜가 1월 12일이니 그때 다시 오세요."

킬러는 더 이상 어쩌지 못한 채 밖으로 나와 어디론가 전화를 걸었다.

"표드로입니다. 드래곤볼은 동양 여자가 가지고 있답니다. 동양 여자는 학과장의 제자라는데 지금 방학 기간이라 자료를 열람할 수 없답니다."

"그래? 언제 가능하다는 거야?"

"1월 12일에 출근한답니다."

"그래? 마무리는 잘한 거지?"

"깨끗하게 처리했습니다."

"그럼 그때까지 벨라지오 호텔로 가서 죽은 듯이 대기 해."

"알겠습니다."

킬러가 다시 라스베이거스로 가고 있을 때, CIA 작전팀은 LA 공항 대합실을 나서고 있었다. 모두 검은 가방을 하나씩 들고 있었다. 그들은 주차장에 미리 세워둔 두 대의 검은색 벤에 나누어 탔다. 두 대의 벤은 공항 옆 메리어트 호텔로 향했다. 스톤을 쫓는 두 부류의 남자들로 부산스러웠다.

3

소피아는 롱비치에 갔다 온 후 새해 1월 2일까지 가게 문을 열지 않았다. 사흘간 에스더 이모를 만나기 위해 워싱턴으로 날아갔다. 사우스 퀸 스트리트는 이모부가 근무하던 펜타곤과 가까운 거리였다. 소피아에게는 미국에 있는 유일한 혈육 아닌 혈육이 에스더 이모였다. 에스더와 정임은 친자매처럼 마음을 다해 아껴 주는, 친척보다 더 가까운 사이로 지내고 있었다.

에스더 이모의 집은 2년 만의 방문이었다. 소피아는 혼자 외롭게 새해를 맞이하느니 워싱턴에서 이모와 함께 지내고 싶었다. 소피아가 워싱턴을 방문한 지 이틀째 되는 날, 한 해의 마지막 날을 기념하는 조촐한 파티가 벌어졌다. 사우스 퀸 스트리트 6번가 주택은 2층으로 지어진 ㄱ자 모양의 집이었다. 1층은 큰 거실과 주방, 식당이 들어서 있고, 침실은 모두 2층에 배치되어 있었다. 열 명이나 앉을 수 있는 큰 식탁 위에 칠면조와 호핑존이 놓였다. 검정콩, 베이컨, 양파와 남은 채소를 몽땅 썰어 끓이는 호핑존은 남북전쟁을 계기로 남부 지방 노예들이 먹던 음식에서 미국 전역에서 먹는 음식으로 유래했다. 이제는 미국의 대표적인 새해 음식으로 검은콩은 동전을 상징하고, 케일, 순무잎 등 푸른 채소는 지폐의 푸른 색깔과 비슷하다고 하여 금전운을 뜻했다. 이처럼 재료 하나하나가 부를 상징하는 의미를 담고 있었다. 호핑존은 주로 미국의 남서부 지방에서 즐겨 먹는 새해 요리였다. 그런 요리를 새해 전날에 단번에 만들어내는 에스더 이모였다. 이모 곁에는 겨울방학이라고 잠시 다니러 온 두 딸이 함께했고, 대령으로 진급한 이모부는 펜타곤에서 나흘간 휴가를 받고 집에 와 있었다. 큰딸 조세핀은 버클리음대에서 피아노를 전공했다. 작은딸 에이미는 시카고대학에서 고고학을 전공했다. 두 딸 모두 우수한 혈통을 이어받은 표본처럼 각자 분야에서 두각을 나타내고 있었다.

"여보! 어서 내려와요. 조세핀! 에이미! 어서들 와."

에스더는 음식을 차려놓고 가족들을 불렀다.

"소피아! 넌 칠면조 좋아하니?"

"이모 난 별로야. 닭고기보다 질겨서."

"그렇지? 나도 별론데. 미국 사람들은 칠면조라면 사족을 못

써."

소피아는 에스더가 준비한 음식들에 손으로 바람을 일으켜 냄새부터 맡았다. 늘 음식을 먹기 전에 향을 먼저 맡는 것이 습관처럼 배어있었다. 잠시 후 세 사람이 1층으로 내려와 식탁에 앉았다. 그렇게 시작된 저녁식사 겸 파티는 밤 열 시가 되어서야 끝났다. 다음 날 아침은 소피아가 엄마에게 배운 한국식 떡국을 끓였다. 소피아는 그렇게 사흘을 지내고 산타모니카로 향했다.

소피아가 산타모니카로 향할 때, CIA 리처드 작전팀장은 데니스를 앞세우고 셰퍼드 대학교 데이비드 교수의 자택을 찾았다. 전소된 주택을 이곳저곳 샅샅이 살펴보고 관할 경찰서 사고담당자를 호출했다. FBI의 호출도 아닌 CIA의 호출을 달갑게 생각하지 않던 반장은 잠시 후 사고현장에 도착했다.

"CIA의 리처드요. 이쪽은 LA지부장을 맡고 있는 데니스입니다."

"아 네. 전 디터 베르너 반장입니다."

"부검 결과가 나왔습니까?"

"네. 남자는 관자놀이를 근거리에서 총에 맞았고. 여자는 이마를 총에 맞았습니다. 그 후 가스폭발로 사인을 위장한 것으로 판명 났습니다. 조금만 더 불탔어도 모를 뻔했습니다."

"사진 한 장만으로 신원조회가 가능합니까?"

"전혀 방법이 없는 건 아닙니다만 전과기록이 없다면 시간이 오래 걸립니다."

경찰서에서도 건질 것이 없다고 판단되자 리처드는 일행들과 셰퍼드 대학교로 향했다. 1월 1일 대학교는 쥐 죽은 듯 조용했다. 검정 벤 두 대가 정문을 통과하자 일직을 서고 있던 행정실 직원은 비상이 걸렸다. 검정 벤을 뒤따라 200m를 달리다가 벤이 운동장 한 귀퉁이에 섰을 때 가쁜 숨을 몰아쉬었다.

"당신들 누굽니까? 오늘은 방학이 아니라도 쉴 텐데…… 그것도 모르고 온 거요?"

차 문을 여는 남자를 향해 남자 직원은 짜증 난 듯 인상을 썼다. 그런 남자에게 데니스는 신분증을 내밀었다.

"CIA의 데니스입니다. 행정실에서 졸업생 인적사항을 담당하는 직원이 누굽니까?"

"아네…… 다니엘입니다만 오늘 없습니다. 그는 12일에 출근합니다."

"당신은?"

"저도 행정실 직원입니다. 오늘 일직을 쓰고 있죠."

"그럼 담당자 연락처는 알겠군요?"

"아마 행정실에 있을 겁니다."

일행은 남자를 뒤따라 행정실로 향했다. 그러나 행정실에서 담당자한테 연락해도 별 소용이 없었다. 담당자는 유럽으로 여행을 떠났고, 출근 사흘 전에야 미국으로 돌아온다는 것이었다. 리처드는 즉시 CIA 본부로 전화를 걸었다.

"국장님! 리처드입니다."

"뉴스에 나온 남자의 자택은 가봤나?"

"네. 예사 놈 짓이 아닙니다. 프로의 수준입니다."

"그래? 여자는?"

"셰퍼드 대학교에 도착했습니다만 학적부를 담당하는 직원이 1월 12일에 출근한답니다. 지금 유럽으로 여행을 갔답니다. 그래서 드리는 말입니다만……."

"말해 봐!"

"여자를 찾기 전에 먼저 킬러를 찾았으면 합니다. 위성을 통해 로스 펠리즈 프랭클린 에비뉴 일대를 한번 봐주십시오. 불이 난 시간 전후로 움직인 차량을 중점으로 킬러를 찾는 것이 빠를 듯합니다."

"알았어. 앞으로 이 회선을 사용하지 말고, 작전 시 사용하는 비상 회선을 이용하도록."

"알겠습니다."

전화 받은 샘 국장은 즉시 인공위성 영상을 한눈에 볼 수 있는 영상실로 들어갔다. 영상실은 수십 대의 컴퓨터와 벽면에 4등분된 대형화면 크기의 스크린이 있었고, 직원들은 위성을 분석하느라 분주했다. 샘은 그 직원들을 불러 모았다.

"주목! 하던 일 잠시 멈추고, 지난 2004년 12월 30일 로스 펠리즈 프랭클린 에비뉴 영상 찾아봐. 시간은 저녁 6시부터 9시! 주택 폭파 장면이 있을 거야. 그것부터 찾아봐."

컴퓨터가 일제히 바쁘게 돌아갔다. 위성 3개가 촬영한 영상이 3개의 컴퓨터 화면에 나타나더니 한 개의 폭파 장면을 찾는데 많은 시간이 걸리지 않았다.

"찾았습니다!"

"그래? 큰 화면으로 띄워봐!"

벽면 대형스크린에 불이 난 주택이 고스란히 올라왔다. 샘 국장이 거대한 스크린 앞에 다가서며 외쳤다.

"주소는?"

"로스 펠리즈 프랭클린 에비뉴 3번가 11호입니다."

샘 국장이 금테 안경을 치켜올리며 말했다.

"폭파 시간 전후로 그곳을 지나간 자동차들 모두 추적해봐."

몇 대의 자동차가 보이더니 이내 한 대의 자동차가 스크린에 올라왔다.

"BMW입니다. 번호판은 뉴욕 'AWE 6311'."

"틀림없나?"

"네! 틀림없습니다."

"지금부터 그 차가 어디로 움직였는지 행선지를 추적해봐."

BMW에 붉은 삼각형 꼬리표가 붙자 차가 움직이는 대로 동선이 한눈에 나타났다. 붉은 삼각형 꼬리표가 달린 BMW는 베트란스 메모리얼 하이웨이를 타고 동쪽으로 달렸다. 15번 국도로 접어든 차는 라스베이거스 벨라지오 호텔 주차장으로 들어가는 것이 화면에 잡혔다. 어두운 화면에 나타난 운전자의 얼굴은 흐릿했다. 다만 어떤 옷을 입고 있는지 인상착의 정도는 알아볼 수 있었다.

"벨라지오 호텔 내부 CCTV와 연결해봐."

CIA에서는 위성을 통해서 미국 어디든지 다 관찰할 수가 있었고, 간단한 조작만으로도 전국 CCTV 영상까지 한눈에 볼 수 있었다. 잠시 후 호텔 안으로 들어서는 남자의 얼굴이 클로즈업되더니 화면 귀퉁이에 별도로 영상이 잡혔다. 짧은 머리의 남자는 선글라스를 끼고 있었지만 다부진 체격으로 볼 때 예사의 인물이 아님을 알 수 있었다.

"저 인물을 조사해봐."

다시 남자의 얼굴이 컴퓨터로 스캔 되어 여러 얼굴과 대조되며 모니터 속에서 360도 회전했다. 컴퓨터에 저장된 수천 장의 얼굴들과 대조되더니 하나의 얼굴과 일치한다는 딩동! 소리와 함께 대형스크린에 올라왔다. '표드로 미하일로비치 스타브로긴, 1960년 모스크바 태생, 영국 옥스퍼드대학교 정치학과 졸업, 전직 KGB 유럽 담당'으로 나타났다.

"아니? 저놈이 어떻게 미국에 있는 거지?"

샘은 표드로의 등장에 눈살을 찌푸렸다. 샘은 표드로에 대해서 많은 것을 알고 있는 듯했다. 그가 미국에 있다는 것은 그가 속했던 KGB 전직 고위급도 함께 있다는 뜻이었다. CIA에는 각국 정보요원들 신상이 낱낱이 데이터베이스에 저장되어 있었다. 문제는 KGB 전직 요원들이 어떻게 냄새를 맡았느냐 하는 것이었다. 그들은 돈이 되는 곳에는 어디든 나타나는 괴물들이었다. 샘은 킬러의 정보를 리처드에게 송부하면서 여자의 행방을 찾을 때까지 미행하라는 명령도 덧붙였다. 버지니아 요원들도 즉시 라스베이거스로 출발시켰다. 표드로는 각국 정보기관에서도 알아주는 킬러 중의 킬러였다. 유럽에서 일어난 몇몇 요인암살 배후로 지목되고 있었지만, 아직 한 번도 수사망에 걸려들지 않은 치밀한 인물이었다.

다음 날 아침 검정 벤 두 대가 LA 메리어트 호텔을 빠져나와 라스베이거스로 향했다. 요원들은 모두가 중무장한 채였고, 한 사람은 저격용 M40A3 스코프까지 준비하고 있었다. M40A3 스코프는 미 해병에서 사용하는 총으로 12배 줌렌즈가 장착되어 원거리에서도 적중률이 높은 총이었다. 리처드는 차 안에서, 미리 출발한 버지니아 요원들과 연락을 취하고 섣불리 킬러와 맞닥트리지 말고 그의 움직임과 행적만 좇으라고 일러둔 상태였다.

검정 벤 두 대가 라스베이거스로 향하는 것을 알 리 없는 소피아는 나흘 만에 가게로 나왔다. 여전히 스톤은 분신처럼 몸에 지닌 채였다. 산타모니카 콜로라도 에비뉴는 신년 휴가로 가게가 드문드문 열려 있어서 관광객의 방문도 없는 한적한 도시처럼 보였다. 문을 열자 출입문 입구에는 신문들이 쌓여 있었다. 16번가 '탑쥬얼리'는 진열장을 하나둘 정리해나갔다. 웬만큼 진열장이 제대로 정리되었을 때 나타샤가 나타났다.

"소피아! 난 또 영영 가게 문을 닫은 줄 알았네."

"넘겨받을 사람이 나타나면 오늘이라도 문 닫고 싶지. 나타샤는 어때?"

"신년에 장사가 되겠어? 작년보다 매출이 반도 안 돼."

"그럴 거야…… 불경기가 언제까지 계속될지…… 휴! 커피나 한잔해!"

커피를 마시며 눈에 들어온 LA타임스 헤드라인에 소피아는 들고 있던 커피잔을 바닥에 떨어트리고 말았다. 부서진 커피잔 조각들이 바닥에 널브러지자 정작 놀란 것은 나타샤였다.

"소피아! 왜 그래? 무슨 일인데?"

소피아는 놀란 나머지 말을 하지 못하고 신문 헤드라인을 손가락으로 가리켰다. 헤드라인에는 '셰퍼드 대학교 보석학과 학과장 내외 피살'이라는 문구가 대서특필되어 있었다.

"왜? 아는 사람이니?"

"응? 응! 우리 교수님이야. 일주일 전에 대학교에서 교수님을 만났거든……"

"오 마이 갓! 어쩐다니? 피살이라면 살해당했다는 거잖아?"

"……"

그때까지도 소피아는 데이비드 교수의 죽음이 스톤 때문인지 전혀 몰랐다. 신문은 화요일 발간이었고, 피살은 월요일이었다. 이미 장례도 끝난 뒤였다. 소피아는 잠시 일주일 전을 회상했다. 근 1년 만의 만남이었다. 스톤만 아니었다면, CNN의 취재가 아니었다면 식사라도 하고 헤어졌을 소피아였다.

'아! CNN!'

소피아는 그때서야 CNN 취재가 생각났다.

'취재한 내용은 언제 방송하지?'

나타샤가 2층으로 올라가자 컴퓨터로 CNN을 검색했다. 홈페이지에는 일자별로 방영된 프로그램들을 한눈에 볼 수 있었다. 소피아가 12월 29일을 검색하자 '송년 특집 쥬얼리 아티스트'라고 나타났다. 3분 분량의 제법 긴 내용이 뉴스에 편입되었다는 사실이 신기했다. 소피아는 플레이 버튼을 눌렀다. 잠시 후 두 사람이 웃으면서 스톤을 감정하는 장면이 나타났고, 스톤이 앵글에 크게 잡혔다. 데이비드와 소피아가 화면에 잡혔지만, 자막에는 '셰퍼드 대학교 보석학과장 데이비드 교수'라고만 나타났다. 소피아는 그 화면을 보고도 피살사고가 왜 발생했는지 인지하지 못했다. 화면 속에 나타난 교수 얼굴이 생전 마지막이었기에 애도의 마음을 품고 영상을 보았다. 자신을 가르쳤던 교수의 죽음은 종일 그녀를 슬프게 만들었다.

킬러는 데이비드 교수가 불러준 여자 이름이 계속 머리에 맴돌았다. 소피아 닐슨, 분명 사회보장번호가 있다면 화면에 나타나야 하는데 자료가 없다고만 나왔다. 킬러는 여러 가지 가능성을 두고 사흘 밤낮을 고민했다. 그렇게 고민한 끝에 낸 결론은, 닐슨이란 성이 남편 것이라면 지금은 이혼했을 것이라는 추론에 도달했다. FBI 검색 창에 나타나지 않는다면 그 때문이었다.

'결혼한 것까지 교수가 알았다면 당연히 '소피아 닐슨'으로 알았을 것이다. 그러나 결혼을 했어도 남편 성을 따르지 않았다면? 교수는 아마 그녀의 원래 성은 몰랐을 테지?'

여기의 생각이 미친 킬러는 소피아가 한국인이라는 것을 떠올리며, LA 한인회를 통하여 소피아를 추적하기 시작했다. 자리에서 벌떡 일어난 그가 어딘가로 급히 전화를 걸었다.

"표드로입니다."

"무슨 일이야?"

"동양인 여자의 행방을 찾을 수 있을 것 같습니다."

"어떻게?"

"한국인이라고 했으니까 일단 LA 한인회 간부를 족치면 뭔가 나올지 모릅니다."

"다행이군. 시간 없어. 다른 쪽에서 손쓰기 전에 빨리 확보해. 아마 저쪽에서도 혈안이 되어 찾고 있을 거야. 항상 미행 조심하고."

"잘 알겠습니다."

킬러는 캘리포니아 한인회 주소를 확인하고는 검은 가방과 노트북을 챙겨 룸을 빠져나갔다. 그때는 이미 버지니아 요원들이 호텔 로비에 도착한 후였다. LA에서 출발한 리처드 일행의 벤은 도착하지 않았지만, 킬러의 미행은 가능한 상태였다. 제임스는 프런트에서 킬러가 머무는 룸 넘버를 확인했다. 일행 중 한 명이 18층으로 올라가려 엘리베이터를 기다리던 찰나, 킬러가 엘리베이터에서 내렸다. 로비에서 엘리베이터를 뚫어져라 쳐다보던 요원들은 갑자기 나타난 킬러에 당황했다. 로비에서 움직이는 부자연스러운 CIA 요원의 행동이 킬러의 선글라스 너머로 포착되자 킬러의 눈빛이 날카롭게 변했다. 킬러는 아무렇지 않은 듯 BMW가 주차된 주차장으로 유유히 걸어갔다. 세 명의 요원은 천천히 킬러 뒤를 밟았다. 킬러는 태연하게 차에 오르고는 벨라지오 호텔을 빠져나왔다. 그 뒤를 검정 벤이 따라붙었다. 70m 거리를 두고 뒤따르던 제임스가 리처드에게 전화를 걸었다.

"제임스입니다. 지금 킬러가 움직였습니다."

"어디로?"

"그러니까…… 엑스칼리버 호텔을 지나 15번 국도로 들어섰습니다. 어디쯤 오십니까?"

"90마일 정도 남았군. 우린 이곳에서 기다릴 테니까, 너무 가까이 붙지 말고 눈치채지 못하게 천천히 몰아."

"알겠습니다."

리처드는 모하비 프리웨이 마운틴패스 부근에 벤을 정차시켰다. 라스베이거스까지 60마일도 채 남지 않은 거리였다. 일행들은 소지한 무기의 탄창을 분리했다가 다시 결합하며 초조하게 대기했다.

"혹시라도 버지니아 팀과 킬러가 총격전이 일어나도 절대로 개입하면 안 돼. 우리는 킬러를 끝까지 추격한다. 킬러를 사살할 때는 우리가 원하는 정보를 얻은 후에야. 알겠지?"

"저자한테서 원하는 정보가 대체 뭡니까?"

일행 중 LA지부장 데니스만 리처드 말에 의문을 제기했다.

"그건 극비입니다. 그냥 지원만 하십시오."

"알겠습니다."

금발의 미남형인 데니스는 셰퍼드 대학교 보석학과장의 죽음도 의문이었고, 그 죽음에 CIA가 나섰다는 것도 이해되지 않았다. 뭔가 큰 작전임에는 틀림없는데 자신만 모른다는 것이 섭섭했다. 검은 머리에 호수처럼 차갑고 푸른 눈을 가진 리처드는 국장 지시대로 움직였다. 한 사람이라도 드래곤볼의 실체를 안다면 또 다른 적이 될 수 있었다. 그만큼 드래곤볼의 위력은 대단했다. 보는 사람마다 탐을 내는 물건이었다. 리처드는 데니스의 궁금증을 일시에 묵살해버렸지만 그럴수록 데니스는 궁금증이 더

해갔다.

표드로는 벨라지오 호텔을 나올 때부터 뒤따르는 검정 벤을 백미러로 주시했다. 빠른 속도로 달리거나 느린 속도로 달려도 늘 한결같은 거리를 유지하는 벤이었다. 15번 국도에 올라서자 따돌릴 수도 없었다. 표드로가 권총을 장전해 소음기를 부착한 후 조수석에 두고 모자로 덮었다. 그렇게 언제든지 상대를 향해 총구를 겨눌 준비를 했다.

BMW가 베트란스 메모리얼 하이웨이로 들어서자 뒤따르는 벤이 세 대로 늘어났다. 그러나 두 대의 벤은 킬러의 시선에 잡히지 않았다. 리처드는 앞선 벤과 300m 이상 거리를 유지한 채 달렸고, 앞선 벤과는 전화로 소통하고 있었다. 리처드가 탄 검정 벤은 모하비 프리웨이 마운틴패스 부근에 정차했을 때 색깔을 바꾸었다. 기관의 공무 차량처럼 검정 벤이었던 두 대가 흰색 바탕에 'AT&T'라고 크게 쓰여 있어서 통신사의 긴급차량 정도로 보이기에 충분했다. 그렇게 변신하는데 걸린 시간은 불과 3분, CIA의 위장술은 가히 탁월했다. 흰색 벤의 추격은 그래서 더더욱 킬러의 눈에 띄지 않았다.

쫓고 쫓기는 추격전, 얼마나 달렸을까. 해는 이미 서산으로 기울고 있었다. BMW가 15번 국도 모하비 프리웨이에서 210번 국도 랭커스트 메모리얼 하이웨이로 도로를 갈아탔다. 그것은 목적지가 LA임을 어느 정도 암시하는 대목이었다. 얼마 더 가서 605

번 국도 샌 게이브리얼 메모리얼 프리웨이로 오르자 결국 목적지가 LA로 굳어졌다. 킬러의 차가 엘몬터 쇼핑센터 앞에 섰다. 주변은 이미 어둑어둑했다. 킬러는 마치 쇼핑 온 차량처럼 위장한 채 쇼핑센터 안으로 들어갔다. 빈손이었다. 검정 벤을 타고 있던 요원들은 BMW와 사선으로 보이는 곳에 주차하고 기다리며 킬러가 나올 때를 기다렸다. 검정 벤과 100m 거리를 두고 도로 건너편에 선 흰색 벤은 두 차량을 망원경으로 관찰하고 있었다. 쇼핑센터로 들어간 남자는 30분이 지나도 나오지 않자 버지니아 요원들 마음이 초조했다. 미행을 놓쳐버린 것은 아닐까 하는 불안감에 운전하던 사람만 차에 남겨둔 채 두 사람은 킬러를 찾으러 쇼핑센터 안으로 진입했다. 두 사람이 차에서 내리는 것을 건물 옥상에 숨어 내려다본 킬러는 쇼핑센터 도어를 열려는 두 남자를 향해 총구를 겨눴다. 그 순간.

'쓩! 쓩!'

두 발의 총알이 목표물을 향해 날아갔다. 어딘가에서 소리 없이 날아온 총격에 두 남자는 총을 꺼내 보지도 못하고 쇼핑센터 입구에서 쓰러졌다. 그것을 본 제임스가 차 안에서, 급히 몸을 낮추고 차창 밖으로 주변을 살폈다. 잠시 후 백미러에, 쇼핑센터 옥상에서 저격용 총을 겨누고 있는 수상한 남자가 눈에 들어왔다. 놈이었다. 제임스는 최대한 몸을 낮추고 운전석 문을 열며 총알 피하는 낙법으로 한 바퀴 굴렀다. 그와 동시에 제임스의 민첩한 손이 옥상에 있는 킬러를 향해 총을 난사했다. 순간 쇼핑센터 앞 행인들은 소리 지르면 달아나느라 정신없고, 몇몇 행인들은 걸어 가다 말고 바닥에 죽은 듯이 납작 엎드렸다. 킬러의 사격술은 놀라울 정도였다. 놈의 두 손에 든 권총은 제임스가 쏘아대는 총알에 아랑곳하지 않고 불을 뿜었다. 제임스는 허벅지와 가슴에 총을 맞고 쓰러졌다. 불과 2분간의 총격이었다. 킬러는 짧은 시간에 자신을 위협하는 세 명을 간단하게 해치웠다. 멀리서 사이렌을 울리면서 경찰차가 달려왔다. 킬러는 두 자루의 권총을 현장에 던져 버리고 유유히 자신의 BMW에 올라탔다. 경찰차가 도착하기 전에 BMW는 이미 현장을 멀찍이 벗어났다. 이 모든 광경을 바라보던 리처드는 천천히 BMW의 뒤를 따르면서 본부로 연락했다.

"여기는 드래곤볼! 버지니아 팀 모두 전멸했음. 현재 경찰차가 왔음. 뒤처리 부탁함."

본부의 지시도 받지 않고 자신이 할 말만 해버린 리처드는 전화기를 꺼버렸다. 그는 조금 전 버지니아 팀을 충분히 지원할 수 있었음에도 요원들의 죽음을 그대로 방치한 자신에게 화가 났다. 오로지 스톤의 행방만 찾으라는 국장의 지시가 못마땅하다는 항변이기도 했다.

'드래곤볼' 때문에 일곱 명이 죽었음에도 소피아는 전혀 눈치 채지 못했다. 일주일 만에 문을 연 가게는 겨우 두 명의 손님만 받

앉을 뿐이었다. 달링턴 에비뉴 집에 도착하자 그녀는 피로에 절어있었다. 일이 많아서도 아니고, 손님이 많아서도 아니었다. 하기 싫은 일로 온종일 시간을 보내려니 이 또한 스트레스였다. 그녀는 시리얼에 우유와 토스트로 저녁을 대신했다. 시간이 날 때마다 원석을 꺼내 이리저리 살펴보는 소피아. 식사가 끝나자 원석을 식탁 위에 올려놓았다. 그녀는 블루 원석을 뚫어지라 응시했다.

'믿을 수 없네. 이 지구상에 이보다 더 큰 다이아몬드가 또 있을까……? 아 맞아.'

순간, 그녀 뇌리를 스치는 것이 하나 있었다. 보석학 시간에 잠시 배웠던 일화가 생각났다.

1905년 1월 25일 오후였다. 남부 아프리카공화국 프리미어 광산의 감독인 프레데릭 웰슨가 광산을 순찰하던 중 돌무더기 속에서 석양빛에 반짝이는 물체 하나를 발견했다. 평범하게 흙 속에 적당히 묻혀 있던 것을 꺼냈는데, 그 덩어리는 실로 엄청난 사이즈였다. 너무 커서 처음 발견한 그들도 쓸모없는 유리 덩어리로 착각을 했었다는 후문이 소피아를 일깨웠다. 그 물체의 크기는 자그마치 3106.75(621.2g)캐럿에 달했다. 그때까지 지구상에서 발견된 적 없는 원석으로, 품질까지 우수한 거대 다이아몬드였다. 당시 광산 소유자이자 설립자였던 토머스 컬리넌의 성을 따서 '컬리넌(Cullinan)'이라는 이름이 붙게 된 다이아몬드였다.

컬리넌은 그 다이아몬드를 그 당시 남아공 트란스발 정부가 15만 파운드에 구입했다. 그 이후에 '컬리넌(Cullinan)'은 영국 왕에드워드 7세에게 선물로 바쳤는데 그것을 운반할 때도, 지금처럼 엄청난 첩보전을 방불케 했다는 이야기가 문득 떠올랐다. 영국 왕실에서 왕비를 위해 왕관 중심과 귀걸이, 반지에 컬리넌을 9개의 컷으로 세팅되었다. 원석으로 조각낸 105개 중 가장 큰 9개를 제외하고 나머지는 가공한 형제 아서에게 셋팅 대가로 주었다고 전해진다.

'소피아, 마음 편히 가져. 이 건 분명히 내 거야! 젠장! 내가 가지면 왜 안 되는 거지? 내가 왜 이렇게 불안하고 두려워야 해? 내가 도둑질 한 것도 아니잖아? 강제로 빼앗은 것도 아니고! 근데 누구는 이걸 버젓이 가져도 되고, 내가 소유하면 안 돼? 왜 안 돼? 욕망에도 등급이 있는 것도 아니잖아? 누군 태어날 때부터 왕이고! 누군 태어날 때부터 서민이야? 소피아 그런 논리는 세상에 없어. 나 같은 서민도 이런 행운을 얼마든지 누릴 수 있는 거야. 이것은 내가 정당하게 소유한 거야! 그런데 왜 내 가슴이 이렇게 두려움에 쫓겨야 하지? 아!'

소피아는 온갖 상상을 하다 문득 낮에 본 LA타임스가 생각났다.

'타살······? 부인과 함께 타살이라니? 무슨 원한이 있기에? 총격을 당한 후 가스폭발로 집이 불에 타버렸다고 했잖아! 그럼 타

살을 감추려고 했다는 거야? 왜지?'

순간 소피아는 둔기로 쾅! 머리를 맞은 듯 정신이 아찔했다.

"금요일에 CNN 뉴스에 나왔고, 월요일에 피살되었다면 혹시…… 이 원석 때문에……?"

소피아는, 온몸이 경직되며 소름이 돋았다. 갑자기 숨을 쉴 수 없을 만큼 공포가 밀려왔다. 누군가 그것을 뺏기 위해 좁혀오고 있다는 생각이 들자 얼굴빛이 파랗게 질렸다. 생각이 거기까지 미치자, 소피아는 손에 움켜잡았던 원석을 자신도 모르게 멀리 밀쳐버렸다.

"누굴까? 누가 교수님을 죽였을까? 만약 이 원석 때문이라면……."

소피아는 급히 일어나 집안 불을 모두 끄고 커튼으로 창문을 가려버렸다. 이내 집안은 어둠 속에 갇혔다. 침대에 누워서도 눈을 붙일 수가 없었다. 공포는 시간이 지날수록 더 심해졌다. 아침에 일어났더니 몸은 천근만근이었다. 제대로 잠을 자지 못해 눈은 충혈되고 얼굴도 푸석거렸다. 마음 같으면 가게도 쉬고 싶었지만, 새해 첫 주말이라 그러지도 못했다. 그녀는 진정하려 애쓰며 커피 한 잔만 마시고 차에 올랐다. 집에서 가게가 있는 콜로라도 에비뉴까지는 자동차로 5분 거리였다. 그렇다고 걸어 다닐 만큼은 아니었다. 결국, 그 원석을 챙겨 차에 실은 소피아. 별다른 흥미를 유발하지 못하던 돌덩어리가 다이아몬드로 밝혀지면서 그녀의 기쁨도 잠시였다. 불안에 휩싸인 그녀는 걱정으로 얼굴에 수심이 가득했다. 차라리 그 흑인이 스톤을 가지러 다시 가게로 찾아왔으면 싶었다. 가게에 도착했지만, 결국 금방 문을 잠그고 2층 '이노패션'으로 올라갔다. 매번 1층에서 커피를 마셨던 터라 소피아가 2층으로 올라가는 것은 1년에 한두 번꼴이었다.

"소피아! 웬일이야?"

"왜? 난 2층에 올라오면 안 돼?"

"호호호. 안되긴? 잘 왔어. 마침 허브차가 있는데 한잔하고 가."

"그래? 허브차 좋지. 안 그래도 마음이 심란했는데……."

"얼굴이 영 아니야. 눈도 횅하고."

"그렇지? 가슴도 두근거리고…… 갱년긴가?"

"갱년기? 이제 마흔에 갱년기는 무슨? 그럴 땐 기분전환이 필요한 거야. 내일 나랑 다운타운으로 놀러 갈까?"

"그럴까?"

"밥도 먹고, 술도 한잔해."

"오케이!"

소피아는 허브차 두 잔을 마시고 1층으로 내려왔다. 소피아가 가게에서 진열장을 정리하고 있을 때 킬러는 LA 한인회를 찾아나섰다. 킬러는 FBI의 신분증을 들고 LA 한인회 사무실을 찾아갔지만 사진 속 여자는 찾을 수 없었다. 여직원이 아는 소피아는 70대로 보이는 여자뿐이었다. 킬러가 찾는 소피아는 LA 한인회와 전혀 연결고리가 없었다. 킬러의 행적을 관찰하던 CIA 요원들도 허탈하기는 마찬가지였다. 킬러가 여직원을 만난 후 어김없이 CIA 요원이 뒤이어 찾았지만, 그들도 허탕이었다. 킬러가 FBI의 신분증을 사용한다는 것도 요원들은 그때 알았다. 킬러는 LA 한인회만 찾으면 여자의 행방을 찾을 수 있으리라 확신했지만, 그 확신이 물거품이 되고 마는 순간이었다. 결국, 셰퍼드 대학교 행정실 담당자가 출근하는 날까지 기다릴 수밖에 없었다. 킬러와 킬러를 쫓는 무리는 어쩔 수 없이 날짜만 가기를 바랄 수밖에 방법이 없었다.

드디어 12일 아침이 되었다.

킬러는 그날까지 LA 한인회가 있는 웨스턴 애비뉴 옥스퍼드 팔레스호텔에 머물렀고, CIA 요원들도 같은 호텔에 머물렀다. 다만 흰색 벤을 승용차로 바꾼 것뿐, 여전히 킬러의 동태를 살피고 있었다. 킬러는 룸서비스로 아침을 먹고 일찍 호텔을 빠져나왔다. 킬러가 모는 BMW 뒤에 캠리와 마세라티가 붙었다. 캠리는 도요타 대표적인 중형으로 대중성이 돋보인다는 특징이 있지만, 마세라티는 제법 고가의 자동차로 부유층 여자들이 선호하는 차였다. 두 대의 차는 미행할 만한 차로 인식할 수 없는, 킬러가 보기에는 아주 평범한 차들이었다. 그 뒤에 한 대의 미니 쿠페가 있었다. 그 차 운전석에 앉은 여자가 품속에서 흑백 사진 하나를 꺼내 물끄러미 바라보았다. 심하게 얼룩진 사진 속에는 두 딸을 품에 안은 부부가 행복한 미소를 띤 모습이 희미하게 담겨있었다. 그 사진은 너무 낡아 언뜻 보면 형체를 알아보기 힘든 상태였다. 그녀는 작전 틈틈이 그 사진을 꺼내 보는 버릇이 있었다. 긴 머리를 뒤로 쓸어 올리며 흑백 사진을 응시하던 여성 요원의 표정이 묘하게 침울했다. 그녀가 긴 심호흡을 하며 사진을 품속에 넣고 차가운 표정으로 속도를 높였다. 미니 쿠페에 탄 여자는 CIA 국장이 특별히 신임하는 조안나였다. 조안나는 서른 후반의 여자였지만 나이보다 어려 보였다. 그녀는 앳된 외모와 달리 요원으로서 유럽 등지에서 많은 작전에 투입된 경력의 베테랑이었다. 그녀에게 어떤 가족도 없다는 것이 최고 작전 요원 자격에 플러스로 한몫했다. 동양적인 얼굴에 온화한 그녀는 작전 때는 무섭도록 냉혹한 여자였다. 그녀는 언제나 신분을 드러내지 않았다. 지금껏 그녀가 맡아 실패한 작전이 없을 만큼 탁월한 능력자였다. CIA 내부에서도 국장을 포함한 몇몇을 제외하면 그녀가 생사를 넘나드는 험악한 작전에서 활동하는 요원이라는 사실을 모를 정도였다. 그녀가 추가로 투입되었다는 사실은 샘 국장도 리처드를 못 믿는다는 뜻이었다. 그만큼 스톤의 가치가 높아서 누구도 흑심을 품을 만큼 욕심을 부릴 수 있다는 방증이기도 했다.

학교를 찾은 킬러는 깔끔한 정장 차림이었지만 선글라스를 낀 모습이 범상치 않아 보였다. 킬러가 행정실을 찾아가서 담당자에게 FBI 신분증을 내밀었다. 담당자는 오전에, 그가 며칠 전 다녀갔다는 말을 이미 들은 후라서 신분증을 보고는 이내 컴퓨터가 놓인 책상 앞에 앉으며 맞았다.

"이 사진 속 여자가 이 학교를 졸업한 학생인지 확인 좀 부탁합니다. 이름은…… 소피아 닐슨."

"그런데 무슨 일로 찾으십니까?"

"지난번에 데이비드 교수 사망 사건 때문에 조사할 일이 있어 그럽니다. 소피아 닐슨으로는 도저히 찾을 수가 없더군요."

"아 네!"

담당자가 컴퓨터에 소피아를 입력하자 두 개의 신상명세가 창에 나타났다. 직원이 그 중 사진의 얼굴을 클릭했다.

"소피아 닐슨이 아니고 소피아 문입니다."

"생년월일?"

"1966년 2월 10일. 현재 나이 38세."

"주소는?"

"산타모니카 레드우드 애비뉴 3호입니다."

"감사합니다."

FBI를 가장한 킬러는 신상을 메모한 수첩을 움켜쥐고선 서둘러 행정실을 빠져나왔다. 주차장에 서 있는 여러 대의 차 중에서 캠리가 BMW를 뒤쫓았다. 킬러가 정문을 나간 것을 확인한 리처드는 서둘러 행정실을 찾았다. 리처드는 행정실 직원에게 CIA 신분증을 내밀었다.

"오늘 무슨 날입니까? 방금 FBI도 다녀갔는데……."

"FBI가 조사해간 내용이 뭡니까? 하나도 빠트리면 이 여자가 위험합니다."

"네? 그럼 방금 나간 그 사람, FBI가 아닙니까?"

"이 여자를 죽이려는 킬러입니다. 데이비드 교수도 그들이 살해했습니다. 이 여자를 살리는 길은 그가 알고 있는 것이 뭔지 우리가 알고 대처해야 합니다."

"본명, 출생연도, 졸업 연도, 현주소입니다만……."

컴퓨터 화면을 채 닫기도 전에 들이닥친 리처드였기의 화면에 나타난 신상명세를 그대로 핸드폰의 카메라에 담았다. 리처드는 급히 행정실을 나오면서, 캠리를 타고 킬러를 추적 중인 요원에게 알렸다.

"여기는 알파 원! 킬러가 여자 집으로 향했다. 여자 이름은 소피아 문! 주소는 산타모니카 레드우드 애비뉴 3호. 앞질러서 잠복하기 바란다. 오버."

"여기는 알파 투! 알았다 오버!"

리처드의 뒤를 밟은 조안나도 소피아의 인적사항을 손에 받아들고는 킬러를 뒤쫓는 대신에 CIA 본부 상황실로 연락을 취했다. 상황실은 오늘부터 비상근무 체제로 돌입되어 샘 국장도 초조하게 상황을 지켜보던 참이었다.

"조안나입니다. 여자의 인적사항이 나왔습니다. 현주소를 확인해주세요. 소피아 문, 1966년 2월 10일생.”

잠시 후 상황실에서 불러준 주소는 셰퍼드 대학교에서 알려준 주소와 달랐다. 셰퍼드 대학교 학적부에 올라있던 주소는 소피아가 이모랑 함께 살던 전 주소였다. 소피아는 절묘한 타이밍에서 가까스로 위기에서 벗어나고 있었다.

“소피아 문! 현주소는 산타모니카 몬타나 애비뉴 12번가 1호.”

“알겠습니다. 제가 먼저 만나보겠습니다. 그래야 소피아를 살릴 수 있을 것 같아요.”

“그렇게 해봐!”

조안나는 킬러를 쫓던 요원들과 다르게 상황실에서 불러준 소피아의 현주소지로 미니 쿠페를 몰아갔다. 조안나가 소피아의 집을 찾았을 때는 정오가 지나고 있었다. 문을 아무리 두드려도 인기척이 없자 잠긴 문을 간단하게 따고 집 안으로 들어갔다. 집안에는 혼자 사는 여자의 집처럼 썰렁했고 온기라곤 없었다. 조안나는 드래곤볼을 찾기 위해 민첩하게 방을 뒤졌다. 장롱 서랍을 뒤진 후 처음 있던 그대로 다시 옷가지를 챙겨놓았다. 그 손길은 타인이 침입한 흔적을 발견할 수 없도록 완벽했다. 드래곤볼의 행방을 찾지 못한 조안나는 CIA 본부로 전화를 걸었다.

“국장님! 소피아 집에는 드래곤볼이 없습니다.”

“소피아는? 만났어?”

“빈집이라 못 만났습니다.”

"드래곤볼을 회수하면 즉시 깔끔하게 처리해!"

"……알겠습니다."

조안나는 대답은 했지만, 국장의 말에 의문이 들었다. 드래곤볼을 국가를 위해 회수한다면 소피아는 놔두고 킬러만 처리하면 될 일이었다. 아까운 요원 세 사람이 이미 사살되었다. 또 다른 요원들이 킬러의 뒤를 쫓는 것까지 알고 있는 조안나는 자칫 자신마저 위험할 수도 있겠다는 생각이 들었다.

'빌어먹을! 이거 잘못하면 내 목숨도 개죽음이 되겠군!'

조안나는 드래곤볼이 어떤 물건인지 알지 못했다. 오직 명령에 따라서 작전에 비밀병기로 투입된 여자였다. 조안나의 존재는 킬러를 쫓는 요원들도 모르고 있었다. 조안나는 소피아 집에서 30미터 떨어진 맞은편에 세워둔 미니 쿠페에 앉아 곰곰이 생각에 잠겼다.

'대체 드래곤볼이 무엇이기에 이 많은 요원의 희생을 부르는 걸까? 물건을 국가를 위해서 회수할 것이면 그것만 회수하면 되지, 여자는 왜 죽이라는 거지?'

아무리 생각해도 국장의 명령이 이상했다. 조안나가 이런 고민을 하고 있을 때 CIA 국장실에 의문의 남자가 조용히 들어섰다. 샘 국장은 창문에 블라인드를 신속히 내려 즉시 외부와 차단했다. 남자는 짙은 선글라스를 끼고 국장과 마주 앉았다.

"저를 부른 용건이 무엇입니까?"

"이 자들을 조용히 처리해줘. 국가의 안전을 위해 제거해야 할 인물들이야."

국장은 일곱 장의 사진과 돈이 들어있는 하드케이스를 탁자 위에 올려놓았다. 남자는 일명 스콜피온이라 불리는, 러시아 출신 살인청부업자였다. 그가 샘 국장에게서 건네받은 사진들을 한 장씩 넘기다가 한 여자를 발견하고 손을 멈추었다.

"이 여자는 뭡니까?"

"그 여자가 곧 확보할 물건을 자네가 회수해오면 별도로 200만 불의 보너스를 주겠네."

스콜피온이 책상 위 하드케이스를 내려다보며 물었다.

"이건 얼마입니까?"

"100만 불!"

남자는 하드케이스를 열어 금액을 확인하고 이내 닫았다.

"어디로 가면 됩니까?"

"킬러를 쫓는 우리 요원들이 모두 LA에 있네. 그들이 움직이는 동선을 계속 자네한테 송신해줄 테니 따라잡는 건 어렵지 않을 걸세."

"알겠습니다."

샘 국장은 조안나를 비밀리에 투입하고도 그녀마저 죽이라는 지시를 스콜피온에게 한 것이다. 그는 드래곤볼을 자신의 수중에 넣을 수만 있다면 얼마든지 죽어 나가도 상관없다는 식이었다.

스콜피온은 처리할 명단을 하드케이스에 챙겨 들고 자리에서 일어섰다. 책상 위 식은 커피잔을 들며 샘 국장이 물었다.

"자네, 나와 같이 일한 지가 얼마나 되었지?"

"15년입니다."

"변함없는 자네가 마음에 들이. 그만 나가 봐!"

"알겠습니다."

4

소피아는 밤 열 시가 지나자 탈진한 모습으로 집에 돌아왔다. 집 앞 주차장에 차를 세우고 현관문 번호를 누르려는 순간 등 뒤에 다가오는 낯선 물체를 보고 놀라 땅바닥에 주저앉았다. 가로등이 비추는 불빛 외에는 어두운 주택가였다. 살려달라고 고함을 쳐도 누구 하나 나타나 구해주지 않는 미국 사회는 늦은 시간이면 모두가 바깥출입을 자제했다. 보석상을 하는 소피아는 호신용 가스총을 늘 핸드백에 소지했지만, 어두운 그림자가 등 뒤에 나타났을 때는 이미 늦어버렸다.

"누, 누구세요?"

순간, 어둠 속 검은 그림자가 소피아의 입을 틀어막았다.

"쉿! 조용히 하고, 먼저 문부터 열어요!"

검은 그림자는 뜻밖에도 여자 목소리였다. 자기 또래쯤 되는 여자 목소리에, 소피아는 조금 안도감이 들었다. 최소한 죽음은 면했다는 막연한 느낌이 들었다.

"어서 문부터 열라니까!"

놀란 그녀는 정신을 가다듬으며 도어락 번호를 눌렀다. 달칵! 하고 문이 열리는 순간 검은 그림자는 소피아를 현관 안으로 거칠게 밀어 넣었다. 당황한 소피아는 두려움에 아무 말 못 하고 현관으로 나뒹굴었다.

"불 켜지 말아요. 소리도 지르지 말고!"

겁먹은 소피아는 고개를 끄덕였다. 검은 그림자는 소피아의 입을 거칠게 틀어막고 있던 손을 아주 천천히 풀었다. 어둠 속 거실에서 둘의 실루엣이 서로를 마주 보았다.

"누, 누구세요?"

"지금부터 내 말 잘 들어요. 당신은 지금 위험에 빠졌어요."

"네? 그게 무슨……."

"난 조안나라고 해요. 당신이 가지고 있는 그 물건 때문에 당신이 몹시 위험에 빠졌다고요."

어두운 거실에서 어슴푸레 여자 모습이 보였다. 분위기나 목소리가 서른 중반으로 보이는 여자는 전혀 사람을 죽일 것 같지 않았다. 소피아의 보석가게를 드나드는 여자들처럼 평범했다. 그러나 수수한 음성과 달리 현관을 밀치는 힘은 몹시 과격했다.

"물건이라면……."

"소피아! 맞아요. 난 당신이 가진 물건이 무엇인지 알아요."

조안나가 자신의 이름을 부르자 소피아는 어둠 속에 마주 섰던 조안나를 힘껏 밀쳐냈다.

"당신, 누구세요? 내 이름은 어떻게 알죠?"

"그게 중요하지 않다니까……. 데이비드 학과장이 왜 죽었는지 아직도 모르겠어요?"

"데이비드 교수님?"

"그래요. CNN 뉴스에 그 물건과 나왔기 때문이에요. 내가 당신을 알고 있는 것도 같은 맥락이고."

"데이비드 교수님, 당신이 죽였어요?"

"난 아니고, 전문 킬러의 소행입니다. 지금 당신이 살던 옛날 집에 찾아갔을 겁니다. 시간 없어요. 그가 이쪽으로 오기 전에 빨리 이 집에서 빠져나가야 해요. 그 물건 어디 있어요?"

"원석?"

"드래곤볼이라고 하죠. 그 스톤은 CIA에서 잃어버린 물건이랍니다."

"네? CIA?"

"일단 이 집을 뜨면서 말합시다. 머뭇거릴 시간 없어요."

소피아는 들고 있던 가방을 조안나에게 보였다.

"당신 차는 내버려 두고, 내 차로 가요. 당신 차도 조회되어 안전하지 못해요."

"근데, 내가 당신을 어떻게 믿죠?"

"믿고 안 믿고는 당신 마음이지만, 저의 부모님도 한국 사람입니다. 됐어요? 자, 갈 거예요? 말 거예요? 여기서 킬러를 기다리다 죽든지! 아니면 나를 믿고 일단 여길 벗어나던지. 어느 쪽을 택할래요?"

조안나의 짜증 섞인 음성에 사무적인 냉기가 돌았다. 소피아는 그녀가 믿음이 가진 않았지만 누군가가 자신을 죽이러 온다는 말에 따라나설 수밖에 없었다. 다만 그녀 엄마가 한국인이라는 말에 한 가닥 희망을 걸어보기로 했다. 조안나는 은밀히 현관문을 열고 잠시 밖을 살폈다. 그러고는 앞서서 미니 쿠페가 주차된 곳으로 몸을 낮추고 신속히 뛰었다. 두 사람이 차에 올라타자 미니 쿠페는 미등도 켜지 않은 채 에비뉴 12번가를 신속히 벗어났다.

그 시각, 킬러는 세퍼드 대학교에서 알려준 주소지로 찾아갔으나 그곳에 소피아는 없었다. 어두운 밤에 들이닥친 그 집에는 늙은 부부가 살고 있었다. 킬러가 몰래 문을 따고 들어갔으나 늙은 부부는 천연덕스럽게 그에게 허브차를 내놓았다. 킬러는 옛 연인을 못 잊어 찾아온 것처럼 위장하고, 차 한 잔을 마시고 나오는 중이었다. 아마 차를 마시지 않았다면 또 살인을 저질렀을지도 모를 일이었다. 그런 광경을 먼발치에서 바라보던 리처드는 킬러가 몰아가는 BMW를 뒤쫓기 위해 다시 시동을 걸었다. 어느

새 리처드는 차를 캐딜락으로 바꿔 몰고 있었다. 수시로 차를 바꾸는 것만이 추격자로서 자신을 감추는 방법이었다. 킬러는 신경질적인 얼굴로 노트북을 열었다. 미리 주소를 검색하지 못한 실수에 얼굴 가득 짜증이 묻어났다. 신원조회 파일 빈칸에 이름과 생년월일을 입력하자 사회보장번호와 주소가 화면에 떴다. 그가, 검색 창에 나타난 소피아 얼굴을 노려보며 서둘러 내비게이션에 주소를 찍었다. 킬러는 담배 한 개비를 입에 물고 총알처럼 그곳을 벗어났다.

두 여자가 탄 미니 쿠페는 한밤중에 방향을 못 정한 채 몬타나 거리를 두 번 돌다 동쪽으로 달렸다. 이미 식당이나 카페도 문을 닫은 늦은 밤이었다. 한참을 달린 조안나는 LA 공항 부근 한 모텔 주차장에 차를 세웠다.

"오늘은 이곳에서 묵읍시다."

조안나는 프런트로 가서 방을 하나 잡고 추적을 피해 현금으로 지불했다. 두 사람은 모텔 방으로 들어섰다. 창문 커튼을 치고, 쫓기는 두 사람은 마주 앉았다.

"……!"

환한 실내에서 소피아 얼굴을 자세히 본 조안나의 얼굴이 마네킹처럼 굳어졌다.

'이 여자! 뭐지? 이 여자가 왜, 흑백 사진 속 우리 엄마 모습을 많이 닮았을까? 이상하네.'

조안나는 자신도 모르게, 소피아를 뚫어지게 보고 있었다. 영문을 모르는 소피아는 집요한 조안나의 시선이 부담스럽고 두려웠다. 몹시 당황한 소피아도 조안나의 행동을 천천히 살폈다. 소피아 역시 조안나가 어딘가 모르게 낯이 익었다. 마음이 더 복잡해진 소피아가 물었다.

"혹시, 우리 예전에 어디서 본 적 있어요?"

조안나가 냉소적으로 대답했다.

"아뇨."

소피아가 조안나를 곰곰 살피며 말했다.

"이상하네. 근데 그쪽이 왜 이렇게 낯이 익죠? 꼭 어디서 본 것처럼?"

소피아는 그 원인을 딱히 짚어낼 수는 없었다. 검은 머리에 검은 눈동자. 등불 아래서 자세히 보니 조안나도 완벽한 동양 여자였다. 소피아의 얼굴을 훑어보던 조안나가 얼음처럼 차가운 음성으로 말했다.

"소피아! 그 물건 한번 꺼내 봐요."

"그 전에 먼저, 하나 물어볼게요."

"말하세요."

"이 원석 때문에 데이비드 교수님이 피살되었다는 게 사실인가요?"

"그래요. 당신은 어떻게 그 스톤을 소지하게 된 거죠?"

소피아는 가방에서 원석을 꺼내 탁자 위에 올려놓으며 회상에 젖었다.

"그러니까…… 지난 크리스마스이브였어요. 제가 운영하는 보석가게로 한 흑인 노숙자가 이 돌을 가지고 왔죠. 초췌해 보이는 그가 며칠 밥을 못 먹은 몰골로 이 스톤을 제발 사달라고 하더군요. 제가 언뜻 보기에는 그저 평범한 돌멩이였어요. 관심 없어 거절하려다 불쌍해서 10불을 주었어요. 노숙자는 선물이라며 이 돌덩이를 놓고 갔죠. 구석에 처박아 뒀던 것을 다음날 버리려고 꺼냈는데 깨진 모서리에 푸른빛이 돌더군요. 별생각 없이 루페로 돌 내부를 살펴봤더니 신기하게도 내포물과 고유의 결정체가 보였어요. 그 결정구조는 다이아몬드에서만 볼 수 있어요."

"쉽게 말해 봐요."

"분명, 다이아몬드였어요! 푸른빛이 도는 다이아몬드! 도저히 믿을 수가 없었죠. 모르시겠지만 이 크기의 다이아몬드라면 세공한다 해도 몇천 캐럿짜리가 나오고도 남을 크기거든요. 저는, 좀 더 확신이 필요했죠. 그래서 찾아간 곳이 셰퍼드 대학교였어요. 제가 그 학교에서 보석학을 공부했거든요."

"그래서요?"

"교수님께 감정을 의뢰할 때 학과장실에 CNN 기자들이 나타났죠. 미리 취재가 약속된 것 같았는데, 제가 얼떨결에 끼어든 꼴이 됐어요. 감정하는 장면을 찍던 카메라에 이 스톤이 잡힌 거예요. 물론 교수님이랑 저도 뉴스에 나가버렸고요."

그때까지 조안나는 드래곤볼이 다이아몬드인 줄 전혀 몰랐다. 샘 국장 말대로 국가안보가 달렸다면, 물건은 핵폭탄 뇌관쯤이려니 생각했었다. 소피아가 물었다.

"데이비드 교수의 죽음은 언제 알았죠?"

"그러니까…… 26일에 교수님을 만났고, 29일에 CNN에 나왔으니까 아, 31일요. 신문 보고 알았죠. 타살이라 해도 설마 이 스톤 때문이라고는 전혀 생각 못 했어요."

조안나가 추리하듯 미간을 구기며 말했다.

"그 뉴스를 보고 킬러가 움직였다면…… 드래곤볼의 행방을 쫓았다는 뜻인데……."

겁이 난 소피아는 입이 바짝바짝 말랐다.

"이제 어쩌죠? 그럼, 이 스톤은 대체 누구 거예요?"

조안나가 일어서서 주변을 서성이며 대꾸했다.

"지금 이 물건의 주인이 누군지는 중요치 않아요. 이 스톤을 노리는 무리 때문에 당신 목숨이 위험에 빠졌다는 것이 중요하죠."

소피아는 갈수록 머릿속이 혼란스러웠다.

"근데 당신은 누구죠? 어떻게 저를 찾았죠?"

"아! 제 소개를 아직 못 드렸네요. CIA 특수요원 조안나입니다. 킬러뿐만이 아니라 CIA에서도 스톤의 행방을 쫓고 있어요. 물론 국가안보가 걸렸다는 명분을 앞세우고 있지만."

"국가안보요? 다이아몬드가 국가 안보라고요?"

"저도 방금 드래곤볼의 실체를 처음 안 거예요. 작전명이 드래곤볼이거든요."

"드래곤볼?"

"그래요. 보아하니 상상할 수 없는 가치의 다이아몬드임은 틀림없군요."

조안나에게, 샘 국장의 흑심이 낱낱이 드러나는 순간이었다. 조안나가 그동안 봐온 샘 국장은 그러고도 남을 위인이었다. 곧 정권이 바뀌면 자신의 자리도 위태로울 수 있기에, 늦기 전에 한밑천 챙겨야겠다는 속셈이 작용했을 터였다. 더구나 작전 중에 우연히 흘러나온 다이아몬드라면 먼저 챙기는 사람이 임자였다. 이미 일곱 명의 생명을 앗아간 무서운 물건이었다.

"킬러를 쫓던 요원들이 또 있어요. 모두가 드래곤볼을 수중에 넣은 즉시 당신을 죽이려는 자들이죠. 사실 나도 그런 명령을 받았고……"

조안나는 품속에 차고 있던 권총 한 자루를 꺼내어 스톤 옆에 올려놓았다. 소피아는 조안나의 마지막 말에 극도의 공포를 느꼈다.

"조, 조안나! 나, 날 죽일 건가요?"

소피아는 떨리는 음성과 달리 정면으로 조안나를 노려보았다.

"당신을 죽이려고 했다면, 아까 자택에서 드래곤볼을 챙기고 벌써 죽였겠죠. 안심하세요."

"그럼, 저를 왜 살려주는 거죠?"

조안나가 소피아를 찬찬히 보더니 한마디 했다.

"명령을 내린 자가 자신의 사리사욕을 위한 것이라면 난 그 명령에 따를 수 없어요. 이 스톤을 가져간다 해도 국고로 들어갈 것 같지도 않고, 어쩌면 나까지 이미 누군가 죽이려고 뒤따르고 있을 겁니다."

"다, 당신까지요? 당신을 왜요?"

"엇나간 욕망은 늘 피비린내를 좋아하지요. 욕망이라는 이름을 가진 동물의 꼬리털에는 항상 피가 얼룩져 있지요. 그쯤은, 이 바닥에서 나도 많이 겪었어요. 암만 내가 살인을 밥 먹듯 하는 요원이라 해도, 명분은 있어야 상대를 처리하는 것 아니겠어요? 지들 사리사욕 채우기 위한 살인이라? 이건 국가정보원으로서 쪽 팔려서 말이죠."

"이, 이제 어쩌죠?"

"아마 그 위인이라면, 또 누군가에게 나를 처리하라 명령을 내렸을 겁니다. 이제부터 소피아의 운명과 나의 운명은 하나가 된 것일 수도……. 쉽게 말해 재수 옴 붙었단 얘기죠."

수수한 동양 여자 외모와 달리 조안나의 말투는 거침없었다. 소피아는 지난 크리스마스이브가 차라리 악몽이었음 했다. 깨고 나면 헛꿈 인양 평화로운 일상으로 돌아가는. 어느 날 느닷없이 자신의 인생에 던져진 돌멩이 하나가 자신의 생명까지 위협하고 있었다. 그 돌이 다이아몬드라는 것을 알게 된 순간 가게에 나가는 것도 힘들어진 지난날이었다. 가뜩이나 정떨어진 미국 땅이 더 싫어졌다. 스톤을 돌려준다 해도 산다는 보장이 없었다. 스톤의 행방을 아는 모든 사람이 그들에게 죽어 나가는 지금 소피아는 선택권이 전혀 없었다.

"이걸 돌려주면 안 돼요?"

"누구한테 돌려줘요?"

"찾는 사람들한테요."

조안나는 희미한 미소를 머금고 소피아를 측은한 듯 바라본다.

"이걸 원하는 사람이 여럿이라면, 당신은 누구에게 주겠어요? 아마 돌려준다 해도 당신은 이미 죽은 목숨입니다."

"……"

소피아는 조안나의 말에 말문이 막혀버렸다. 미국 땅을 벗어나지 않는 한 무조건 죽은 목숨이라는 말로 들렸다. 소피아는 롱비치에 있는 딸 미래가 생각났다. 미국에 유일한 피붙이. 엄마 정임은 제주로 떠났고, 이제 미국에 남은 것이라곤 자신이 낳은 딸이 전부였다. 함께 살지도 못하는 모성애를 안고 소피아는 서러움이 밀려왔다. 죽음의 공포보다 더이상 딸을 만날 수 없다는 슬픔이 더 컸다. 자신이 살아온 파란만장한 생애가 주마등처럼 스쳐 갔다. 엄마와 단둘이 죽을 만큼 치욕스럽고 힘든 세월이었지만, 이렇게 허무하게 인생의 마침표를 찍고 싶지는 않았다. 소피아는 슬픈 표정으로 조안나를 바라보았다.

"저…… 어떡하죠?"

"글쎄요……. 한국에는 누가 있어요?"

"얼마 전 엄마가 제주로 가셨습니다. 그곳 친가에 할머니와 고모가 계시다는데 저는 아직 본 적은 없고요."

"부럽습니다. 만날 부모와 가족이 있다는 것이."

"당신은 가족이 없나요?"

"가족이 있다면 제가 세계를 떠돌며 이런 위험한 일을 하겠어요? 저는 고아입니다."

"아…… 그렇군요……. 조안나, 보아하니 제 또래 같은데, 아주 외롭겠어요. 그럼 부모님은 돌아가셨나요?"

"네, 오래전에……."

"사고로요?"

"아마…… 도요. 워낙 어릴 때라 기억이 희미해 잘은 모르지만, 우리 부모님은 둘 다 한국인이셨어요. 동생도 하나 있었던 것 같고요."

소피아는, 자신의 처지를 잊은 듯, 약간 푼수처럼 수다를 늘어놓았다.

"어머 어머! 어떡해요. 조안나, 참 딱한 처지군요. 그럼 지금 동생은 연락 없어요?"

"물론 제 곁엔 아무도 없습니다. 어떤 사고로 저만 기적적으로 살아남은 것 같거든요."

소피아와 달리 조안나는 감정이 없는 사람처럼 사무적으로 대답했다. 소피아는 조안나가 가족에 관한 이야기를 들려주자 긴장이 좀 가라앉았다. 조안나는 대화 중에도 어디쯤인가 자신들을 뒤쫓고 있을 그들에 대한 경계를 늦추지 않았다.

"소피아! 여기에 더 머물면, 당신과 나는 위험해요. 혹시 나랑 한국으로 가지 않을래요? 당신을 살려줬으니 나 역시 죽은 목숨, 아마 그들은 끝까지 우릴 추격할 겁니다."

"나 때문에…… 조안나 당신마저 쫓기게 되었군요. 내가 동양인이라서 살려준 건가요?"

"맨 처음엔 그 이유였지만, 사실은…… 저도 이 느낌이 뭔지 정확히 잘 모르겠어요. 아, 소피아 당신 여권은 어디 있어요?"

조안나는 무슨 말을 하려다 이내 말을 돌렸다.

"집에요."

여권이 집에 있다는 소피아 말에 조안나는 몹시 당혹스러워했다.

"아, 이런! 아까 챙겼어야 했는데 깜빡했군요. 내일 내가 가지러 갈 테니까 이만 쉬어요."

두 사람은 간단하게 화장을 지우고 세수를 했다. 소피아는 부모가 한국인이라는 조안나가 전혀 낯설지 않았다. 사실 조안나가 소피아를 죽이지 않은 데는 이유가 있었다. 소피아는, 오래전 이별한 조안나의 엄마 얼굴과 너무 많이 닮아있었다. 조안나는 내심 적잖은 충격이었다. 어두운 침실에서 한 줄기 빛이 창가에서 소피아의 얼굴을 비출 때, 순간 소피아가 자신의 엄마로 착각이 들 정도였다.

'대체, 이 여자가 왜 나의 엄마 모습을 닮은 거지?'

조안나가, 잡생각을 떨쳐내며 소피아에게 물었다.

"먼저 씻을래요? 아니면 제가 먼저 씻을까요?"

"아, 조안나 먼저 씻어요. 나는 좀 있다가."

소피아 문은, 샤워하러 들어간 조안나의 신분이 궁금했다. 그녀는 망설이다 조안나가 들어간 욕실을 슬며시 곁눈질하고는 그녀 외투 안쪽을 살폈다. 소파 위에 걸쳐둔 외투 주머니에서 그녀의 신분증과 함께 뭔가에 젖었던 것인지 희미하게 번진 사진 한 장이 딸려 나왔다. 소피아는 흐린 그 사진을 도무지 알아볼 수 없었다. 그러다 자세히 사진을 살펴보았다. 그것은 바로 자신이 갖고 있던 흑백 사진과 어딘가 무척 닮아있었다. 사진은 온통 얼룩이 지고 흐릿했지만 분명 유사했다.

'엇?! 이, 이건……!'

그녀는 소스라치게 놀랐다. 소피아는 자신의 눈을 의심했다. 눈을 씻고 다시 보았다. 소피아는 정말 믿을 수 없었다.

'그럴 리가 없어. 그럴 리가…….'

소피아가 자신의 지갑에 넣고 다니던 사진을 다급히 꺼내 나란히 대조하는 순간 조안나가 샤워를 마친 기척이 들렸다. 당황한 소피아는 잽싸게 제자리에 두고 돌아서서 딴청을 피웠다. 소피아는 그날 밤 내내 그 사진에 온 신경이 몰렸다.

'어떻게 된 일이지? 조안나, 저 여자는 대체 누굴까? 이상하네. 그 사진 어딘가 참 낯이 익었어.'

소피아는 머리가 깨질 듯 혼란스러웠다.

'이게 어떻게 된 일일까? 저 여자가 대체 누구지?'

소피아는 오래전 엄마에게서 들은 그날 밤의 사건을 떠올렸다.

"너에겐 언니가 있단다. 은혜라고 불렀지."

엄마 곁에 누웠던 고등학생 소피아는 벌떡 일어나 물었다.

"마미! 나에게도 언니가 있었어? 처음 듣는 말인데? 그럼 그 언니는 지금은 어딨어?"

"……글쎄다. 아마도…… 죽었을 거야."

정임의 떨리는 목소리에 물기가 가득 배어났다.

"죽어? 언니가 죽었다고? 왜……?"

"사고로, 네 아버지와 사고로 둘이……. 그날 밤……."

"그날 밤……?"

정임은 입을 다물었다.

"마미, 그날 밤이라니? 오래전 우리 가족이 화물선을 탔었다

는 그날 밤?"

"그래……."

소피아는 문득 엄마의 말이 떠올랐다.

'이상 하네…… 언니는 그날 밤, 바다에서 죽었다고 했는데…….'

소피아는 내색하지 않고 그녀를 좀 더 지켜보기로 했다.

처음 만난 두 여자가 나란히 침대에 몸을 뉘었다. 소피아는, 어린 딸 미래를 이곳에 남겨두고 한국으로 가야 할지도 모른다는 생각에 잠이 오지 않았다. 잠을 뒤척이던 소피아가 시계를 보더니 한국시각을 계산했다. 그녀가 뒤척이다 일어나 제주도에 있는 엄마에게 전화를 하려던 순간 조안나가 침대에서 벌떡 일어나 소피아의 핸드폰을 거칠게 낚아챘다.

"우리 지금 추격당하고 있는 것 잊었어요? 당신 지금 죽고 싶은 거야? 전화는 당분간 안 돼요! 난, 당신과 함께 개죽음당하고 싶지 않아! 그러니 엄마와 통화하고 싶어도 당분간 참아요! 지금 우리의 사소한 실수에, 두 사람의 목숨이 걸렸다는 것을 정말 모르겠어요?"

소피아는 바로 사과를 했다.

"아, 제가 실수했네요. 저는 얼마 전 마미의 편지를 받고 아직 답장을 못 한 게 걸렸을 뿐이에요. 조안나 미안해요."

조안나는 사무적인 얼굴로 불을 끄고 다시 누웠다. 잠시 누웠던 소피아가 다시 일어나 불을 껐다. 조안나는 소피아 때문에 떠오른, 가족이 그리웠다. 소피아도, 조안나도 자려고 눈을 감았지만 머릿속은 뭔가 엉킨 실타래처럼 뒤죽박죽이었다. 소피아와 조안나는 새벽 늦게서야 겨우 잠이 들었다. 소피아의 꿈속에서 누군가의 자장가 소리가 끝없이 들려왔다. 소피아도, 조안나도 꿈속에서는 어린 천사로 엄마 품에 있었다.

두 사람이 모텔 침대에서 뒤척이고 있을 때였다. 킬러는 몬타나 애비뉴에 있는 소피아의 집으로 쳐들어갔다. 미처 문을 잠그지 못하고 도망 나온 집에 킬러가 연기처럼 잠입했다. 킬러는 드래곤볼을 찾기 위해 온 집안을 뒤졌지만, 물건은 없었다. 분노한 킬러가 칼로 침대와 소파까지 찢어버려 집이 폐가처럼 되어버렸다. 한 시간을 뒤져도 원하던 물건은 나오지 않았다. 킬러는 거위털이 흰 눈처럼 떠다니는 소파에 털썩 주저앉았다. 스톤을 찾아나선 지 보름이 지나고 있었지만, 드래곤볼의 행방은 오리무중이었다. 얼굴이 상기된 킬러가 신경질적으로 입술을 실룩이더니 체념한 듯 어딘가로 전화를 걸었다.

"표드로입니다."

"드래곤볼은 찾았나?"

표드로가 난감한 듯 인상을 구겼다. 그가 손에 든 단도 끝으로 턱밑을 벅벅 긁으며 대답했다.

"여자의 집에 왔지만, 여자도 드래곤볼도 행방이 묘연합니다."

"뭐야? 그럼 어찌 됐다는 거야?"

"집에 다녀간 흔적이 없습니다."

"이거 큰일이군! 한국 여자라면서?"

"네!"

"그럼, 이미 한국으로 튄 거 아냐?"

"아직 거기까지는……."

"내일 출입국사무소에 확인해봐"

"알겠습니다."

킬러가 나가자 그 뒤를 이어 리처드가 소피아 집에 들이닥쳤다. 그가 들어선 집안은 온통 난장판이었다. 리처드는 5분 만에 캐딜락으로 되돌아왔다. 캐딜락 옆에 정차했던 렉서스는 킬러가 타고 간 BMW를 쫓아간 후였다. 여전히 그들은 세 명이 한 조로 움직였다. 운전석에 앉은 리처드의 입술이 굳어졌다.

"미리 알고 잠적을 한 건가?"

리처드는 혼자 중얼거리며 또 다른 어딘가로 전화를 걸었다.

"여기는 알파 원! 지금 드래곤볼도 여자도 행방이 묘연합니다."

"뭐야? 킬러는?"

"계속 같이 움직입니다만 그놈도 달리 얻는 것이 없어 보입니다."

"젠장, 낭패군! 이미 산타모니카를 벗어난 거 아냐?"

"그런 것 가진 않았는데, 내일 다시 알아보겠습니다."

다음 날 아침, 조안나는 혼자 모텔을 빠져나와 몬타나 애비뉴로 향했다. 현관문이 반쯤 열려 있는 집안은 어젯밤 누군가 다녀 갔다는 것을 한눈에 보여주었다. 조안나가 허리춤에서 권총을 빼 들고 천천히 집 안을 살폈다. 앞뒤 주변을 경계하며 거실 서랍에 서 여권을 꺼내 안주머니에 깊숙이 찔러 넣었다. 엄호하며 집을 황급히 빠져나온 조안나를 멀리 세워둔 차 속에서 누군가 지켜보고 있었다. 그가 통쾌한 듯 소리 없이 미소를 지었다.

"흐흐흐, 빙고!"

운전석에 앉은 그가, 들릴 듯 말 듯 휘파람을 불었다. 그는 바로 스콜피온이었다. 스콜피온은 CIA 요원들의 움직임을 모두 꿰뚫어 보고 있었다. 본부 상황실에서 요원들의 움직임을 하나하나 모니터링하여 그에게 송달했지만 유독 한 여자의 행방만 알 수 없었다. 행방이 묘연했던 그 여자가 바로 조안나였다. 조안나는 상황실에도 나타나지 않는 비밀요원으로 분류되었다. 샘 국장은 스콜피온이 처리할 암살 대상자에 조안나도 포함하고 있었다. 그러나 암살은 샘 국장이 원하는 물건을 손에 넣은 후에만, 실행하라 명령한 상태였다. 그 물건이 없는 한 그녀가 앞에 있어도 죽일 수도 없는 일이었다. 스콜피온은 조안나가 탄 미니 쿠페를 천천히 뒤따라갔다. 조안나가 이따금 백미러로 뒤를 살폈다. 스콜피온이

미행하는 것을 전혀 모르는 조안나는 소피아가 머무는 모텔 주차장에 차를 세웠다. 대포폰 3개를 구매해 2층 객실로 들어간 조안나는 긴장된 얼굴로 여권과 대포폰을 소피아에게 건넸다. 소피아가 어리둥절하면서 그 휴대전화들을 두 손에 받았다.

"앞으로 기존 당신 핸드폰을 쓰지 말아요. 도청당하거나 추적당하고 있을지도 모릅니다. 이 핸드폰으로 돌아가면서 사용하세요. 그리고 오늘 최대한 빨리 한국으로 떠납시다."

"우리 딸은…… 우리 딸은 어쩌죠?"

"소피아, 지금 당신이 딸을 만나면 둘 다 죽습니다. 우선 당신이 살아있어야 딸도 만날 수 있어요. 이렇게 지체할 시각 없어요. 필요한 현금을 최대한 모두 챙겨요. 항공권을 신용카드로 사면 바로 추적당하니까."

독일과 미국에서 생활한 소피아는 한국을 한 번도 가본 적이 없었다. 정임이 제주로 떠났지만, 당분간은 한국 방문은 예정에도 없었다. 그랬던 그녀가 한국으로 오늘 갑작스러운 출국을 앞두고 있었다. 미리 엄마에게 전화도 할 수 없었다. 소피아에겐 지금 작은 핸드백과 스톤이 들어있는 미니 가방이 유일한 짐이었다. 이렇게 도망치듯 떠날 수는 없었다. 서른 초반에 혼자가 되어버린 소피아는 짧은 삶이 파란만장 그 자체였다. 지금 모든 것을 내 던지고 한국으로 간다면 남아있는 재산을 처리하는 것도 문제였다. 마치 교통사고처럼, 한 치 앞도 내다볼 수 없는 현실이 그녀를 덮쳤다. 그러나 스스로 어떤 결정을 내릴 수도 없었다. 그나마 다행인 것은 자신을 죽이려 미행하던 여자가 안전하게 동행해준다는 사실 뿐이었다. 그녀 엄마가 한국인이라는 것은 천우신조였다. 소피아는 조안나가 미리 준비한 대포폰으로 '오로라쥬얼리'로 전화를 걸었다.

"김 사장님! 지난번에 말씀드렸던 거 생각해 보셨어요?"

"문 사장님 아닙니까? 낯선 번호라 누군가 했네요. 아 네. 그런데 도매가로 80%로 해주셔야 저도 남는 것이 있는데, 어떻게 할래요?"

"좋아요! 가게 열쇠는 2층 이노패션 나타샤에게 맡겨뒀으니까 이번 주 내로 정리해주세요."

"그런데 어디 가십니까? 왜 이리 서둘러요?"

"어머님이 위독하셔서 급하게 독일을 다녀와야 해서요."

"저런……, 알았어요. 이번 주에 정리해서 송금시켜드리겠습니다."

"그럼 김 사장님만 믿겠습니다."

"양심 하나로 살아온 나니까. 그런 건 걱정하지 마세요."

"감사합니다. 잘 부탁드립니다."

다행히 가게의 보석들은 원만하게 처리를 했다. 도매가의 80%라고 해도 물건값이 족히 90만 불이 넘었다. 가게는 부동산소개소에 이미 맡겨놓을 터라 오퍼만 나오면 전화로 매매할 수 있었다. 권리금을 줄이면 넘기는 것도 어렵지 않겠지만 문제는 집이었다. 120만 불을 주고 샀지만, 대출이 30만 불이나 되었다. 이자를 제때 갚지 않으면 경매로 넘어갈 수도 있었다. LA 공항으로 가는 차 안에서 나름대로 재산을 어떻게 정리할지 고민에 빠져있을 때 나타샤로부터 전화가 걸려왔다. 조안나가 빨리 받고 끊으라고 눈짓했다. 소피아가 전화를 받았다.

"소피아! 오늘 금방 문 안 연 거야?"

"아 나타샤! 갑자기 어머님이 위독해서 당분간 못 볼 거야. 나중에 연락할게."

"오 마이 갓! 어쩐다니? 오래 걸리겠네."

"그래서 가게도 정리하기로 했어. 나타샤 나 길게 통화 못 해. 이번 주에 물건들 다 뺄 거야. 부동산소개소는 나타샤가 처리 좀 해줘. 권리금 손해를 봐도 상관없어. 뒷일 부탁할게."

"오케이! 신경 쓰지 말고 잘 다녀오기나 해. 무슨 일 있으면 전화하고."

"고마워. 나타샤! 돌아오면 내가 술 한잔 쏠게."

매일 1층으로 내려오던 나타샤는 가게가 닫힌 것을 보고 전화를 했다. 마침 부동산소개소로 전화를 할 참이었는데 그 일을 나타샤가 대신 처리하게 된 것이 다행스러웠다.

LA 공항으로 달리는 미니 쿠페 뒤로 벤츠 한 대가 따라붙었다. 공항주차장에 차가 멈추자 두 사람이 내렸다. 두 여자의 행색으로 보면 전혀 먼 여행을 떠나는 복장이 아니었다. 마치 마중을 나가는 듯한 두 여자는 출국장으로 들어섰다. 티케팅을 하는 두 여자를 숨어서 바라보던 스콜피온은 마음이 다급해졌다. 그가 미간을 구기며 어딘가로 신속히 전화했다.

"접니다. 스콜피온!"

"어찌 됐어?"

"조안나가 출국하려 합니다."

"뭐? 그게 무슨 말이야? 조안나가 출국이라니?"

"지금 LA 공항입니다. 어떤 동양 여자랑 티케팅 중입니다."

"뭐? 동양 여자? 지금 바로 사진을 찍어 보내보게."

스콜피온은 티케팅을 하는 두 여자를 핸드폰으로 찍어 샘 국장에게 전송했다.

"이 여자야! 이 여자가 바로 내가 찾던 물건을 가지고 있는 여자야! 그런데 조안나와 함께 출국을? 어디로?"

"대한민국 제주입니다.

"뭐야? 제주? 알았어! CIA 제주지부로 연락해놓을 테니까 자네도 따라붙어."

"지금 저는 여권이 없습니다."

"그럼 어서 준비되는 대로 최대한 제주행 비행기에 탑승하도록 해. 도착하면 다시 연락하고."

두 여자는 스콜피온이 보는 앞에서 유유히 탑승구로 들어갔다.

눈앞에서 보고도 따라잡지 못한 남자는 두 여자의 얼굴을 사진으로 남기는 작업만 할 뿐이었다. 소피아는 스톤이 든 가방을 어깨에 메고 게이트로 들어섰다. KE017편에 탑승한 두 여자는 긴 안도의 한숨을 몰아쉬었다. 조안나가 아침 일찍 움직인 덕분에 안전하게 오전 비행기로 탈출할 수 있었다. 이제 시차를 계산하더라도 내일이면 한국의 제주국제공항에 도착할 수 있었다.

"조안나! 정말 고마워요. 나 때문에 조안나까지 피해를 주긴 싫었는데."

소피아는 누가 들을까 조안나의 귀에 가까이 대고 속삭였다.

"그 드래곤볼이 내 운명을 이렇게 만든 것이지 소피아 탓이 아닙니다. 나도 이참에 CIA에서 은퇴해야겠어요. 제 부모님이 태어난 나라에서 새로운 인생을 시작해보는 것도 나쁘진 않겠죠? 호호호."

소피아는 어린 딸 미래를 두고 떠나는 슬픔을 애써 지우려 함께 웃었다.

"조안나는 낙천적인가 봐요? 태평스럽군요. 근데, 부모님이 태어난 도시는 어딘가요?"

"고향까지는 모르겠어요. 워낙 어릴 때 저 혼자 살아남았어요. 보육원을 전전하다, 제 한 몸 지켜내기 위해 이 거친 세계에 뛰어들었죠. 늘 목숨 걸고 사는 게 만성이 돼서, 태평해 보이는 것이겠지요. 그나저나 드래곤볼은 처분할 수 있으려나……?"

소피아가 스톤이 든 가방을 내려다보며 말했다.

"이렇게 큰 것을 제주에서 처분할 수 있겠어요? 그렇다고 잘게 쪼개면 돈이 안 되고, 크게 팔려면 유럽에서나 팔 수 있을 텐데. 이것 우리 확 바다에 던져 버리면 안 될까요?"

조안나가 피식 웃으며 말했다.

"부담스럽죠? 너무 큰 놈이라서. 그래도 버리긴 아깝지 않아요? 그것 때문에 당신은 지금 모든 걸 버리고 이렇게 도망치는 중인데?"

"그렇죠? 마땅히 보상이 필요하긴 하겠죠? 호호호."

이윽고 비행기가 활주로를 타고 이륙하자 두 사람은 창밖 LA 시가지를 말없이 바라봤다. 둘은 달리 말은 없었지만, 만감이 교차하는 눈빛이었다. 두 여자의 동공에서 점점 미국 땅이 멀어지고 있었다.

CIA 본부에서는 제주지부로 두 여자의 사진을 송부하며 KE017편에 탔다는 것을 알렸다. 본부에서 요원이 제주 공항으로 갈 때까지 감시만 하라는 지시도 함께 내려졌다. CIA 제주지부는 서귀포시에 자리하고 있었다. 겉으로는 '버지니아 타임스 제주지부'라고 되어있었지만, 본부에서 파견한 요원 세 명과 한국에서 선발한 요원 두 명으로 이루어진 조직이었다. 그곳은 단출한 조직이지만 때에 따라서는 수십 명의 조직으로 늘어날 수도 있는 변

형된 기구였다. 평시는 정보 수집을 위한 조직이었고 CIA 본부나 미국 정부의 지시에 따라 작전도 감행했다. CIA 한국지부는 1966 년 박정희 정권 때 설립되어 한국 정부의 첩보를 감시 또는 감찰 하기도 했다. 핵보유국을 원하던 박정희의 계획을 무산시킨 것도 CIA 한국지부였다. 제주지부는 평시에는 많은 요원을 두지 않았 다. 공식적으로는 국가정보원과 국군기무사와 상호 정보협정을 맺고 있으며, 주한 미국대사관과 주한 미군사령부를 자유롭게 왕 래하는 미국 정부가 인정하는 정보기관이었다. 그런 정보기관에 두 여자의 신상이 전송된 것이었다.

CIA 제주지부 다니엘 국장은 컴퓨터로 전송된 두 여자의 사진 을 출력하여 책상 위에 펼쳤다. 두 여자 다, 한국인이라는 조합 이 예사롭지 않아 보였다. 다니엘은 한국인 요원 두 명을 불렀다.

"미스터 한과 미스터 김은 당분간 이 여자들을 미행해. 너무 가 까이 붙지 말고 어디에 있는지만 관찰하도록 해. 내일 서울본부 에서 요원이 넘어올 때까지만 우리가 맡으면 되니까."

"알겠습니다."

두 남자의 신분증은 기자증이었다. 버지니아 타임스 기자증이 면 어디든지 들어갈 수 있었고, 어떤 누구를 만나도 제지를 받지 않았다. 유력 신문사는 아니더라도 버지니아 타임스 한국지부 제 주 특파원이라면 어디든지 갈 수 있다는 것이 무기였다. 다만 위 급한 상황이 닥쳤을 때는 CIA 요원이라는 신분을 지부에서 확인해주지만, 평소에는 결코 그런 일이 일어나지 않았다. 만일의 사태에 대비한 철저한 위장술이었다. 두 남자가 함께 움직일 때는 어김없이 한 남자는 촬영 기자처럼 카메라를 메고 다녔다. 오후 4시가 지나자 두 남자는 제주 공항으로 출발했다. 당연히 카메라를 든 채 마치 취재를 위한 모습이었다.

소피아와 조안나가 제주국제공항 입국장에 들어선 시간은 저녁 7시가 가까워졌을 때였다. 예정보다 30분이나 지연된 비행이었다. 소피아는 제주 국제공항청사를 벗어나자 차가운 겨울바람을 가슴에 품어보았다. 늘 엄마에게 말로만 듣던 한국의 겨울바람이었다. 하나둘, 눈발이 날리는 하늘을 바라보며 소피아는 오래전 세상을 뜬 아버지를 껴안듯 두 팔을 벌려보았다. 조안나도 약간은 들뜬 표정이었다. 그녀가 허공을 바라보며 외쳤다.

"눈이 오네! 참 신기해!"

조안나는 눈이 펑펑 내리는 한국이 참 신기했다. 자신을 낳아준 엄마와 아버지의 고국, 저만치 어딘가에 엄마가 서 있을 것만 같은 그리움이 가슴 밑바닥부터 올라와 눈시울이 뜨거웠다. 소피아가 부모 생각에 빠진 조안나를 흔들어 깨우듯 말을 걸었다.

"조안나! 눈 처음 봐요? 내가 살던 플로리다에서는 볼 수 없어요."

"아뇨. 동유럽에서 작전할 때 많이 봤죠. 한국의 눈이 처음이라는 거죠. 으으으 추워. 우리 일단 택시 타고 시내로 들어가요."

조안나의 제안에 소피아가 어깨를 으쓱하며 말했다.

"우리 얼어 죽지 않으려면 당장 옷부터 사야 할걸요."

두 사람은 택시 타는 곳에서 모범택시에 올라탔다. 막상 시내로 가자고는 했지만, 딱히 목적지도 없는 도망이었다. 택시가 제주공항 청사를 빠져나올 때 택시를 따르는 회색 그랜저가 그 뒤를 따라붙었다.

"아저씨! 시내 쪽으로 가주세요!"

택시가 제주 시내로 접어들었다. 도로변에 가로수를 보던 조안나는 제주의 경치에 매료된 듯 차창 밖을 바라보았다. 조안나가 한국에 올 때 사용한 여권은 작전 때 사용하던 여러 개의 여권 중 하나를 사용한 것이 아니었다. 만일을 대비해서 별도로 준비해둔 벨기에 국적의 여권이었기에 CIA도 그녀가 한국에 있다는 사실을 모를 것으로 판단했다. 택시가 제주 시내 롯데시네마 앞에 섰을 때는 이미 인파들로 넘쳐나고 있었다. 택시에서 내려 골목길로 접어들자 뒤따르던 남자들이 바빠졌다. 한 남자는 차에서 대기하고 한 남자만 뒤따랐다.

소피아는 눈에 보이는 이탈리아 레스토랑으로 조안나를 안내했다. 급한 대로 아무 식당에서라도 요기할 목적이었다. 2층 한쪽 구석에 자리를 잡은 소피아는 조안나에게 메뉴를 건넸다.

"일단 요기부터 하고 옷 사러 가요. 아까 보니 이 부근에 옷집이 좀 있더군요. 살만한 옷들이 있을 거예요."

"소피아! 보는 눈도 있으니 통성명이나 합시다."

두 여자의 미국식 영어 발음에 다른 테이블에 앉은 여자들이 힐끔거리며 쳐다봤다.

"좋아요. 나는 올해 서른여덟이에요. 조안나는?"

"엇? 저랑 동갑이군요. 그럼 생일은?"

"생일? 2월 10일."

"네? 에이, 장난하지 말아요."

"장난? 아닌데? 조안나는 생일이 언제예요?"

"와우! 저도…… 2월 10일인데……?"

"네? 말도 안 돼! 그럼 나이도 생일도 우리 둘이 똑같다고요? 혹시 사전에 제 정보를 파악하고 있어서 저에게 장난치는 거 아니에요?"

"그럴 리가요. 사실 제 생일은 정확하진 않아요. 제가 보육원에 보내졌을 때 글자를 다 깨치지도 못했죠. 너무 어렸거든요. 근데 제가 달력을 보며 어떤 숫자를 자꾸 짚더래요. 아마도 그때 숫자 개념은 없었지만 어떤 모양은 알고 있었나 봐요. 그래서 그게 제 생일이 아닐까 해서 보육원 분들이 그날을 제 생일로 적고 축하해 주고는 했죠. 근데 이게 무슨 일인지 모르겠네요. 어떻게 두 가지가 다 일치하죠?"

"그러게요. 참 희한한 일이네요. 그럼 어쩐다? 그럼 우리 친구 할까요?"

"호호호 편할 대로 해요."

"좋아, 말 놓고. 조안나…… 하나 물어볼게."

"뭔데?"

"왜 날 살려줬어? 날 죽이고 드래곤볼을 가져갈 수도 있었는데……?"

"아…… 그거? 네가, 돌아가신 우리 엄마를 너무 많이 닮았어. 35년 전에 헤어진 엄마를."

소피아는 어리둥절했다. 순간 얼마 전 본 조안나의 사진이 떠올랐다. 아무리 생각해도 미스터리였다.

"내가 조안나의 엄마를 닮아? 어머, 내가 어떻게 조안나 엄마와 닮을 수 있지? 어쨌든 그것은 행운이네. 그 덕분에 내가 살았다니. 호호호. 그런데 우리 이제부터 어떡하지? 한국에는 왔는데 전혀 계획이 없는 터라 앞으로 어떻게 해야 할지 모르겠네. 이곳 제주 어딘가에 나의 마미가 살겠지만, 지금으로선 전화도 드릴 수 없으니 말이야."

"천천히 생각해. 일단 이 낯선 기분 좀 즐기자. 제주라고 했지? 이곳 참 묘하게 끌리네."

소피아는 조안나의 말에 할 말을 잃고 웃었다. 소피아는 모든 것을 미국에 두고 급하게 온 것이 후회되었다. 조안나는 천하태평인 양 여유로웠지만, 소피아는 그럴 수가 없었다. 수중에 있는 돈이라곤 3천 불이 고작이었다. 미국에서 보석을 처분한 돈은 다음 주쯤 입금된다. 무작정 따라나섰다는 후회가 드는 순간 앞 테이블에 앉은 남자가 손으로 만지는 핸드폰에서 찰칵! 하는 소리가 들려왔다. 카메라 렌즈는 두 사람을 향하고 있었다. 그 장면을 먼저 목격한 것은 조안나였다. 조안나의 예리한 관찰력은 남자가 혼자 2층으로 올라와서 앉을 때부터였다. 태평스럽게 대화하면서도 조안나는 남자를 유심히 관찰하고 있던 터였다. 레스토랑 후미진 테이블에서 혼자 식사를 하는 남자가 이쪽을 향해 사진을 찍는다는 것을 느끼자 바로 눈치를 챈 것이다. 그 눈치는 언제나 예외 없이 적중했다.

"소피아! 먼저 주문해. 내 것도 같이."

"어딜 가려고?"

"화장실!"

조안나가 웃으며 자리에서 일어섰다. 화장실은 문 입구 쪽에 있어서 남자가 앉은 자리를 지나야 했다. 잠시 화장실에 들어갔다가 나온 조안나는 남자 앞에 털썩 주저앉았다.

"후와 유?"

"네?"

"why are you taking pictures of us secretly?"

"뭐라고요? 뭐라 하는 거야?"

남자는 예상치 않은 낯선 여인의 질문에 당황했다. 남자는 그녀가 하는 말을 알아들었지만, 짐짓 못 알아듣는 것처럼 딴청을 피웠다. 화장실에서 나오던 조안나가 낯선 남자와 언쟁을 벌이는 것을 보고 당황한 소피아가 남자 자리로 다가갔다.

"조안나! 왜 그래?"

"소피아! 이 남자가 아까부터 우리를 사진 찍었어."

"뭐? 아저씨! 우리를 찍었어요?"

"한국말을 하시는군요. 휴! 다행이다. 두 분이 예뻐서 그냥 찍은 겁니다. 진짜예요."

그렇게 옥신각신할 때 입구에 들어서는 또 다른 남자. 어깨에 카메라를 메고 있었다.

"김 기자! 여기야."

남자가 다가왔다.

"한 기자님! 웬 여자분들입니까?"

"아! 다름이 아니라 두 분이 너무 예뻐서 핸드폰으로 사진을 한 장 찍었는데 뭔가 오해를 하시나 봐. 보세요. 우린 이상한 사람 아닙니다. 한국 주재 특파원입니다."

남자는 기자증을 내밀었다. 직업병인지 조안나가 그것을 세밀히 확인했다. 남자가 내민 기자증에는 버지니아 타임스 기자라고 적혀있었다. 두 남자의 태연한 연기는 조안나를 이상한 여자로 만들기에 충분했다.

"죄송해요! 제 친구가 오해했나 봐요. 조안나! 그만 일어나!"

사진을 찍은 남자는 조안나가 보는 자리에서 찍은 사진을 삭

제하는 정도로 사태는 수습되었다. 소피아가 조안나와 함께 앉았던 자리로 돌아가자 두 남자는 커피를 마시고 자리에서 일어나 식당을 나가버렸다. 그런 남자를 조안나는 미심쩍은 눈빛으로 계속 바라보았다.

"기자라잖아. 네가 너무 예민한 것 같아."

"소피아! 우리 사진 찍은 남자가 내민 것은 한국 주재 특파원 기자증인데. 왜 내가 묻는 말을 못 알아듣는 척했을까?"

"왜? 특파원이라잖아?"

"잠깐! 버지니아 타임스? 저 사람들 특파원 아냐. 미국 CIA야!"

"뭐, 뭐라고?"

조안나는 그제야 CIA 제주지부 조직이 생각났다. CIA는 버지니아 타임스라는 이름으로 세계 각국에 지부를 두고 있었다. 본부소속 요원들을 현지에서 지원하기도 했다. 조안나 역시 런던에서 작전에 투입되었을 때 버지니아 타임스 런던지부 도움을 받았던 것이다. 조안나는 버지니아 타임스를 LA타임스 정도로 잠시 착각했다. 특히 두 남자가 한국인이라는 사실에 잠시 딴생각한 조안나. 잠시 잊고 있었던 CIA의 거대한 조직이 다시 먹구름처럼 그녀를 에워싸고 있었다.

"소피아! 버지니아 타임스는 바로 CIA를 뜻하는 말이야. 세계 각국에 버지니아 타임스라는 이름으로 지부를 운영하고 있지. 아마 두 남자는 CIA 제주지부 소속 한국 요원이 틀림없어. 그들은 내가 CIA 요원임을 아직 모르는 것 같아. 아마 본부 요원들이 제주로 오기 전까지 우리를 제주지부에서 감시하라고 붙여놓은 것 같아."

"뭐? 설마?"

"정말이야. 아마 내일은 미국에서 우리를 죽이려고 요원들이 넘어올 거야. 소피아! 일어나. 이렇게 있을 때가 아니야. 두 남자 외에도 우리를 감시하는 눈이 이미 더 있을 거야."

조안나의 말을 듣자 소피아는 소름이 돋았다. 그들을 피해 몰래 한국행 비행기에 올랐지만, 이 먼 제주에서도 그들의 손아귀를 벗어날 수 없다는 말에 머리카락이 곤두섰다.

"조안나! 나 무서워…… 내가 왜 이렇게 도망자가 되어야 하지?"

소피아는 작년 크리스마스이브로 돌아가고 싶었다. 어느 날 우연히 생긴 스톤으로 인하여 인생이 송두리째 꼬여갔다.

"조안나! '드래곤볼' 네가 가지고 가면 안 돼? 정말이야. 난 필요 없어."

"소피아! '드래곤볼'을 내가 가져간다고 그들이 너를 살려두겠어? 바보야, 데이비드 교수가 죽은 걸 생각해 봐."

소피아가 억울하다는 듯 발을 동동 굴렀다.

"그럼 어쩌라고? 날더러 어쩌라고? 내가 무슨 죄가 있어서 이런 형벌을 받아? 조안나 정말 무서워!"

마음이 여린 소피아는 눈에 눈물이 가득해 글썽거렸다.

주문한 음식이 테이블에 놓였지만, 불안에 떨던 두 사람은 음식에 손도 대지 못했다. 급기야 소피아 볼에 눈물이 흘렀다. 소피아는 최근의 악몽이 마치 꿈꾸는 듯했다. 원석이 없을 때와 원석이 있을 때의 삶은 극과 극이었다. 힘이 들어도 가게를 지탱하면서 롱비치로 딸을 만나던 삶이 행복했다. 어느 날 갑자기 도망치듯 한국으로 왔건만 이곳에서도 안전이 보장될 수 없다니 살아도 사는 것이 아니었다. 일단 살기 위해서 어린 딸까지 미국 땅에 남겨두고 한국으로 도망친 그녀였다. 물론 딸 미래가 할머니 품에 있긴 해도 가슴은 아팠다.

"소피아! 이게 우리의 운명이라면 어쩔 수 없지. 시간 없어, 어서 먹고 나가자."

"나가면 어디로 가겠다는 거니?"

"일단 이곳을 벗어나면서 생각해야지."

식어버린 파스타와 리조또는 떡이 되어버렸지만 두 사람은 천천히 포크 질을 시작했다. 음식이 다 비워질 때까지 말이 없던 소피아는 잠시 생각에 잠겼다.

'조안나와 함께 있는 것이 더 위험한 것이 아닐까?'

이런 생각에 미치자 차라리 조안나와 헤어지는 편이 더 나을 것 같았다. 조안나만 떨어진다면 죽음의 그림자도 떨어질 것 같은 생각이 들었다.

"조안나! 내가 스톤을 줄 테니까 너는 너대로 가면 안 되겠어? 난 잠깐만 그들의 눈을 벗어나면 살 수 있어."

"소피아! 아직도 모르겠어? 그들은 이미 너의 신상을 다 알고 있어. 네가 사라지면 너를 찾으러 제주도 전체를 샅샅이 뒤질걸? 그렇게 되면 이곳 어딘가에 산다는 네 엄마도 안전할 수 없어."

"흑흑흑."

소피아는 또 눈물을 흘렸다. 무슨 죄가 커서 죽음의 그림자가 자신을 계속 따라다니나 싶었다. 돌멩이가 다이아몬드라고 알게 된 순간 움켜쥐고 싶었던 욕망의 욕심이 후회스러웠다. 한국에서도 자신을 도와줄 사람이 아무도 없다는 사실이 그녀를 더욱 두려움과 공포가 밀려왔다.

"일어나! 어서!"

소피아는 조안나가 끌어당기는 손에 이끌려 레스토랑 '쏘렌토'를 나왔다. 캘리포니아가 가을이라면 제주는 겨울이었다. 두껍지 않은 옷 사이로 찬바람이 비집고 들어왔다. 두 팔로 팔짱 끼고 움츠려도 바람을 막기에는 역부족이었다.

"우리 이러다 감기 들겠다. 일단 옷도 살 겸 쇼핑타운으로 가자. 사람들이 붐비는 곳에서 그놈들을 따돌려야겠어."

두 사람은 식당을 나와 인근 쇼핑몰로 들어섰다. 각자 겨울 오리 파카 하나씩을 사 입고 서둘러 택시에 올라탔다.

"조안나, 어디로 가지? 애월읍 원동마을에 작년에 정착한 엄마가 사시는데, 조안나! 우리 그리 갈까? 그런데, 내가 한국에 온 것을 말씀 못 드려서. 아마 깜짝 놀라시겠지?"

"소피아, 그건 안 돼! 내가 여러 번 말했지? 괜히 네 엄마까지 큰일 치르고 싶어? 절대 그리 가면 안 돼. 이미 우리 뒤에 누군가 따라붙었을 거야! 어떡하든 먼저 저들을 따돌려야 해. 우선 드라이브하듯 돌면서 시간을 벌고 생각하자."

"알았어. 기사님, 우리 제주 외곽도로를 따라서 드라이브 좀 부탁드려도 되죠?"

기사가 룸미러를 보며 친절히 대답했다.

"물론입니다. 그렇게 하세요. 제주 겨울 바다는 풍광이 일품입니다."

소피아는 달리는 택시 안에서 자신을 구해줄 사람이 없는지 핸드폰을 열어 저장된 이름들을 하나둘 넘겨나갔다. 그러다 문득, 에스더 이모 이름에서 손가락이 멈췄다.

'아! 맞다. 에스더 이모가 있었지?'

소피아는 즉시 샌더를 눌렀다. 열한 시간 시차라 워싱턴은 아침이었다.

"이모! 나야 소피아!"

"소피아, 이 아침에 웬일이니?"

"이모부한테, 지금 내게 전화 좀 달라고 해줘. 급해."

"왜? 무슨 일이야?"

"나 지금 한국의 제주도인데…… 내가 위험에 빠졌어. 제발 부탁이야. 이모부한테 연락 좀 해줘."

"뭐? 제주도라고? 무슨 일이니? 나한테 말해 봐."

"이야기하려면 너무 길어. 꼭 부탁해. 누군가가 날 죽이려고 해."

"그게 무슨 말이니? 누가 왜? 아무튼, 알았어. 바로 전화 걸라고 할게."

에스더는 주말에만 집에 오는 남편이지만 특별한 일이 아니면 결코 남편한테 전화를 거는 법이 없었다. 펜타곤에서 정보를 담당하는 남편은 대령으로 진급한 후로 세계 각국의 국방부와 긴밀한 협조 관계를 유지하고 있었다. 소피아의 전화를 받은 에스더가 바로 남편에게 전화했다.

"여보!"

"당신, 어쩐 일이요?"

"지금 소피아가 한국에 있대요. 그런데 제주도에서 누군가가 자기를 죽이려고 한다면서 당신한테 전화를 좀 걸어달라고 해요."

"뭐? 소피아가 한국에? 그런데 워싱턴에 있는 내가 어떻게 돕지?"

"일단 전화해서 사정을 들어봐요. 울면서 전화가 왔어요."

존은 에스더의 말을 무시할 수 없었다. 그녀 부탁이라면 결혼 후 한 번도 거절해본 적이 없던 존은 보안 전화기가 아닌 일반전화기로 소피아에게 전화를 걸었다.

조안나는 소피아의 이모부가 펜타곤에서 근무하는 대령이라는 말을 듣고도 반신반의했다. 조안나는 생각했다.

'워싱턴에 있는 그가 제주도에 있는 소피아를 과연 도울 수 있을까?'

소피아가 마지막으로 기댈 곳은 이모부뿐이었다. 생명이 위태로운 순간, 마지막 지푸라기라도 잡는 심정으로 부탁한 것이었다. 잠시 후, 소피아의 전화기가 울렸다. 국제전화였다.

"여보세요?"

"소피아? 나야 존! 지금 제주도에 있다면서? 위험하다는 건 뭐야?"

소피아는 드래곤볼을 취득한 지난 크리스마스이브부터 자신이 왜 서울로 도망을 쳤는지 간략하게 설명했다. 자신을 죽이려는 자가 CIA 소속 요원이라는 말을 하자 존도 섣불리 대답을 못했다. 몇천 캐럿의 가치라면 어떤 국가라도 보호할 의사가 있을 것이라는 판단뿐이었다. 특히 자국민을 보호하는 것을 병행하는 일이라면 대한민국 국방부와 정보기관도 동원이 가능할 것이라는 막연한 기대만 할 뿐이었다.

존은 전화를 끊고 지난 3월 한미 국방부 장관 회담에 참여했던 기억을 되살렸다. 한국은 노무현 참여정부의 새로운 국방부 장관이 취임하자 한미 국방장관 회담을 신청했고, 그때 국방부 장관을 수행한 Y 본부장이 있었다. 계급은 소장이었지만 영어로 소통

할 수 있어서 존과 많은 대화를 나누었던 인물이었다. 그때 받은 명함에 서로의 개인 핸드폰 번호를 적어줄 정도로 두 사람은 긴밀했다. 존은 얼른 시계를 보았다. 이미 한국은 밤 11시가 가까워지고 있었다. 그러나 시간이 문제가 아니었다. CIA가 개입된 사건이라면 단 1분도 지체할 수 없다는 것을 아는 존이었다. 존은 핸드폰을 눌렀다. Y 본부장은 존의 전화를 흔쾌히 받았다. 긴 설명과 짧은 답변, 그들은 그만큼 서로를 신뢰하고 있었다.

"존 앤더슨! 걱정하지 마십시오. 제가 내일 아침에 우리 정보기관에 연락해서 바로 보호하도록 조처하겠습니다. 우리 국익에 도움이 되는 일인데…… 그리고 소피아와 그의 부모가 한국계라면 당연히 우리가 보호해야지요. 내일 제가 따로 전화 드리겠습니다."

"본부장님! 감사합니다. 소피아는 저와 피는 섞이지 않았지만, 조카뻘 되는 가족입니다. 꼭 좀 도와주십시오!"

"네. 알겠습니다. 저희로서는 당연히 나서야지요."

다음 날 아침, Y가 합참본부에 출근하자 국가정보원 1차장 강일국에게 전화를 걸었다. 강일국은 Y와 육사 동기이자 젊었을 때 야전에서 함께 근무한 인연이었기에 두 사람의 관계는 돈독했다. Y는 펜타곤의 존 앤더슨이 어떤 인물인지 먼저 장황하게 설명했다. 미 국방부 장관이 신뢰하는 정보통이며, 한미연합훈련이나 대북 공조에도 막강한 영향력을 행사하는 인물임을 상기시키며,

그의 조카가 CIA의 타깃이 되어 제주로 도피 중이라는 것과 조카가 가지고 있는 '드래곤볼'은 가치를 말로 다 설명할 수 없을 정도로 크다는 것도 덧붙였다. 이제 한국 내에서도 합참과 국가정보원이 아는 사안이 되는 순간이었다. 대한민국 정부가 개입되면 CIA도 어쩔 수 없으리라는 것을 존도 알고 있었다. 그 보호 방법은 여러 가지였다.

전화를 받은 강일국은 일단 두 사람을 만나보기로 했다. 먼저 진실 여부가 우선이었다. 직원들을 불러 두 사람이 묵고 있는 호텔로 은밀히 차를 보냈다. 검은색 에쿠스가 제주 KAL호텔 정문에 서자 로비에서 두 여자가 뛰어나와 올라탔다. 에쿠스가 출발하자 에쿠스를 뒤따르던 그랜저가 있었다. 그러나 그랜저는 1킬로도 채 따라가지 못하고 멈추어 섰다. 벤 한 대가 그랜저의 꽁무니를 거칠게 박아버렸다. 벤이 그랜저의 추적을 알아채고 미연에 방지한 것이었다. 에쿠스는 제주 외곽 해변도로로 빠져 한참을 더 달렸다. 길가로 보이는 모든 밭에 노란 꽃들이 한창 몽우리를 피어 물고 있었다. 그 사이로 들어가 웃고 사진 찍는 무리는 한껏 행복에 들떠있었다.

"어머! 저게 다 뭐예요? 온통 세상이 노랗게 물들고 있네요."

"유채꽃이라는 겁니다. 제주는 한겨울부터 봄까지 유채꽃이 명물이지요. 기름도 짜고 나물도 해 먹고, 또 저렇게 사진 찍는 관광명소로도 쓰여서 주민들의 작은 수입원이 되고 있지요."

"아, 그래요? 참 예쁘네요."

간간히 푸른 시금치와 당근밭도 보였다. 주황빛 열매가 주렁주렁 달린 한라봉과 감귤은 보기만 해도 탐스러웠다. 동백꽃들이 가로수로 심어진 곳도 있었다. 나무 아래로 핏물처럼 뚝뚝 지고 있는 꽃잎들이 그날의 아픔을 아직도 안고 있는 듯 보였다. 두 사람을 싣고 달린 차는 한참 후 한적한 주택지로 접어들었다. 이 층 주택 앞에 선 에쿠스는 집 이 층 대문이 열리자 집 안으로 들어섰다. 비교적 넓은 마당이었다. 현대식으로 지어진 주택에는 검은 양복을 입은 남자들이 곳곳에 배치되어 있었다. 그곳은 요원들을 숨기거나 취조를 하는 곳이었다. 큰 거실에는 긴 주방이 있었고, 1층과 2층 여러 개 방은 모두 독방으로 욕실이 달려있었다. 두 사람은 남자가 안내하는 방에 들어섰다. 방에는 금테 안경을 낀 중후한 남자가 의자에 앉아있었다. 탁자를 가운데에 두고 양쪽에 의자 두 개씩 놓인 것으로 보아 대담을 위한 방처럼 보였다.

"자, 이쪽으로 앉으세요. 누가 소피아죠?"

"제가 소피아입니다."

"그럼 이쪽이 CIA의 조안나?"

"네, 이젠 쫓기는 몸이고요."

"두 분이 혹시 자매는 아니죠? 우연이겠지만 무척 많이 닮았습니다."

"어머 그래요? 호호호."

소피아는 웃었지만, 얼마 전 조안나의 가방 속에서 본 그 흑백 사진이 다시 떠올랐다. 그 점은 소피아도 언젠가 조안나에게 꼭 묻고 싶은 부분이었다. 어째서 그녀가 소피아의 가족사진을 가졌는지 도무지 이해되지 않았다.

"나는 대한민국 국가정보원 강일국 차장입니다. 펜타곤의 존 앤더슨의 연락을 받고 당신들을 도와드리려 합니다. 먼저 그 '드래곤볼'을 어떤 경로로 입수하였는지 처음부터 자세히 말해주시겠습니까?"

조안나는 한국말로 하는 두 사람의 대화를 알아듣지 못해 어리둥절했다. 조안나는 소피아가 간간히 통역해주는 말로 안도의 한숨을 내 쉬었다.

"지난 크리스마스이브였어요. 어느 노숙자가 제가 운영하는 보석가게로 찾아와서 구걸했죠. 10불을 줬는데 가면서 놓고 간 것이 이 스톤입니다."

소피아는 벨벳에 싸인 스톤을 탁자 위에 놓았다.

"혹시나 해서 제가 공부한 세퍼드 대학교 보석학과장을 만나 다이아몬드 감정을 정밀하게 해보려고 교수님을 찾아갔었죠. 그때 마침 CNN에서 취재가 나왔는데 감정하는 장면이 텔레비전에 나왔는데…… 그다음 날 데이비드 교수님이 사모님과 함께 피살되었죠. 그 살인자가 누군지는 저도 모르겠어요. 그 뒤, 조안나가 저를 죽이려고 찾아왔어요. 조안나는 CIA 국장으로부터 직접 지시를 받았고, 자신 말고도 이미 또 다른 CIA 요원들이 저를 죽이고 이 드래곤볼을 뺏으려고 추적 중이라 하더라고요. CIA 말고도 또 다른 테러조직도 무기 구매자금으로 쓰려고 이 드래곤볼을 노리고 있다고요."

"그런데 조안나는 왜 당신을 죽이지 않고 같이 도망자가 된 것이죠?"

소피아의 통역을 통해 조안나가 대답했다.

"CIA 샘 국장은 국가 안위를 위하여 '드래곤볼'을 회수하라고 했지만 앞선 요원들까지 모두 죽이라는 명령을 제게 했어요. 스톤의 존재를 아는 사람들을 모두 죽이라는 말에 저도 샘 국장을 의심하게 되었죠. 이 돌덩이가 대체 뭐라고 실력 좋은 요원들을 모두 처단하라는 것인지 저는 분노가 치밀더군요. 저는 소피아를 처음 본 순간 제 엄마를 많이 닮아 깜짝 놀랐습니다. 돌아가신 저의 엄마도 한국계입니다. 아마 소피아도 한국계라서 제 엄마와 닮았다는 느낌이 들었는지는 모르지만, 어떻게 제 엄마와 닮은 사람을 죽일 수 있겠어요. 저는 그럴 수 없었죠. 그래서 여기까지 동행하게 된 겁니다."

"네, 그렇군요. 아무튼, 용기 있는 선택을 하셨고, 대한민국에 잘 오셨습니다. 자, 그럼 시간이 없으니 본론으로 들어갑시다. 우리가 어떻게 도와주면 좋겠습니까?"

강일국 차장의 물음에 소피아가 흥분해서 나섰다.

"우린 평범하게 살고 싶어요. 이 다이아몬드가 값이 얼마든 상관없어요. 제 부모님은 파독 광부와 파독 간호사 1세대입니다. 특히 제 아버지 고차혁씨는 제주 출생입니다. 그는 제주 4·3사건의 최대 피해자입니다. 도대체 왜 대한민국에서는 죄 없는 일반 국민을 빨갱이로 내몰고, 취업도 안 되게 연좌제로 사람의 정신까지 감금하고 괴롭힌 거죠?"

"아, 그 점은 저도 유감입니다만 지금은 정권이 바뀌었고 법도 많이 달라졌습니다. 연좌제도 사라진 지 오래입니다.

"저는 한국의 과거 실정을 잘 모릅니다. 그러나 제가 엄마에게 들어보니, 대한민국 제주도에서, 오래전 학살사건으로 지도에서 사라진 마을이 수십 개라면서요? 어떻게 그럴 수 있죠?"

"아, 소피아양. 그 사안은 저도 유감입니다. 그때는 이데올로기의 서로 다른 이념 때문에 피비린내 나는 아픈 우리의 역사죠. 우선 당면한 이 문제부터 해결합시다. 아까 말씀하신 부분 다시 말씀해 주시겠습니까?"

"아, 미안해요. 제가 아버지의 과거 상처만 생각하면 가슴이 아파요. 다시 본론으로 들어가죠. 제가 갖고 온 드래곤볼은, 가격이 얼마가 됐든 한국 정부에 기증할게요. 다만 그 가치의 일부를 우리 아버지 뜻에 따라 꼭 써주세요. 그럴 수 있나요?"

"소피아씨 아버지 뜻이요? 그게 어떤 건가요?"

"엄마 말씀에 저희 아버지는, 언제든 기회가 되면, 제주 4·3

피해자들을 꼭 돕고 싶다고 하셨답니다. 아버지도 평생 억울함을 품고 사셨어요. 가해자가 아닌 피해자로 恨 맺힌 삶을 살아오셨죠. 죄가 없으면서 죄인의 올무를 쓰고 살았다고 합니다. 그러니 그 스톤 일부는 꼭 제주 4·3 유가족을 지원하는 복지자금으로 책정해 주세요. 그리고 저는 다른 욕심 없습니다. 그저 한국에서 마음 편히 살아갈 수 있도록 신분세탁과 함께 안전한 터전을 만들어 주세요."

강일국 차장이 조안나를 보며 질문했다.

"조안나도 같은 생각입니까?"

조안나가 강일국 차장을 향해 고개를 끄덕였다. 소피아가 조안나를 대신해 말을 덧붙였다.

"조안나도, 이곳에 비록 아무 연고는 없지만, 엄마의 나라에서 새로운 출발을 하고 싶대요."

"소피아 문 잘 알았습니다. 사안이 생각보다 복잡하고 중대합니다. 이 사안은 이미 국방부와 국정원이 아는 사안이지만 청와대와도 의견을 나누어야 합니다. 이 노트에 소피아의 출생에서부터 지금까지 살아온 이야기를 구체적으로 적어주십시오. 이 노트를 가지고 청와대에 들어가 보려 합니다……."

"알겠습니다."

강일국 차장이 덧붙였다.

"또 그 밖에 필요한 것 있으면 뭐든지 말하세요."

"저 급히 부탁할 것이 있는데…….”

“편하게 말해요.”

“저…… 생리대가 필요해요.”

“아, 알겠습니다.”

강일국은 두 사람을 남겨두고 나갔다. 소피아는 생리불순이 시작되었다. 평소 주기라면 이미 일주일 전에 시작되었을 터지만 심신이 안정되지 못하자 지금껏 소식이 없다가 그 방에 들어서자마자 터져버렸다. 여자로서 부끄러웠지만 어쩔 도리가 없었다. 소피아는 자신이 누군지 어떻게 여기까지 왔는지 노트에 깨알처럼 써 내려갔다. 제주 4·3사건으로 연좌제에 쫓겨 독일로 떠난 청년 시절 아버지의 한 맺힌 삶과 그녀의 출생지인 독일에서부터 부모 품에 안겨 화물선에 오른 일. 그리고 갑판에서 벌어진 성추행 사건과 아버지와 이란성쌍둥이 언니의 익사 사건. 그 후 불법 체류자들에게 끌려가 사창가로 팔려간 젊은 엄마의 기구했던 삶과 자신의 성장기. 그리고 자신의 결혼과 이혼을 모두 적었다. 조안나와 소피아의 삶의 궤적을 빼곡히 쓴 노트는 저녁때가 되어서야 끝이 났다. 두 여자의 일대기를 점검하던 강일국은 뭔가 이상한 점을 발견했다. 소피아와 조안나가 살아온 삶은 전혀 다른데, 어딘가 모르게 맞닿아 있는 듯한 묘한 뉘앙스가 깃들어 있었다. 마치 숨은그림찾기 같았다. 찾으면 찾을수록 두 여인의 연결고리가 하나씩 늘어갔다. 강일국은 소피아와 조안나가 쓴 노트의 진실 여부를 각각 확인한 후 다음 날 청와대로 향했다.

청와대 외교안보수석실에 들어선 강일국은 이신일 수석 앞에 노트를 내밀었다. 차장이 차관급이라면 수석은 장관급이지만 두 사람은 K고등학교 동기여서 편하게 대화했다.

"강 차장! 이게 다 뭐야?"

"일단 먼저 읽어 봐. 지금 위기에 처한 대한민국 국민을 돕는 일이야. 아, 그리고 우리 국가에 도움 되는 일이기도 하지. 이 나라 최고 지도자인 VIP한테도 얼마나 도움이 될지는 자네가 알아서 판단하고……. 특히 이번 우리 참여정부가 진실을 규명하고 희생자들의 명예 회복을 추진하려는 제주 4·3사건의 최대 피해자 후손이기도 해. 그러니 이번 일은 우리가 어떻게든 도와야 할 거야."

이신일은 강일국이 커피를 마시는 동안 서류를 천천히 읽어 나갔다. 서류를 읽는 내내 이신일의 눈빛이 빛났다. 그가 강일국에게 물었다.

"이 '드래곤볼', 가치로 따지면 얼마쯤 되나?"

"5억 불쯤……? 어쩌면 그 이상도 될 테고."

이신일이 팔짱을 끼며 강일국에게 물었다.

"근데, 사실 이건 내 소관이 아니잖아?"

강일국이 넉살 좋게 웃으며 대답했다.

"내가 가지고 온 건 다 자네 소관일세. 국정원이 누구 소관인가?"

이신일이 너스레를 떨었다.

"허허허. 그런가? 자네 때문에 내가 점수 따게 생겼구먼!"

강일국은 진중하게 대답했다.

"두 사람을 보호하는 건 우리가 알아서 할 테니까, 어떡할 텐가? 굴러들어온 복을 차진 않겠지?"

이신일이 서류를 집어 들며 강일국에게 말했다.

"당연하지. 내가 VIP께 보고할 테니까, 보호 프로그램은 자네가 맡아. 그런데…… 10%는 포상금으로 줘야 하지 않겠나?"

강일국이 식어버린 차 한 모금 마시고 내려놓으며 말했다.

"10%는 줘야 하지 않겠나? 그럼 그녀들의 몫이 20% 되겠지?"

"20%면 얼만가? 천억 원이군! 두 여자분 횡재했네!"

이신일이 부럽다는 듯 싱겁게 웃으며 말했다.

"최소한 그래야, 그 가족들이 겪어온 상처와 한恨에 도의적이지 않은가? 나머지는 국가 자금으로 회수되더라도."

강일국이 담배에 불을 붙이고 한 모금 깊게 빨고는 후ㅡ, 숨을 내쉬며 호탕하게 말했다. 이신일이 짓궂게 대꾸했다.

"도의는 개뿔! 강 차장 자네가 언제부터 도의적인 것을 논했다고…… 하하하."

강일국이 어두운 얼굴로 이신일의 말을 받았다.

"이 친구야! 그 정도는 당연히 국가가 도와야지! 대한민국은 소피아에게 부모의 나라잖아? 제주에서 지금은 사라진 원동마을이 소피아 아버지의 고향이래."

이신일이 주의 깊게 듣다가 말했다.

"원동마을? 원동마을이라면, 제주 4·3사건 때 마을주민 대부분이 억울하게 총살당해 사라진 그 마을 아냐? 아, 맞다! 이번 위령제 행사 크게 준비하는 그곳이잖아?"

"맞네. 유사 이래 처음으로 우리 최고 VIP도 참여하기로 되어 있지. 그래서 얘긴데, 이번 그 서류를 잘 검토해서 늦기 전에 소피아 아버지의 신원조회도 좀 서둘러 줘야겠어. 파독 광부 1세대라는데. 시간이 너무 오래됐긴 하지만 조사 좀 해주게. 만약 실종이라면, 그쪽 잘 구슬려 협조 좀 받아서 무연고자 중 찾아보고, 혹시 미국이나 독일 어딘가 생존해 있다면 우리가 어떻게든 데려와야 하지 않겠나? 부탁일세. 극비리에 능력껏 수소문 좀 해봐 줘."

"아이고, 젠장! 친구 덕분에 연초부터 일복 터졌네! 으이구! 알았어. 일단 손닿는 데까지 알아보자고!"

제주 거리의 빌딩 전광판과 공항 휴게실은 참여정부가 들어선 후 연초부터 더 술렁였다. 곧 있을 제주 4·3 추모회에 대통령 행보가 있을 거라는 기사들이 앞다투어 보도되었다. 그 여파로 도민들 의견은 여러 갈래로 나뉘고 있었다.

같은 시각 애월읍 소길리 마을회관에 주민들이 모여 새해 떡국을 끓여 먹던 노인들도 저마다 한소리씩하고 있었다. 거기에 정임도 있었다. 자신의 남편인 차혁에게 늘 들었던 아픈 과거사에 관한 이야기들이 오가자, 정임은 그들의 대화를 관심 깊게 듣고 있었다.

"평화와 화해? 진정한 평화와 화해의 방향을 알긴 알고 저러는 거야? 타지 것들 저놈들 또 교묘히 도민들 사탕발림으로 희망 고문이나 하고 지들 정치적인 이득이나 챙겨보자는 심보 아냐? 진상조사위원들 명단 보니 참, 진상조사 공평하게 잘도 하겠다! 하이고! 진정한 역사학자들은 없고 맨 정치색이 짙은 인간들만 수두룩하네! 저런 한심한 타지 것들…….."

"아 왜요? 그동안 누가 우리 섬의 피맺힌 아픔에 관심이나 있었소? 입에 담기만 해도 큰 불이익을 당할까 봐 쉬쉬했잖소?"

"잘해? 관심이라고? 이봐, 진상조사를 하려면, 제주 4·3사건이 왜 일어났는지 근현대사를 명확히 짚어보고 중립적으로 제대로 해야 한다 이 말이야 내 말은! 다 지들 유리한 속셈으로 편파적으로 몰고 역사를 왜곡해선 안 되는 거 아녀? 저놈들 도대체 제주 도민들을 바보 천치로 아는 거야 뭐야? 화해와 사과라는 명목을 들쓰고 한다는 짓들이! 도민들 간에 더 갈등만 조장하고 있잖아? 우리 도민들 가슴엔 아직도 서슬 퍼런 염증과 고름이 득시글한데 눈 가리고 아웅도 유분수지! 죄 없는 우리 도민들이 무참히 학살되고, 억울한 누명을 쓰고 불명예스럽게 숨어 살았던 그 진정한 원인이 어디 있었는지 왜 바로 보지 못하냐고!"

"옳소! 미군정과 부정부패 진압 세력도 문제였고, 정부와 군경 과잉 진압도 문제였지만, 그렇다고 4·3사건이 정당한 민중 저항 운동이었어? 그건 아니잖아? 죄 없는 양민들 속에 양의 탈을 쓰고 숨어들어 사상을 교란 시켜 놓고 억울한 양민들을 인질로 끌고 다니며 이용해 처먹고 필요 없으면 무참히 죽이고, 거대한 피의 바람을 일으켰던 남로당 빨갱이 놈들도 분명 있었잖아? 내 말은 정부가 사죄하되, 분명한 핵심을 놓고 타당한 사죄를 해야지! 저게 대체 뭐 하자는 건가? 나 참! 에잇! 하여튼 나서는 정치인마다 어찌 죄다 그 나물에 그 밥이여! 젠장!"

"내가 볼 때는, 제주 4·3사건은 남로당 제주도위원회가 선량한 민중 속에 숨어들어 일으킨 피의 반란이라고 보네! 가난해도 평화스러웠던 우리 섬을 꼭 9년 동안 사람 못 살 지옥으로 만들고 그 지랄을 떨고 우리 섬을 불바다로 만들도록 몰아간 원흉들 아닌가? 그 빨갱이 놈들 진압하는 과정에서, 일어나선 안 될 정부의 과잉 진압도 있었던 것 맞고! 죄 없는 양민들 희생 많이 된 것도 사실이고! 결국, 우리는 이쪽저쪽 패가 갈린 사상과 이데올로기 싸움의 틈새에서 안타깝게 무수한 목숨이 희생된 가슴 아픈 사건 아니 것나? 뭔가를 제대로 해결하려면, 현미경을 들고 살피듯 낱낱이 파고들어도 모자랄 판에, 미친년 널뛰듯 우왕좌왕들 하고선! 이쪽으로 우르르 몰리고, 저쪽으로 우르르 몰리고! 죄다 지들 보고 싶은 것만 왜곡해서 보고 다 봤다고 지랄 북새통이여! 매번 한쪽 눈을 감고 보니 한쪽만 보이는 거 아냐? 왼쪽 눈을 감고 본 놈이나, 오른쪽 눈을 감고 본 놈이나! 그것들이 무슨 정치를 하고 역사를 바로잡는다고, 내가 볼 땐 모두 눈먼 병신들이구먼! 지랄 맞은……! 에잇! 괜한 힘 빼지 말고, 우리 조껍데기 술이나 한잔하러 감세!"

소길리 마을회관 화단에 핀 노란 유채꽃 위로, 새하얀 진눈깨비가 바람을 타고 날아다녔다.

5

일주일 후 강일국이 전담한, 두 여자의 신상보호 작전이 가동되었다. 소피아와 조안나는 성형외과로 갔다. 전혀 다른 얼굴로 눈과 코, 구강구조와 양악수술까지 마친 두 사람은 수술시간이 열 시간이나 소요 되었다. 죽을 만큼의 고통과 맞바꾼 제2의 안전한 인생. 앳되고 귀여운 인상의 조안나는 평소 갖고 싶었던 풍만한 젖가슴을 갖게 된 것이 무엇보다 기뻤다.

6개월간의 신변 보호 프로그램은 철저했다. 외모만 만드는 것이 아니라 새로운 신분증도 만들었다. 수술 전 사진과 비교하면 둘은 완전히 딴 사람이었다. 전신 성형으로 회복기를 보내던 두 사람은 이름도 새로 지었다. 이름을 만들 때 자신들이 원하는 이름을 고르라는 말에 두 사람은 밤새 이름을 짓느라 야단법석이었다.

"조안나! 넌 한국말을 못 하는데 어떤 이름을 쓸 거야?"

"소피아, 그래도 한국 이름으로 할 거야. 뭐로 하면 좋지? 소피아가 지어줘."

"내가? 음…… 그럼 너 은혜라고 하자. 넌 내 언니처럼 챙겨줬잖아? 은혜는 우리 언니 이름이야."

"성은 우리 아버지 성을 따서 고, 이름은 은혜. 고은혜 어때? 곱고 예쁜 이름이지?"

"고은혜? 어머! 소피아, 너무 좋다. 맘에 들어, 나 고은혜로 할게."

"호호호. 그거 봐 네 맘에 들 줄 알았어. 그럼 난, 그동안 쓰지 않았던 한국 이름을 써야겠어. 내 이름은 본래 고은희였거든. 호호호."

"와우! 소피아, 은희 이름도 참 예쁘다."

"그치? 그럼 우린 자매가 되는 거네? 호호호. 은혜와 은희라……. 내 언니는 오래전 안타깝게 생을 마감했지만, 이렇게 다시 새로운 언니가 내 곁에 생겨서 기뻐."

"소피아 이제 우린, 뼛속까지 한국 사람이 되었네? 하하하."

7개월 후, 두 사람은 고은희과 고은혜의 주민등록증과 여권을 받아들었다. 주민등록증과 여권 사진은 수술 후 모습이었다. 그날 밤 강일국은 두 사람을 불렀다. 도피처에서 마주 앉은 세 사람,

잠시 긴 침묵이 흘렀다. 거실 창밖 가로등 불빛에 비친 요원들은 여전히 집 전체를 둘러싸고 있었다.

"수술하고 처음 보는군요. 몰라보겠어요. 완전히 딴사람이 되었네요. 축하합니다."

"감사합니다!"

"기쁜 이야기와 슬픈 이야기가 있는데…… 어떤 것부터 해줄까요?"

"기쁜 것부터요."

강일국이 말을 꺼내자 두 사람은 초조해졌다. 소피아는 생각했다.

'이만큼 된 것도 기쁜 일인데 또 기쁜 일은 무엇이며? 슬픈 일은 또 무엇일까?'

두 사람은 강일국의 입만 쳐다보고 있었다. 현재 쫓기는 신세의 CIA 요원 조안나는 초조해지면 손가락을 꺾는 버릇이 있었다. 우두둑! 손가락을 꺾는소리가 거실에 울려 퍼졌다.

"좋은 일은…… 대한민국 정부에서 두 사람에게 포상금을 지급하기로 했다는 소식입니다. 각각 500억 원씩!"

"네? 500억 원이라고요?"

"아마 이번 참여정부의 노력과 펜타곤에 있는 소피아 이모부의 영향력이 만든 결실이라고 보시면 될 겁니다."

"아 네……."

"그리고 슬픈 일은…… 두 사람이 이번 여행 후 한동안 헤어져야 한다는 겁니다."

"여, 여행이요? 무슨 여행이요?"

"예전에 있던 여권으로 출국을 했다가 한국으로 들어올 때는 지금 여권으로 들어오는 겁니다. 그래서 두 사람의 과거 이름, 소피아 문과 조안나는 외국에서 행방불명된 것으로 처리될 겁니다. 그리고 두 사람은 고은혜와 고은희로 한국에 돌아오고 난 후로는 각자 모르는 사람으로 살아야 합니다. 향후 10년간 과거의 누구와도 연락해서는 안 됩니다. 만일 연락을 한다면 CIA의 추적은 다시 시작될지도 모릅니다. 십 년간만 참으십시오. 그동안 대한민국 정부는 최대한 이번 사안을 중화시키고, CIA에도 적극적으로 요청해 영구 미해결사건으로 덮어지도록 강한 압력을 넣을 것입니다. 그러니 부디 조금만 참으세요."

엄청난 형벌이었다. 죽지 않으려면 그 방법밖에 없다는 말이었다. 아무리 모습을 바꾸고 새로운 신분증을 만들었다고 해도 과거의 사람들과 재회를 하는 순간 모든 것이 허사라는 말이었다. 사랑하는 딸도, 부모 형제도 볼 수 없다는 말이었다. 수중에 500억 원이란 큰돈이 있다 해도 아무 소용이 없었다. 두 사람은 마주 보며 말없이 눈물을 흘렸다. 살려고 발버둥 친 결과가 살아도 산 것이 아니었다. 생면부지의 사람들 속에서 홀로 살아야 했다. 소피아보다 더 힘들어하는 쪽은 조안나였다. 말도 안 통하는 한국에서 어떤 누구의 도움도 없이 살아가야 했다. 두 사람은 한국으로 도망치면서 서로를 많이 의지한 시간이었다. 그 짧았던 인연이 끝나가고 있었다. 한때의 사건이 부른 현실이었다. 두 여자는 마음이 슬퍼졌다.

"여행은 언제 가나요?"

"다음 주 월요일에 이탈리아 로마로 출발합니다. 갈 때 국정원 요원 두 명이 따라갈 겁니다. 그들은 로마에서 두 사람을 한국행 비행기를 태운 후 남아서 행방불명된 두 사람의 신원을 처리할 겁니다. 여행은 간편하게 준비하세요. 이탈리아에 도착하면 바로 한국행 비행기를 다시 탈 테니까."

소피아와 조안나는 말이 없었다. 그저 서로의 얼굴만 우두커니 바라보고 있었다. 다음날 두 사람의 새 신분증 명의로 된 500억 원이 찍힌 통장을 받았지만 기쁘지 않았다. 점점 헤어질 날이 가까워지자 두 사람의 마음은 무거워졌다. 여성스럽고 마음이 여린 소피아가 과묵하고 말수가 적은 조안나 품에 와락 안겼다.

"조안나! 나 혼자 어떻게 살아? 많이 보고 싶을 거야."

조안나는 마치 언니처럼 의젓하게 소피아를 다독여주었다.

"소피아 그래도 당분간 그렇게 살아야 한다잖아. 그래야 우리가 살 수 있다잖아."

"그래도 흑흑흑……."

그동안 천애 고아로 살아온 조안나도 내심 소피아가 많이 의

지가 된 듯했다. 여행을 앞둔 두 사람은 식욕마저 떨어져 이틀 사이에 얼굴이 핼쑥했다. 이틀 후 아침, 두 사람은 부산했다. 출국 시 공항검색대를 통과하기 위해 준비할 게 많았다. 한국 요원들은 신속히, 처음 입국했던 여권 사진에 있는 성형 전 얼굴을 재현할 특수마스크 제작에 들어갔다. 특수 분장 팀이 피부와 흡사한 실리콘 성형물을 덮기 위해 준비했다. 두 사람은 한 시간 동안 콧구멍만 남겨놓고 실리콘 팩을 목 아래까지 뒤집어썼다. 소피아는 평온하게 기다렸지만, 조안나는 죽을 것 같은 폐소공포증이 밀려왔다. 그것은 흡사 물에 빠졌을 때 느꼈던 숨 막힘과 유사했다. 얼굴이 모두 덮인 조안나는 요원이 작업 중이라 말을 할 수 없었다. 의자에 얌전히 앉아 실리콘 팩을 얼굴에 완전히 뒤집어쓴 조안나가 의자 팔걸이를 두 손으로 움켜잡았다. 그녀는 점점 더 몸을 사시나무처럼 떨기 시작했다. 어릴 적 아빠 품에 안긴 채 밤바다로 던져진 끔찍한 악몽이 뇌리에 되살아나 끔찍했다. 그녀가 자신도 모르게 두 손을 얼굴 쪽으로 가져가 실리콘을 잡아 뜯으려 했다.

"안 돼요! 조안나. 잠시만 가만있어요."

대한민국 특수작전 분장 팀은 조안나의 충격적인 악몽을 알 리 없었다. 그녀가 더는 못 견디겠는지 필사적으로 실리콘 팩을 뜯어내려 허우적거리며 손을 내저었다.

"으으으읍…… 으으으읍……!"

즉시 조안나의 두 손을 제압하며 만류하는 대한민국 요원들.

요원 중 한 남자가 말했다.

"조안나 조금만 참아요. 굳기 전에 손을 대면, 첨부터 모두 다시 해야 합니다."

특수 분장 팀이 신속히 마스크 작업을 이어갔다. 소피아의 마스크는 거의 다 완성되어 가는데, 조안나는 견디지 못하고 여러 번 다시 하고 있었다. 결국, 또 조안나가 채 완성되지 않은 마스크를 잡아 뜯고 말았다. 그 일이 반복되자 요원들은 몹시 지쳐있었다. 조안나 얼굴은 무척 상기되었고, 눈동자에 핏발이 서고 두려움이 가득했다. 마스크 작업을 마쳐 성형 이전 얼굴로 돌아간 소피아가 놀라 조안나에게 다가갔다.

"조안나. 왜 그래? 무슨 일이야? 어머나, 이 땀 좀 봐."

조안나는 그동안 소피아가 봐 온 당찼던 요원의 모습과 전혀 달랐다. 온통 겁에 질리고 이성을 잃은 표정이었다. 소피아는 커피 두 잔을 요청했다. 요원들이 가져온 커피잔을 들고 소피아는 조안나를 창가 테이블로 안내했다. 숨 가쁜 얼굴을 잠시 가라앉힌 조안나가 식은땀을 닦으며 커피를 마셨다. 소피아는 조안나의 난처한 행동에 뭐라 위로를 해야 할지 난감했다. 조안나가 자신의 행동이 민망했는지 창밖 먼 곳을 바라보았다. 소피아가 가만히 손을 내밀어 조안나의 손을 어루만졌다.

"조안나, 내게 말해도 괜찮아. 너, 폐소공포증이야?"

"음."

소피아가 이해할 수 있다는 표정으로 다시 물었다.

"그런데 내가 보니 증상이 무척 심각하던데? 혹시 무슨 일 있었어?"

조안나는 두 손으로 커피잔을 감싸 쥐고 가늘게 심호흡을 하며 진정하려 애썼다. 고개를 떨어트린 조안나의 눈에 검은 커피가 출렁이는 게 보였다. 지옥처럼 검은 커피잔 속에서, 그날 밤의 밤바다와 오버랩 되어 지옥처럼 그녀를 삼킬 듯했다.

"아악!"

조안나가 벌떡 일어나며 커피잔을 손으로 확 밀쳐버렸다.

'쨍그랑!'

그 순간, 바닥으로 날아간 커피잔이 박살 났다.

"흐흐흑! 아아악!"

그토록 강단 있던 조안나가 이성을 잃고 있었다. 머리가 헝클어진 조안나가 자신의 머리를 감싸며 비명 섞인 외마디를 질렀다. 대한민국 요원들도 모두 놀라 달려왔다. 분장 팀도 걱정스레 조안나를 살폈다. 그런 조안나를 보고 놀란 소피아가 다가와 손을 잡았다.

"조안나! 괜찮아?"

소피아도 무척 놀랐다. 악몽처럼 조안나 뇌리에 박혀 있는 그날 밤 그 사건. 어린 나이에 겪은 조안나의 무서운 공포. 조안나의 뇌리에, 검은 물속으로 가라앉으면서도 끝까지 자식을 품에서 놓치지 않으려 애썼던 아버지의 고통스러운 얼굴이 떠올랐다. 조안나가 울며 외쳤다.

"우린 밤바다로 떨어졌어! 어둡고 캄캄한 지옥 속으로! 바닷속으로 가라앉고 있었어. 아버지가…… 아버지가…… 어린 나를 끝까지 안고 계셨어. 그러다…… 우린 가라앉았어."

"조안나. 그게 무슨 말이야? 자세히 말해 봐. 조안나 아버지가 어쨌다고?"

조안나는 꿈을 꾸듯 그날 밤의 악몽을 떠올리며 말했다.

"배 위에서, 아버지가…… 아버지가…… 나를 안고 계셨는데, 나쁜 사람들이 엄마를 해치려 들었어. 그것을 아버지가 막으려 하자 그들이 아버지를 공격하더니 강하게 밀었어. 나는 아버지 품에 안겨 갑판에서 바다로 떨어졌어. 차갑고 무서운 밤바다로. 흐흐흑! 아버지가 어린 나를 살리려고…… 나를 품에 안고 허우적댔어. 아버지 품에 내가 있어서 아버지는 도저히 헤엄칠 수 없었어……. 그런데 배는 차가운 물에 우리만 던져두고 점점 멀어졌어. 나와 아버지는 점점 바다로 가라앉았어. 흐흐흑! 아버지는, 아버지는, 나를 살리고 돌아가신 게 분명해. 내가 정신을 차려보니 바닷가 모래사장이었어. 아버지 모습은 어디에도 보이지 않았어. 눈을 떠보니 내 품에 남은 거라곤 가족사진 한 장이 전부였어. 어떤 어른이 나를 구조해 보육원으로 보낸 것 같아. 그 후로 나는 여러 보육원을 떠돌았지. 말도 통하지 않았고 어디서도 적응하지 못하는 아이로 자랐어. 나는 나를 보호해야 했어. 죽을힘을 다해 모든 무술을 배웠어. 난 누구보다 강해져야 했지. 내가 자라서 아버지를 찾아봤지만 찾지 못했어. 아버지 이름도 무엇도 아는 게 없었으니 찾을 길이 없었지. 내게 있는 것은 단 두 가지였어. 오래전 가족사진과 자장가 소리……."

조안나의 눈물 섞인 이야기에 소피아가 망연자실 눈물을 흘렸다. 요원들이 다가와 조안나를 위로했다.

"아, 그래서 마스크 팩을 쓰고 있지 못했군요. 어릴 때 조난당했던 트라우마 때문에……"

소피아는 조안나 속에 감춰졌던 새로운 조안나를 보며 놀랐다. 온몸을 두려움에 떨며 그날 악몽을 또박또박 들려주던 조안나는 평범하고 겁 많은 한 여성에 불과했다. 매몰차리만큼 철저히 작전에만 몰두하던 요원 조안나는 없었다. 공포와 슬픔으로 가득한 그녀 얼굴은 낯설고 측은하고 가여웠다. 커피를 한 모금 삼키던 소피아가 뭔가 생각났다는 듯 깜짝 놀라 물었다.

"잠깐! 조안나! 뭐, 뭐라고? 가족사진? 그리고 자장가라고?"

조안나가 천천히 일어나, 자신의 가방에 오래 갖고 다녔던 심하게 낡은 가족사진을 가져와 소피아에게 보여주었다.

"이, 이 사진이! 너의 가족사진이었어?"

사진을 건네받고 단란하게 웃는 가족을 본 소피아는 그 자리에서 실신하고 말았다.

"소피아, 왜 이래? 소피아! 정신 차려!"

조안나가 달려와 소피아를 품에 안아 일으켰다. 요원들이 일사불란하게 그녀를 바닥에 눕혀 응급처치했다. 소파에 누웠던 소피아가 한참 만에 정신을 차리고 눈을 떴다. 그녀가 천장을 물끄러미 응시하더니, 누군가를 찾았다.

"언니…… 은혜 언니……"

요원들과 조안나가 달려와 그녀를 에워쌌다.

"소피아 정신이 좀 들어요?"

요원이 소피아를 살폈다.

"괜찮아요……? 아효, 언니라니, 웬 헛소리까지…….''

조안나도 소피아를 걱정스러운 듯 바라보았다. 소피아가 힘없이 손을 뻗어 조안나 손을 꼭 잡았다. 그리고 그녀가 천천히 입을 열었다.

"언니…… 흐흐흑! 은혜 언니…… 나 은희야, 언니 동생 은희. 흐흑! 우리는 이란성 쌍둥이였어. 엄마가 내게 언니가 있다고 늘 말씀하셨어. 내게 쌍둥이 언니가 있다고. 은혜 언니가 있다고……. 언니가 이렇게 죽지 않고 살아있었다니……. 이건 정말 기적이야."

조안나는 소피아의 말에 놀라 입을 다물지 못했다.

"소, 소피아……? 자세히 말해 봐. 그게 무슨 말이야? 내가 네 언니라고……?"

요원들도 이게 무슨 상황인지 정신이 없어 어리둥절했다. 소피아가 조안나 손을 잡고 말했다.

"언니가 갖고 있던 그 가족사진. 나도 있어. 아버지가 언니와 내 몫으로 나눠준 사진이야. 그날 밤 사건을 나도 엄마에게 들어 조금 알고 있거든. 조안나의 말을 듣고, 내가 겪은 일과 너무 흡사했지만 그래도 설마 설마 했는데…… 언니 가족사진을 보니, 오래전 잃어버린 내 언니가 맞네…….."

"그래서 언니 가방에 그 사진이 있었구나."

소피아가 힘겹게 일어나 자신의 가방에서 같은 사진을 꺼내 조안나에게 보여주었다.

"은혜 언니, 흐흐흑! 살아있어 줘서 고마워."

같은 사진을 본 조안나는 당장 숨이 멎을 것만 같았다. 동생 은희가 언니 은혜를 바라보며 말했다.

"그날 이후, 엄마와 나는 한순간도 언니와 아버지를 잊고 산 적이 없어. 항구에 내려 어딘가로 끌려간 나와 엄마는 늘 아버지와 언니의 소식을 수소문했지만 허사였어. 미국으로 건너온 나는 그후 엄마의 성을 따서 소피아 문으로 살았지."

조안나가 믿을 수 없다는 얼굴로 소피아를 바라보았다.

"내가 네 언니라고? 소피아, 정말 우리가 자매였어……? 네가 내 동생이었어? 흐흑! 아흐흑!"

"그래, 언니."

조안나는 눈물에 젖은 얼굴로 소피아를 꼭 껴안았다.

"아, 맙소사…… 그럼 제주에 계신다는 분이? 진짜 우리 엄마야?"

곁에서 지켜보던 요원들도 저마다 돌아서서 눈물을 닦았다.

"맞아……. 엄마 아직 살아계셔. 이곳 제주 어딘가 있다는 원동마을에…… 엄마가 늘 아버지와 언니 걱정으로 눈물지으셨는데…… 언니, 아버지는 그날 돌아가셨어?"

"소피아, 나도 며칠 전에야 아버지 소식을 들었어. 감사하게도 행방불명이었던 아버지를 찾았는데…… 그만 대한민국 요원들이 도착하기 전, 사고로 돌아가셨대. 지금 아버지 유골이 이곳으로 비행기에 실려 오는 중이라고 전달받았어."

조안나가 그 말을 듣고 오열했다.

"아흐흑! 아버지! 그 긴 세월 동안 가족도 없이 얼마나 고독하고 힘겨우셨을까……. 아버지, 아버지 보고 싶어요. 아버지."

소피아가 조안나에게 그간의 이야기를 들려주자 조안나가 울며 창가로 갔다.

"언제 어떻게 내가 이 노래를 기억하고 있는지는 몰라……. 하지만, 낯선 땅에서 혼자 견디며 죽고 싶을 만큼 외롭고 힘들 때마다 나는 이 노래를 불렀어."

조안나가 고요한 목소리로 슬프게 노래를 부르기 시작했다.

우리 애기 코오 잘까……?

엄마가 자장가 해줄게…….

자랑자랑 자랑자랑 자랑자랑

윙이자랑 윙이자랑 자랑자랑 윙이자랑

우리 아긴 자는 소리, 놈의 아긴 우는 소리로고나

윙이자랑 윙이자랑 윙이자랑 윙이 윙이 윙이자랑

소피아가 눈을 감고 천천히 조안나의 노래를 따라 불렀다. 그때 대한민국 제주지부 요원들이 놀라 웅성거렸다.

"아니! 저 노래는 여기 제주도 자장가 윙이자랑이 아닙니까? 근데 저 노래를 어떻게, 한국말을 전혀 못 하는 CIA 요원 조안나가 저렇게 부를 수 있죠?"

자장가를 함께 부르던 소피아의 눈에도 조안나의 눈에도 눈물이 끝없이 흘러내렸다. 상황을 파악한 대한민국 요원들도 모두 눈시울을 적시며 고요히 자장가를 따라 불렀다. 영영 끝날 것 같지 않은 노래가 멈췄다. 조안나는 소피아의 도움으로 특수마스크 작업을 가까스로 마칠 수 있었다.

"서로 죽은 줄 알고 살아오다가, 오랜 세월을 돌아 이렇게 두 자매가 상봉했군요. 대한민국 전 국민을 대표해 두 분 진심으로 축하드립니다. 그리고 열렬히 환영합니다. 그런데 비행기 시각이 얼마 안 남았습니다. 자, 떠나야 합니다. 아직 두 분이 현재 쫓기는 상황은 끝나지 않았습니다. 두 분의 남은 대화는 비행기 속에서 하시기로 하고 출발합시다!"

간단한 여행 가방을 든 은혜와 은희 자매는 검은색 벤에 올라탔다. 검은색 밴이 으슥한 동네를 빠져나와 도로에 진입하자 뒤에 낯선 체어맨이 가까이 따라붙었다. 그 차는 얼마 못 가 앞에 가던 탑차의 급정지로 길이 막히고 말았다. 체어맨이 다시 차선을 급히 변경하자 이번에는 또 SUV 차량이 그 앞을 가로막았고 뒤에서 5t 화물차가 체어맨을 들이받았다. 체어맨은 독 안에 든 쥐가 되었다. 그녀들이 탄 밴은 이미 완벽하게 CIA의 추격을 벗어나고 있었다. 인천공항으로 가는 내내 두 사람은 끝없이 대화를 나누었다.

"은혜 언니, 어떻게 우리는 만나자마자 다시 이별해야 하는 걸까? 엄마도 만나야 하고, 비록 돌아가셨지만, 아버지 산소에도 가야 하는데……."

"은희야! 나도 너무 슬프다. 우리가 어쩌다 이렇게 된 것일까? 은희야 힘내. 우리 인연이 이것으로 끝나지는 않을 거야. 이렇게 살아있으니 꼭 다시 만나게 될 거야. 아버지 산소에도 갈 수 있을 거고."

"언니도 힘내. 짧은 기간 동안 참 정 많이 들었었는데……. 은혜 언니 많이 보고 싶을 거야. 그리고 엄마가 언니 소식 들으면 무척 기뻐하실 텐데."

"나도⋯⋯ 너와 엄마가 많이 보고 싶을 거야. 소중한 내 동생. 엄마 잘 부탁해."

두 사람은 로마 다빈치 공항으로 가는 직항편인 대한항공 KE931편에 몸을 실었다. 12시간의 긴 여정이었다. 그들이 이탈리아로 날아가는 동안, 고차혁의 유해는 한국으로 돌아가는 비행기 속에 있었다. 그들이 탄 각각의 비행기는 머나먼 상공에서 구름을 사이에 두고 교차해 날아가고 있었다. 두 사람은 다빈치 공항 입국장을 나오자 여권을 요원들에게 반납했다. 그러고는 화장실로 가 실리콘 마스크를 벗어버리고 성형한 얼굴에 화장하고 나타났다. 둘은 모르는 사이가 되어, 각자 핸드백에 넣어둔 새 여권으로 다시 보안대가 있는 곳에 줄을 섰다. 새 여권에는 일주일 전 출국과 입국 스탬프가 미리 찍혀있었다. 철저하게 준비된 순서대로 움직이는 두 사람이었다. 한국으로 돌아가는 알리탈리아(Alitalia) 항공 AZ7686기에 탄 이후, 그들은 서로가 모르는 사람들로 행동했다. 평범한 일반석에 두 사람은 멀리 떨어져 앉았다. 소피아와 조안나는 서로 멀리서 바라보며 하염없이 흐르는 눈물을 닦았다. 12시간 후 인천공항에 내리게 되면 다시 요원들의 안내를 받아 어디론가 떠나야 할 두 사람이었다. 인천공항에 내리자 두 사람에게 그들을 보호하기 위한 대한민국 요원들이 따라붙었다. 은혜와 은희는 두 대의 승용차를 각각 나눠 타고 어디로 가는지도 모르고 헤어졌다. 두 대의 검은 승용차가 각각의 방향을 타고 검은 점이 될 때까지 소실점을 향해 멀어지고 있었다.

정임은 몇 년 전 L.A에서 소피아와 살다가 먼저 제주로 와 원동마을 가까이에 살고 있었다. 차혁의 엄마는 오래전 물질하다 사고로 세상을 떠나고 무덤만 쓸쓸히 남아있었다. 이제는 정임의 늙은 시누이만 소길리에 살고 있었다. 은희는 그 후 어디로 갈지 방황하다 결국 정임을 찾아가 조용히 숨어 살았다. 차혁의 유골은 원동마을이 잘 보이는 소길리 귤밭 언덕에 묻혔다. 그곳은 차혁의 부모도 누워있는 곳이었다.

얼굴과 신분을 바꿔 돌아온 은희의 외모에 정임은 혼이 나갈듯 했다. 은희가 그간 블루 스톤을 얻고 나서 시작된 회오리를 정임에게 들려주었다. 그 말을 들은 정임은 몹시 놀라 손끝을 떨었다. 그녀는 가여운 큰딸 은혜의 소식을 듣고는 치매 노인처럼 여러 번 다시 물었다. 오래전 갑판 위에서의 악몽에, 늙은 정임은 치를 떨었다. 삶의 풍파에 부쩍 늙은 그녀가 홀로 읊조리듯 중얼거렸다.

"은희야…… 어찌 그런 일이. 어찌……. 은희야 그 블루아 슈타인은 오래전 네 아버지가 독일 보훔광산에서 캔 것이라면, 넌 믿을 수 있겠니?"

무심코 듣고 있던 은희는 자신의 귀를 의심했다.

"넷? 마미! 뭐라고요? 그게 사, 사실이에요?"

"그래, 믿기 어렵지만, 사실이다……. 그것을 목숨 걸고 갱도 안에서 찾았을 때 네 아버지는 제주로 돌아가 이웃들을 돕고 부모 형제와 나누겠다고 꿈에 부풀었었지. 은희야…… 그 블라우 슈타인 너 기억 안 나니? 네가 네 살 때였지. 넌 그게 돌덩인 줄 알고 부엌에서 굴리며 놀았는데."

은희는 엄마의 말에 또 한 번 깜짝 놀랐다.

"네? 마미, 제가 이미 그전에 그 슈타인을 본 적이 있었던 거예요?"

"그래……. 그때 넌 너무 어려서 그게 뭔지 아마 몰랐을 것이다. 사실 나도 나중에야 알았단다. 결국, 긴 세월을 돌아 또다시 네 손을 거쳐 고국으로 왔다니. 망할 놈의 영감탱이가 그 고집스러운 뜻을 이룬 셈인가……? 고집불통 양반 같으니…… 그 돌멩이가 대체 뭐라고…… 참, 사람 운명이라는 게…… 어디가 음지고 어디가 양지인지 도무지 알 길이 없어. 어쩌면 우리가 마음먹는 대로 흐르는 게 아닌가 싶구나……. 그게 어떻게 그렇게 돌고 돌아 네게까지 전달되었을까……. 참, 질기기도 하지. 그놈의 화근덩어리가 우리 가족을 하루아침에 생이별을 시키더니, 내 딸들에게까지 끝없는 액운이 되어버렸구나……. 아니지. 어쩌면 그래도 그 덕분에 내 큰 딸의 소식을 전해 들은 것인가? 정말 믿을 수 없구나……. 은혜야, 가여운 내 딸아. 너는 지금 어디를 헤매고 있는 것이냐……. 에미가 여기 있는데, 여기 시퍼렇게 살아있는데 왜 당당히 오지를 못하고……. 우리 딸을 이제 언제 볼거나…….
내 생전에 볼 수 있기는 헐까. 모습도 변했다니 길을 가다가 스쳐
도 알아보지 못할 신세로고. 눈이 있으면 뭐 하나? 내 딸자식도
알아보지 못할 텐데."

정임은 큰딸이 살아있다는 은희 말에 마음은 한시름 덜었으나
생전에 볼 날이 올지 내내 마음에 밟혀 눈물을 흘렸다. 소피아가
늙은 정임을 다독였다.

"마미, 언니는 꼭 마미를 찾아올 거예요. 마미 건강하셔야 해
요. 그래야 은혜 언니를 만나 볼 수 있어요. 알았죠?"

"그래, 그래야지. 내 딸 은혜를 보고 죽어야 네 아비 볼 낯이
서지."

늙은 정임은 그 말을 마치고 이내 잠에 빠져들었다. 이젠 팔순
을 바라보는 노모였다. 하루가 멀다 하게 기력이 쇠해가는 모습
에 은희는 가슴이 아팠다.

은희는 오늘 조금 일찍 일어났다. 제주 시내로 가는 길과 모슬
포 사이에 수풀이 무성한 작은 들판이 보였다. 그 쓸쓸한 깊이의
풀밭이 한때 마을 터였다는 것을 이방인들은 잘 몰랐다.

이곳은 오래전, 길목을 오가는 주민들에게 술과 음식을 파는
주막이 많았다. 어느 날 중산간 마을들과 함께 원동마을도 공비
출몰지역으로 규정되어 마을 방화와 엄청난 학살이 자행되고 말

왔다. 대부분이 죽고 일부는 살아남아 이 마을을 떠났다. 이제는 새들만이 쓸쓸히 날아왔다가 인적 없는 벌판에서 울다 떠나가곤 했다. 그런 슬프도록 고요한 원동마을에 오랜만에 아침부터 인기척이 분주했다.

오늘 그곳에서 무혼굿이 열린다는 현수막이 나붙었다. 마을에 샛길 하나를 두고 건너편에 원지院址라고 쓰인 비석이 보였다. 비석은, 이곳에 한때 마을이 있었다는 것을 말해주고 있었다. 돌아올 사람이 없어 마을도 없었다. 비석을 중심으로 많은 사람이 모여 웅성거렸다. 애월항에서 한걸음에 달려온 바람이 비석을 휘감고 돌았다. 해수욕장 해변에는 관광객들이 붐볐다. 소길리와 원동마을 사이 하늘에, 혼령을 위로하는 무수한 천 조각들이 휘날렸다. 비석 앞 공터에 높다란 깃대가 세워지고 흰 천막 안에 제단이 만들어졌다. 들판 상공에 검은 반점들이 빙빙 돌다 흩어졌다. 까마귀 떼였다. 애월항 해변과 잇닿은 들판에는 까마귀 떼가 그날의 피비린내를 떠올리듯 망자들을 마중 나온 저승사자들처럼 맴돌았다. 대부분이 떠나고, 폐가와 마을 흔적만 남아있는 원동마을. 마을을 수호하는 커다란 팽나무 아래에도 울긋불긋한 천들이 나부꼈다. 제단이 설치되고 많은 사람과 심방(무당)들과 법사들이 오가며 분주했다. 높다랗게 쌓아 올린 갖가지 제수용품들이 이방인들의 시선을 끌었다.

"마미, 오늘 원동마을에서 무혼굿 한다는데 보러 가실 거예요?"

청력이 약해진 정임이 고개를 갸웃하며 다시 물었다.

"원동마을에?"

"네."

"원동마을에서 뭐를 한다고?"

"굿이요. 무혼굿을 한 대요. 가실 수 있겠어요?"

아침 먹고 침대에 누웠던 정임이 힘겹게 다시 몸을 일으켰다.

"가봐야지. 우리 영감이 늘 원동마을 원동마을 했는데, 오늘 느이 아버지는 새가 되어 날아와서 보려나……. 바람이 되어 다녀가려나……. 나도 나가 봐야지. 은희야 나 좀 부축해다오."

은희가 지팡이 짚은 늙은 정임을 부축하며 인파 속에 서 있었다. 무혼굿을 보겠다는 엄마 때문에 은희가 따라왔다. 은희는 찬바람에 정임의 목도리를 더욱 단단히 단속해주었다. 올해 무혼굿은, 제주 4·3사건에서 억울하게 죽은 영혼들을 위로하는 굿판이었다. 심방이 용왕에게 제를 알리는 초감제로 굿판을 열었다.

요령 소리와 바랑 부딪치는 소리를 내며 심방이 공수를 열었다. 중앙으로 나온 심방이 제단을 향해 공손히 네 번 절을 하고 나서 집행을 시작했다. 바로 옆에는 돗자리에 앉은 소미들이 북과 설쇠와 꽹과리를 장단에 맞춰 두드리기 시작했다. 심방이 1만 8천 신神이라는 무속의 모든 신을 초청해서 소원을 비는 순서였다. 심방의 목소리가 조금은 낮은 음역에서 읊조리듯 허공으로 퍼져나갔다. 무혼굿을 구경나온 이들이 인산인해를 이루었다. 섬에 살고 있는 마을 어느 집이든 객사한 영혼이 없는 집이 없었다. 병고나 액운을 물리치려는 노인과 여인들이 저마다 정성을 다해 그 자리로 몰려들어 마음을 모아 빌었다. 심방과 소미가 서로 죽을 맞춰가며 재차가 진행되었다. 처음에는 느리게, 그러다 빠르게 이어질 때마다 저 아래 애월항에서 치밀고 달려온 바람도 심방과 함께 너울거리며 춤을 추었다. 정임과 은희는 오래전부터 이 땅에서 살아왔던 남편과 아버지의 모습이 그날 원동마을과 오버랩 되어 서로 아무 말도 하지 못한 채 먹먹하게 굿을 구경했다. 은희의 눈에, 저 무수한 인파 어디쯤에서 어리고 순박했던 어린 아버지가 언뜻 스쳐 지나간 듯해 마음이 애잔하게 젖어 들었다.

신에게 제물을 권하는 추물 공연을 마치고, 바다를 차지한 용왕을 맞이하여 기원하는 용왕맞이로 넘어가자 심방이 애월항 물가로 단숨에 달려가 하늘을 향해 춤을 추었다. 저승 명부冥府의 신神인 시왕[十王]을 모시고 기원하는 시왕 맞이와 신을 돌려보내는 도진을 거쳐 영가루침으로 넘어갔다. 무당은 최고로 신神이 올라 꽹과리를 두드리며 껑충껑충 춤을 추었다. 수많은 카메라와 행사 진행원들과 외국인 관광객들까지 굿판을 에워싸 주변은 엄청난 축제처럼 혼잡했다. 굿판이 점점 가라앉더니 심방이 애기 구덕을 안고 나왔다. 허공에 배처럼 띄우며 심방은 구슬프게 웡이자랑 자장가를 부르기 시작했다. 그 노래는 감물처럼 그곳에 모인 이들의 가슴에 물들기 시작했다. 심방의 가슴 밑바닥에서부터 질긴 명주실처럼 끈질기게 울려 나왔다. 처음에는 마치 잔잔한 파도가 일듯 시작되었다. 은희가 한쪽 팔로 늙은 정임을 부축하고 그 광경을 구경하며 서 있었다. 늙은 정임이 윙이자랑을 들으며 자글자글한 눈가의 눈물을 찍어냈다. 아까부터 늙은 정임의 모습을 군중 속에서 숨어 보는 여자가 있었다. 인파 속에 몸을 숨긴 그 여자는 은혜였다. 은혜는 챙이 넓은 모자와 선글라스로 얼굴을 가리고 있었다. 그녀가 먼발치서 자신의 엄마와 동생을 바라보며 울고 있었다. 순간, 그녀를 알아본 사람이 있었다. 은희가 둥글게 선 인파들 건너편에 선 은혜 언니를 알아보았다. 서로를 알아본 은혜와 은희. 두 자매는 그렇게 오래 울며 서 있다. 심방이 아기구덕을 안고 회중을 돌며 윙이자랑을 구슬프게 불렀다. 은희가 입안으로 그 노래를 처연하게 따라 불렀다. 그 자장가는 바람을 타고 오래 팽나무 우듬지를 넘실거렸다. 쏟아지는 눈물을 주체 못 한 은혜가 모자를 더 깊이 눌러쓰고 천천히 뒤돌아 은희의 눈에서 멀어져갔다. 처음 듣는 낯선 해금이 멀어지는 은혜의 가슴을 오래 후벼 팠다.

어느 날 낯선 대한민국 땅에 던져진 은혜는 갈 곳을 정하지 못하고 제주 올레길을 쓸쓸히 배회했다. 바다 위에 떠 있는 섬, 눈부시게 아름다운 애월항 해변을 걸으며 그녀는 많은 생각을 했다.

그녀가 바다를 향해 섰다.

'이 눈부신 내 아버지의 바다가, 오래전 어쩌다 지옥이 되었을까.'

불어오는 바람에 쓸쓸히 걷다 보니 저 멀리서 한 무리의 관광객들이 해설사와 함께 애월항 주변을 몰려 다녔다. 그중 한 무리의 속에 양쪽 손에 든 깃발에 '제주 작가들의 심포지엄'이라는 문구가 펄럭였다.

은혜는 생소한 작가라는 호기심과 궁금증이 생겨 가까이 다가가 보았다. 제주 4·3 평화재단 후원으로 서울에서 이곳을 찾았다는 문인 단체였다. 해설사는 지난 암흑기에 실화를 문인들에게 들려주었다. 문인들은 해설사의 설명을 수첩에 열심히 받아 적거나 주변을 신중하게 살폈다. 애월항 모래사장을 따라서 그들이 줄지어 걸었다. 은혜는 자신도 모르게 그들을 따라 동행하고 있었다.

무명천 진아영 할머니 추모관에서 은혜는 그날의 악몽을 겪은 듯 소름이 돋았다. 55년간 말도 제대로 못 하고 안으로 곰 삭히며 묵혀온 세월들. 날 때는 진아영이라는 고운 이름으로 났건만 그날의 총탄이 그녀의 턱을 관통했다. 반평생을 언어도 잃고 어두운 골방에서 악몽을 숨아냈던 그녀. 추모관을 돌아보던 은혜는 그만 울음이 쏟아지고 말았다. 이제는 고름 섞인 무명천을 벗고 푸른 새를 타고 훨훨 저세상으로 날아간 그녀의 침묵이 고스란히 벤 작은 집에서 은혜는 오래 서성였다. 투박한 항아리와 그날의 함성보다 더 녹이 슬어버린 솥뚜껑들과 금방이라도 된장국 한 뚝배기 끓여 내올 것만 같은 작은 가스레인지와 냄비들을 바라보았다. 낡고 오래된 반닫이와 그녀의 오랜 침묵과 슬픔까지 기억하고 있는 베개와 이불들이, 아픔과 고통과 불명예를 안고 긴 밤을 돌아누워 잠 설쳤을 그녀의 통증을 은혜에게 들려주고 있었다. 은혜는 그들을 따라 둘레길을 잠시 걸었다. 지나는 길에, 둘레길 한컨에서 웅성거리며 머리에 무언가를 이고 가는 제주 아낙들을 보았다.

제주도 킬링필드 이후, 한 마을의 제삿날이 여러 집이 겹치는 일이 많아 아낙들은 돌아가며 품앗이하듯 제를 지내며 돕는다고 설명을 덧붙였다. 은혜도 궁금한 것을 영어로 물어보았다. 은혜가 슬픔에 겨운 마음으로 그들을 따라 걷다 보니 평화공원까지 이르렀다. 그곳에는 더 많은 위령비가 노을을 등에 진 채 입을 닫고 서 있었다. 까마귀 떼가 쓸쓸히 지키는 평화공원을 거쳐 그 시기에 잔인하게 죽임을 당한 아기들이 묻혀 있다는 너븐숭이로 추모 지로 은혜는 그들과 함께 갔다. 해설사의 한국말을 잘은 알아듣지 못해도, 슬픔의 역사는 어느 정도 은혜의 가슴으로 스미고 있었다. 너븐숭이 애기 무덤은 은혜의 눈빛을 닮은 검은 돌탑으로 쌓여 있었다. 그 앞에서 조문을 한 청년이 눈물을 찍어내며 고개를 돌려 먼바다를 바라보았다. 추모객 중 한 문인 여인이 소낭

밭으로 걸어 들어갔다. 발끝에 채는 검은 돌 사이로 그날의 함성이 비집고 나오는 듯, 한숨 길게 내쉰다. 그녀가 독백 같은 시 한 편을 읊조렸다.

바위틈에 묻힌 원동마의 울음
한 웅큼 남은 햇살 안아 서천으로 길을 연다
생명을 옭아맨 밧줄들 줄달음을 치고
비명을 끌고 온 길에 마디마디 찍힌 핏자국들 선명해
돌아앉은 억장 쫓기듯 두려운 숨이 가쁘다
불타는 초가지붕 위로 아기 울음 치자 빛으로 메아리치면
못다 지른 함성들이 갈바람 용오름에
갈대처럼 나부껴 위로의 말 건넨다.

순간, 해설사도 더는 설명을 잇지 못하고 잠시 멈춰 서고 말았다. 그들을 뒤따르던 은혜도 그날의 비명과 절규가 들려오는 듯해 잠시 정신이 아득했다. 행방불명자의 비석들이 빼곡한 위령비 앞에서 은혜는 가슴이 먹먹해 결국 주저앉고 말았다. 작은 성냥갑처럼 줄지어 세워진 검은 비석들은 저마다 이름 하나씩을 안고 서 있었다. 곳곳에서 비석 사이를 걸으며 가족 이름을 찾는 유가족들의 뒷모습이 보였다. 찾은 비석 앞에서 오랫동안 묵념을 하고 흘러내리는 눈물을 닦는 여인과 노인들의 모습도 보였다. 그동안 은혜는 전 세계를 떠돌며 첩보작전이라는 미명 아래 그녀 역시 무수한 생명을 죽이거나 해치웠다. 그녀는 그동안 살기 위

한 몸부림이었지만, 자신의 손에 묻힌 무수한 사람들의 피가 떠올라 소름이 돋았다. 그녀가 주머니 속에서 자신의 손을 움켜쥐었다. 도로 옆으로 펼쳐진 너른 바다와 푸른 파도를 보며 잠시 생각에 잠겼다.

'나 역시 살인자 아닌가……? 살인자와 혁명군은 본래부터 동전의 양면 아닌가? 영문도 모른 채 내 손에서 비명 해 간 사람들…… 그들은 대체 무슨 죄로 내게 총을 맞고 말없이 스러져간 것일까? 나의 나라였던 미국. 그 국가 이익을 위해 바쳐진 나의 젊은 날의 충성과 작전들? 작…… 전……이라고? 작전……? 지구촌 세계 각국을 위해, 그들 정부의 이익을 위한 작전들이라…… 그 작전을 위해 무수한 요원들이 길 위에서 죽고 또 죽고, 또는 그들의 손에 또 다른 이들이 죽고 서로 죽이고 죽어간 인간의 생명은 아무것도 아닌 것일까? 국가의 이익을 위해 처단되어야 할 생명이라는 것이 애초부터 따로 태어난 것일까……? 그렇다면 나는 누구란 말인가? 동물들은 생명을 지키기 위한 살생 외에는 하지 않는다. 욕망과 폭력적 쾌락에 눈이 멀어 생명을 살상하는 동물은 오직 나와 같은 끔찍한 인간뿐이다. 인간의 생명을 서로가 죽이는 이유는 무척 다양하다. 그들은 자신의 것을 하나 더 채우기 위해서다. 나도 그 중심에 있던 사람이다. 한 인간이 한 인간을 죽여온 것, 그것이 그간 내가 걸어온 삶이었다. 내 조상은 이 너른 바다와 들판에서 악마들과 전쟁광들의 손아귀에 스러져갔는데, 나는 지구 반대편에서 무수한 사람들의 생명을 빼앗고 그 피를 내 손에 묻히며, 숨겨진 익명의 영웅이 되어갔던 것인가. CIA 비밀요원 조안나! 그리고 제주 4·3사건의 피해자 유가족인 고은혜…… 누군가의 손에 목숨을 잃은 제주의 내 조상들. 그 영혼들은 지금 다 어디로 날아갔을까? 그분들은 낱낱이 봤겠지? 내 손에 묻혀온 무수한 피와 비명들을. 아…… 결국, 나는 살인자였구나.'

이런저런 죄책감에 눌린 은혜는 더 걸을 수가 없었다. 그녀는 깊이 사죄하는 가슴을 안고, 위령탑 아래로 가 눈을 감고 묵념을 했다. 무수한 생명을 작전이라는 이름으로 죽였던 그 피 묻은 손으로, 하얀 국화 한 송이를 위령탑 아래에 헌화했다.

'혼령이시여, 피 묻힌 손으로 당신 앞에 감히 섰습니다. 저를 부디 용서하소서. 제 손에서 스러져간 무수한 생명을 위로하시고, 나의 죄업을 용서하소서…… 그리고 부디 더는 아프고 비명이 넘나들지 않는 평안한 곳에서 영면에 드소서…… 당신의 가슴에 총을 겨누고, 당신의 뜨거운 몸에 죽창을 찔러 넣었던 그 악마들을 부디 용서하소서…… 그리고, 저 또한 용서하소서…….'

눈물로 묵념을 마친 은혜는 메어오는 가슴이 답답했다. 그녀는 널리 노을을 바라보며 심호흡을 했다. 얼굴에 흘러내린 눈물이 바닷바람에 말라 당겨왔다. 차디찬 겨울 바닷바람이 은혜의 볼을 차갑게 문지르며 스쳐 갔다. 감정을 추스른 고은혜. 그녀가 주머니에서 핸드폰을 꺼내 슬픈 얼굴로 어딘가로 전화를 걸었다.

"여보세요? 거기 제주 4·3 유가족회인가요? 저······ 익명으로 후원금을 내고 싶습니다······ 아닙니다. 익명으로 부탁드립니다. 네? 40억······요. 아뇨. 아뇨. 저는 선한 사람도, 훌륭한 사람도 절대 아닙니다. 씻을 수 없는 죄를 아주 많이 지은 사람입니다. 아마, 평생 다 씻지 못할 겁니다. 그래서······ 부디 그날의 악몽과 상처를 겪고 사는 유가족들에게 소중히 써 주십사 하고요."

전화를 끊은 은혜는 그 자리에 서서 미동도 하지 않았다. 날은 점점 저물어 갔다. 더이상 발길을 어디로 둘지 난해했던 은혜는 일몰을 바라보았다. 그녀의 눈동자가 노을을 담고 불타올랐다. 4·3평화공원 나무 벤치에 앉아 검은 병정들처럼 나열한 슬프고 까만 비석들을 물끄러미 바라보았다. 그녀는 생각했다.

'지금 이 순간, 나는 어디로 가야 하나······ 강일국 차장은 내게 십 년간 숨어 살라 했다. 그래야만 내 목숨이 무사할 수 있다고 했다. 그동안 무수한 사람을 죽인 내가 무사할 자격은 과연 있는가? 내가 무사하고, 내가 평안하기 위해 내 손에 묻힌 그들의 피는 얼마나 많았던가. 내가 만약 무사할 수 없다면, 그것 또한 내 몫일 것이다. 나는 더 늦기 전에 어머니를 만나야 한다. 세월이 그녀를 얼마나 지켜줄지 알 수 없는 일이다. 시간이 너무 없다. 그녀와 내게 주어진 시간을 나는 알 수 없다. 오래전 단 4년의 인연이 전부인 나와 엄마······. 그 후 나 홀로 살아남기 위해 나는 첩보원이라는 냉혈한 직업을 선택했었다. 이제는 다 내려놓고 내가 있어

야 할 자리로 돌아갈 때이다. 내 자리는 그녀가 있는 그곳이 아닐
까……? 비록 나를 알아보지 못할지라도 전혀 상관은 없다. 그저
잠시라도 그녀 곁에 함께 할 수만 있어도 나는 더 바랄 게 없다.
아니, 어쩌면 나보다 그녀가 먼저 나를 느낄지도 모르리라. 어떻
게 늙으셨을까? 나의 엄마는…….'

저녁 바람이 차가워 은혜는 옷섶을 바짝 여미고 벤치에서 일어
났다. 평화공원은 지대가 조금 높아, 오름을 타고 밀려드는 찬바
람이 더욱 거세었다.

해가 저물고 은희의 시야에서 더는 은혜가 보이지 않자 그녀
는 정임을 부축해 소길리 집으로 돌아갔다. 유채꽃 만발한 들판
에 외따로 떨어진 작은 언덕에 있는 집 한 채가 정임의 집이었다.
은희는 이른 저녁을 먹고 정임은 일찍 자리에 누웠다. 그녀는 주
방에서 밀린 청소와 설거지를 했다. 안방 침대에 쓸쓸히 누운 정
임의 머리맡에, 먼 타국에서 오랜 떠돌이 생활을 청산하고 돌아
온 그녀의 남편이 네모난 영정이 되어 빙그레 웃고 있었다. 정임
이 틀어놓은 텔레비전 저녁 뉴스특보에서는, 어느 독지가가 후원
한 막대한 자금으로 내년도 4·3 피해자 유가족들의 지원이 대폭
상향조정될 거라는 희소식이 흘러나왔다. 정임이 그 뉴스를 보더
니 잠꼬대하듯 중얼거렸다.

"누군지 참 고마운 사람이구먼. 내년에는 이곳 원동마을에도

떠났던 사람들이 돌아와 새집을 지을지도 모르겠구나. 우리도 그 마을로 들어갈 수만 있다면, 유채꽃과 동백꽃을 흐벅지게 심자. 원동마을에 꽃들이 피어 파도치면 지하에서 네 아버지가 함박 웃으실 거야…… 그렇게 되면 얼마나 좋을까…….”

그때였다.

“계십니까?”

밖에서 누군가를 부르는 인기척이 들려왔다. 정임이 힘없는 목소리로 은희를 불렀다.

“은희야. 밖에 누가 온 게냐……?”

주방에서 물을 틀고 설거지를 하던 은희가 이 시간에 누군가 싶어 현관문을 반쯤 열었다. 문밖에는 붉은 석양 노을을 등지고 한 여인이 쓸쓸히 서 있었다. 모자를 깊이 눌러쓴 여자는 한쪽 언덕 위에 있는 차혁의 무덤을 쓸쓸히 돌아보았다. 잠시 후 그녀가, 열린 현관문 쪽으로 고개를 돌렸다. 나그네는 애월항에서부터 물들어 온 붉은 노을을 온몸에 묻히고 있었다. 역광으로 몹시 눈이 부셨지만, 그 실루엣이 어딘가 은희 눈에 낯익었다. 강한 노을이 시야를 점령하자 은희는 눈을 바로 뜰 수가 없었다. 현관문을 조금 연 그녀가 손 챙을 만들어 이마에 대고 상대를 갸웃, 살폈다. 은희가 역광에 눈이 부셔 미간을 찡그리며 그 이방인에게 물었다.

“어떻게…… 오셨어요?”

문밖에 여행 가방을 들고 선 그녀가 망설인 끝에 천천히 입을 열었다.

"저, 혹시…… 빈방 하나 있을까요? 실례가 안 된다면 며칠만 묶어 가려고요. 물론 방값은 드리겠습니다."

그녀 음성에 깜짝 놀란 은희가, 그녀가 서 있는 마당으로 맨발로 달려 나갔다. 은희는 현관문을 닫지도 못하고 그녀 앞에 맨발로 섰다. 은혜가 가방을 든 채 은희를 말없이 바라보았다. 은희가 집 안으로 들어오지 않자 정임이 힘겹게 몸을 일으켰다.

"은희야, 밖에 누가 왔냐……? 왜 현관문은 다 열어놓아서 찬 바람이 들게 하누?"

침대에서 힘겹게 내려선 정임이 지팡이를 짚고 거실을 가로질렀다. 아주 느린 그녀의 거동이 마당에 선 은혜의 눈에 들어왔다. 정임은 떨리는 손으로 지팡이에 의지해 거실을 지나 현관문 쪽으로 간신히 걸음을 옮기며 중얼댔다.

"밖에 뉘슈……? 어디서 옵데가……?"

늙은 정임이 현관 쪽으로 힘겹게 다가와 문밖의 객을 보았다. 어미 정임과 4살 때 생이별한 큰딸 은혜, 두 여자의 시선이 서로를 향했다. 둘은 서로를 뚫어지게 바라볼 뿐, 잠깐 동안 아무 말도 하지 못했다.